L'INCLINAISON

CORENTIN DURAND

L'INCLINAISON

roman

GALLIMARD

Je me sens un peu moins seul.

PATRICK MODIANO,
La place de l'étoile

En 1942, trois hommes qui tentaient de s'évader du camp de Sachsenhausen furent retrouvés. Or, plutôt que de tuer les fuyards sur-le-champ, les nazis les ramenèrent parmi les autres prisonniers après avoir écrit à la peinture blanche sur leurs habits : HOMO. En toutes lettres sur l'uniforme de la mort, le mot que la langue allemande avait créé moins d'un siècle plus tôt fut immatriculé. Ceux-là mêmes qui avaient fait coudre un triangle rose à la place du cœur, avaient cru que le signifiant n'était pas encore suffisamment là, brodé et refermé sur la vie. Ce n'est pas qu'ils s'évadaient, pensait la langue du kapo, c'est qu'ils voulaient échapper au signifiant.

Devant tous les autres promis à la mort, pour que chacun sache bien, là dans le sang qui colle et la faim, dans la vie binaire – mort et re-mort –, dans la désolation de l'usine de briques Klinker, qu'on ne quitte ni le camp, ni le mot, on leur fit chanter : « Victoire, nous sommes revenus ! » et on passa la corde autour de leurs cous.

(Histoire homosexuelle.)

LE ROMAN
DU JOUR DE SES VINGT ANS

I

En descendant quelques marches, j'ai senti une odeur inhabituelle dans la cage d'escalier. Ce jour-là, la moisissure logée dans les murs dégageait un parfum d'iode et de putréfaction. À mi-chemin entre les quatrième et troisième paliers, j'ai néanmoins retrouvé le sempiternel rayon de soleil qui venait s'évanouir sur un pan après avoir parcouru une poignée de mètres depuis la verrière. Et alors, comme les dernières secondes d'une flamme s'enfonçant dans la cire, le rayon battait en retraite la moisissure. Peu importait que je sois en avance ou en retard, je m'arrêtais inéluctablement pour le regarder, parfois le toucher, et ainsi vérifier que le mur était encore sec. Il ne l'était plus, quand bien même l'été s'ouvrait sur Paris. Essuyant contre la toile de mon jean la trace de pourriture restée sur mon doigt, j'ai finalement dévalé l'escalier dans l'obscurité pour rejoindre le rez-de-chaussée. J'ai pressé le pas pour quitter la cour, franchi la porte en acier et j'ai enfin trouvé la rue.

Un filet de voitures s'y écoulait, remontant depuis la place ombragée vers le canal. À cette heure du soir, le débit de l'artère était affaibli. Débarrassée des livraisons et de leurs encombrants véhicules drapés, des travailleurs bavardant avec leur poste radio, des cyclistes et des camions poubelles, la voie ne voyait plus que quelques véhicules secrets, saisis dans l'obscurité, sculptés dans un bloc d'hématite, qui, comme flottant au-dessus du goudron chaud, disparaissaient à rythme régulier en direction des quais. Derrière leurs vitres teintées, leurs occupants se tenaient fermement à leurs ceintures, non pas que la vitesse aurait pu les projeter vers la mort mais parce que le silence qui règne dans ces berlines de nuit leur procure un drôle de vertige. Je me suis posté plus haut, un peu avant que la rue ne s'éventre sur le canal, attendant là que la Merco du Grand Dhjou me ramasse. Au bout d'un petit quart d'heure, la berline s'est approchée. Elle ne s'est pas arrêtée tout de suite. Presque indistinguable derrière les vitres violacées, un jeune homme posté sur la banquette arrière m'a fait, de sous sa casquette, un signe de la tête. J'ai alors suivi lentement le pas de la voiture qui semblait incapable de stopper net : peut-être que son vol tranquille était si porté par une énergie régulière qu'il aurait été dangereux de freiner. Elle a roulé ainsi jusqu'au passage suspendu en contrebas de l'écluse. Là, l'homme à la casquette a ouvert la portière latérale.

Un appel téléphonique était en cours, langue étrangère : j'en ai entendu des bribes qui grésillaient sur le haut-parleur d'un mobile attaché au volant. Plus bas, le poste radio affichait une station sur un écran bleuté. Le Grand Dhjou tripota quelques boutons pour réduire le volume des épaisses nappes de rap qui tamisaient les conversations. Le Petit Bleu et le Vicomte, avachis sur la banquette arrière, me saluèrent. Aussitôt, adressant au Petit Bleu un regard complice, je lui demandai s'il avait reçu des nouvelles de son grand frère. Il me fit un non de la tête et dit : et toi ? Je lui grimaçai un non similaire en guise de réponse quand le Grand Dhjou nous coupa, impatient. Il m'interrogea : tout s'est passé comme convenu ? Il m'invita à déposer la marchandise sur la banquette et à récupérer le fric dans la boîte à gants. Selon les règles de notre invention, j'en conserverais un quart, disséminé en petites billes dans un sac en plastique. Pour lui et sa bande, je m'occupais de fournir ces doses d'une drogue que j'étais alors seul à maîtriser, une acrobatie chimique comme il en apparaissait une par décennie et dont les alliages de molécules s'introduisaient dans la réalité par la voie d'un usage propre qui prenait la forme tantôt d'une contagion tantôt d'une mode. Ma drogue venait de laboratoires, elle était faite de combinaisons chimiques abstraites comme des flux financiers et portait un nom de programme informatique. Elle produisait du temps et de l'énergie dans un cycle toujours renouvelé de performance… Elle était, en somme, la drogue de notre époque. Je la commandais sur des sites dissimulés dans la sous-trappe de l'Internet et la bande du Grand Dhjou, s'adaptant machinalement à la demande, l'avait ajoutée à la liste des produits disponibles à la livraison en sus des autres récréations artificielles.

Après avoir récupéré dans une boîte aux lettres d'un arrondissement voisin une large enveloppe en kraft goinfrée de drogue, j'avais passé l'après-midi à préparer des ballotins transparents aux doses minutieusement pesées. Sur ma table basse, l'enveloppe dégueulait dans un mélange de scotch et de polystyrène une poudre jaunâtre qui, si comme moi on s'intéressait à sa forme, était, vue de près, un amoncellement de cristaux irréguliers et marbrés. Certains étaient plus imposants, pareils aux coagulations d'un liquide désépaissi de son eau. Je pensais à ces bouts de quartz que l'on trouve dans les pierres sèches et qui, malgré leur pâleur, se laissent dévorer à certains endroits par des taches brunâtres déposées par l'érosion. Une fois les pochons travaillés, j'en avais pris deux pour les évider, afin de constituer d'encore plus minces doses que j'envelopperais, soigneusement, dans de longues feuilles de papier à cigarette. J'avais obtenu ainsi vingt perles de papier bombées par la drogue. Le reste du paquet serait pour le Grand Dhjou. Il ne paierait pas bien, mais l'affaire resterait rentable. C'était mon unique contribution profitable à son commerce. Il n'avait jamais tenu à s'occuper de cette drogue synthétique et là demeurait ma précaire plus-value : je savais utiliser un ordinateur et faire des doses. À cet endroit, dans la voiture, je n'aurais pas su dire depuis combien de mois déjà traînait cette affaire. Je ne sais plus quand cela a commencé. Je me souviens seulement que j'avais abandonné mes études, que je n'avais plus d'amis et que, dans ma solitude, j'avais raccroché le premier train qui passait. La Merco s'est arrêtée de nouveau, non loin de la gare de l'Est, pour me laisser retrouver la chaleur du boulevard, enfin délesté de la marchandise et plus riche de trois billets roses. Il me restait, dans le creux de la poche de ma veste en suédine, quelques perles de papier. Elles étaient destinées à mon autre affaire et à mon autre bande, dont le Grand Dhjou ignorait l'existence.

J'avais reçu, sur mon mobile, une adresse à laquelle apporter la marchandise. L'appartement surplombait les rails de la gare et je m'y suis rendu sans efforts. J'étais en avance sur le programme. Trop avare de mon argent fraîchement gagné pour le dépenser en consommations de bar, j'ai décidé de patienter devant l'immeuble. La porte massive, repeinte en vert émeraude, était traversée dans sa partie inférieure par deux barres mordorées. Le code de l'interphone m'ayant été communiqué entre-temps, je suis entré. Je ne souhaitais pas m'attarder dans la rue : elle faisait face à la coupure qu'imposait au quartier le passage des rails et il s'échappait de cette crevasse des brumes de pollution, qui par une telle soirée d'été, me livraient aux vertiges. Désormais à l'abri dans le hall propret – mosaïque gréco-romaine, lustre Belle Époque, plante artificielle et marbre fantoche – j'ai recompté les perles dans ma poche. Je ne fus rappelé à la soirée que par la porte qui s'ouvrit, laissant dans son entrebâillement un frêle corps glisser vers moi. Je pris un air lointain et farouche, me dégageant sur la gauche pour que l'homme puisse saisir le second code que je n'avais, moi, pas reçu. Avant de taper la série de chiffres, il me dévisagea d'une drôle de façon, en interrogeant de ses yeux la forme de mes bras et de mes cuisses. Il devait avoir plus de quarante ans – bien qu'il pût en avoir trente : les drogués sont, à cet âge précis, sucés par une troublante anémie qui les prive vite de joues, de teint et de chairs tendres et ne laisse de leur éclat juvénile qu'un vague et terne spectre au fond de leurs globes. Il me toisa de nouveau lorsque le bip de l'interphone confirma son code. Une fois la seconde porte ouverte, et sur le ton d'une vieille concierge, il me demanda si j'allais monter ou si je comptais attendre là comme *une idiote*. Gravissant à sa suite l'escalier, je craignais qu'il ne me parle davantage mais il semblait aspiré par l'écran de son téléphone. Ce ne fut que sur le palier qu'il le rangea dans sa poche, souleva sa casquette pour la fourrer dans un sac de toile et lâcha en ma direction, d'une voix humide : première fois?

Je me suis retrouvé assis dans un salon où trônait une longue table en verre. Sur celle-ci je distinguais, étalés sur le verre propre, différents accessoires disposés comme autant de gadgets à l'intention des habitués. Près de moi, sur une desserte, traînait un cendrier dans lequel un amoncellement de seringues sous plastique avait remplacé les mégots. L'homme du hall s'était éclipsé dans la salle de bains tandis que Marc, le propriétaire, m'avait invité à m'installer sur un pouf en cuir camel d'un douteux style orientaliste. Sitôt que je fus assis, il s'affaira dans la cuisine, me rassurant d'un ton paternel sur le pas de la porte : je vais chercher le liquide.

J'ai profité du calme momentané pour mieux sonder la pièce. Elle était plus grande que mon appartement. Au sol, un parquet vitrifié était traversé d'ombres roses que projetaient les ampoules d'un lustre vaguement ridicule. Fait d'un pliage de papier, on l'aurait imaginé dans une chambre d'enfant. Aux murs, des cadres en aluminium cernaient des photos ultrasaturées. Je retrouvais alors d'appartement en appartement ces représentations convenues. Sur l'une flottait à la surface d'une piscine turquoise, éclatante, une bouée en forme de flamant rose, sur l'autre une route *à l'américaine* traversait un paysage si symétrique qu'il semblait sortir d'un tableur informatique. Se faisant face, les photos projetaient l'une sur l'autre une étrange netteté, proche d'un simulacre. Je repensais, en les voyant, à cette drogue que je leur livrais : elle ne faisait jamais que répéter ce monde de simulations en leur offrant une extase clinique. Je me suis alors intéressé aux ustensiles posés sur la table, m'en approchant discrètement : plusieurs seringues, des petites cuillères, des cotons-tiges, des pailles, des bibelots aux fonctions inconnues et trois ogives de silicone épaisses et lourdes – deux étaient roses et la forme y était comme atténuée quand la dernière, noire, reproduisait jusqu'aux veines le sexe masculin. Je n'avais pas tout à fait eu le temps de terminer mon inspection que Marc était déjà de retour, des billets plein la main : je posai les vingt petites perles sur la table.

Marc et moi n'étions pas des étrangers. Je le connaissais depuis plus de deux mois durant lesquels, d'abord dans une boîte de nuit, puis à domicile, je lui avais livré mes cristaux. Il payait grassement, surtout depuis que je le tutoyais. Auparavant, je le croisais fréquemment aux alentours de clubs où, traînant les pieds, je vendais mes perles. C'est en ce temps où je barbotais dans des affaires de lisières que j'avais rencontré la bande du Grand Dhjou par l'intermédiaire du Bleu. Le Bleu n'avait pas cherché à comprendre ce que je vendais et à qui, il avait seulement vu que je me faisais de l'argent. Cela lui avait suffi pour m'introduire dans leur cercle. Sans vraiment admettre pourquoi, j'avais gardé Marc comme client. Je n'avais plus besoin de faire le tour des partouzes et des boîtes technos depuis que le Grand Dhjou achetait ma came en gros mais j'y retournais quand même.

À me voir rêvasser sur les godemichés, Marc a dû se persuader que j'étais curieux au point de vouloir en connaître les usages. Il m'a proposé un verre et m'a fait asseoir en promettant que les convives ne seraient pas là avant une grosse demi-heure, ce qui nous laissait, dit-il, le temps de bavarder. Il a voulu parler de ma drogue. Il a ajouté que d'autres vendeurs étaient moins bien élevés et n'avaient pas une aussi bonne came – j'en doutais sincèrement, les drogues chimiques, à moins d'être frauduleuses, ne connaissent pas de variations de formule. J'ai sorti de la poche arrière de mon jean un paquet d'herbe et une feuille longue. Alors qu'il dissertait toujours de telle et telle drogues, de leurs effets, de leurs vendeurs et de ses souvenirs de défonce en riant presque nerveusement et à intervalles réguliers, j'ai roulé un joint. Au moment où je l'allumais, l'homme à la casquette s'est à nouveau présenté dans le salon. Avec un geste d'actrice, il a lancé ses deux bras dans notre direction et a fait une étrange révérence qui a dévoilé son dos squelettique et ses deux fesses creuses engoncées dans un slip de sport. Il s'est relevé sous les yeux amusés de Marc et, de sa voix très haute et nasillarde, l'homme a sifflé son impatience : il voulait le matos, il avait attendu toute la journée. Me croyant appelé, j'ai répondu que j'avais disposé le nécessaire sur la table. Il m'a fixé et s'est mis à rire. Marc précisa que la Vieille Jéjé parlait des hommes et non pas de la came. Ça fera l'affaire en attendant, rétorqua, à peine amusé, la Vieille Jéjé. Et il se détourna de nous pour se préparer une première ligne qu'il sniffa aussitôt. Je suis donc revenu à Marc et ses histoires de drogues, à défaut. Il m'a demandé s'il pouvait tirer sur mon joint, j'ai refusé poliment. Il devinait que j'étais dégoûté par la Vieille Jéjé, et par extension, par lui. Il détourna le regard. Auprès de moi, il tentait de se distinguer de l'aréopage de tantes qui, chaque mois, entretiennent des orgies dans leur salon. Marc souhaitait sûrement que je voie en lui l'hôte d'une assemblée qui en différait profondément. Jouant les saints, usant, à cet effet, de sa coupe de cheveux nette, de ses vêtements et d'un sourire serein. Néanmoins, chez lui comme chez la Vieille Jéjé, la drogue avait enfanté son éclat morbide que je connaissais trop bien. Ses chemises en popeline de coton flottaient désormais sur un corps fragile et laissaient, à l'ombre de sa pomme d'Adam, entrevoir une chaînette en or pendouillant autour d'un cou osseux. En outre, il n'aurait su longtemps travestir sa vraie nature : le moindre mouvement de ses mains, poignets, hanches et genoux libérait une ondulation que l'on pensait réservée aux femmes. Alors, pour pareil homme fatigué, atteignant un âge qui condamne à la solitude et piégé dans un conditionnement social qui flingue le peu d'audace qui lui reste, ce qu'il croyait discerner de ma juvénilité et de mon orgueil rappelait sans doute, comme cela, de loin, un amour d'adolescence qui l'attendrirait toute sa vie. Et plus encore que de la dope, c'était cela qu'il recherchait en m'adressant ses commandes par texto. Il demeurait chez certains vieux homos une sorte d'adolescence têtue. Ce commerce empreint de souvenirs était désarmant, et aussi, profondément, mélancolique. Marc a rompu sa contemplation intérieure pour, regagné par une joie affectée, me demander si j'allais rester. Je n'ai pas répondu. Ma tête, inclinée et reposant contre le mur, était progressivement gagnée par les vapeurs ouateuses du cannabis et j'étais aspiré dans mes songes.

J'étais encore accaparé par le flot de ma logorrhée intérieure – toujours étonné de la douceur amère du cannabis qui, ouvrant un chemin dans notre esprit, laisse les pensées hésiter sur leur couleur – quand la Vieille Jéjé et Marc sont revenus accompagnés par trois hommes.

Un jeune brun au teint diaphane, dont le dos nu était torturé par deux larges omoplates qui soulevaient dangereusement sa peau translucide, se dévêtit. Le deuxième type couvrait ses jambes hâlées d'un short et portait sur le torse un marcel à logotype. Cette tenue légère se plaquait à son corps et laissait deviner une musculature longuement entretenue. Ses efforts néanmoins ne changeaient rien à l'air de dindon qu'il avait. Il était en outre si happé par l'écran de son mobile que son long cou était comme luxé, emportant dans cette posture ses épaules recroquevillées et ses hanches. Le troisième, tout aussi concentré sur son portable, avait déjà dénudé sa peau. Son derrière était découvert, mais l'avant de son slip était cousu dans une matière luisante et sombre. Sur le torse il avait, fantaisie de la fiction sexuelle, revêtu une série de lanières de cuir piquetées de billes d'acier qui mordaient ses pectoraux pour remonter vers ses épaules.

Ma présence ne causait pas le moindre souci à ce groupement tant chacun semblait préoccupé par diverses entreprises : la Vieille Jéjé discutait avec l'éphèbe maigrichon, qui lui-même ne l'écoutait que distraitement tout en portant une fiole brune à son nez, la reniflant à grandes bouffées avant de la refermer ; plus loin, Marc préparait une seringue quand les deux autres, toujours sur leurs écrans, organisaient, apprendrais-je plus tard, le flux des visiteurs qui se succéderaient dans le salon et renouvelleraient, chaque heure, une sorte de ballet.

Marc était encore hébété par sa dose lorsque le trop jeune s'est mué en chiot. De jambes en jambes, il allait léchouiller et renifler des pieds. Le troisième l'a repoussé d'un coup sec qui lui a projeté la tête près du sol. Il s'est approché de nouveau mais le grand a saisi méchamment ses mèches pour lui tenir la tête comme on le ferait d'un décapité et mettre fin à tout quiproquo. Les règles semblaient se faire et se défaire au fur et à mesure de la soirée, chacun jaugeant de l'immersion de l'autre dans l'obscurité de la fiction au nombre de doses injectées. Pour le grand, le temps n'était pas encore venu où la violence devient érotique. Il était encore parmi nous, les vivants : il sortait du bureau, il avait peur que la soirée ne soit décevante ; il quadrillait numériquement le quartier pour s'assurer d'une fin décente et de ce que la nuit vaille son effort. Sûrement inspiré par la logique qui prévalait dans sa vie professionnelle, de la partouze il optimisait virtuellement la dépense et maximisait le gain. Il lui faudrait encore quelques heures pour perdre enfin pied : lâcher son téléphone et la rampe du quantifiable avec. Le jeune a été mieux accueilli par le dindon qui, lui, a abandonné son téléphone, retiré ses habits et, toujours poursuivi par la petite bête, brassé sur la table une pile de poudre qu'avec patience, à l'aide d'une carte de crédit, il a transformée en ligne, bientôt logée dans sa fosse nasale. Puis il s'est penché sur le chiot et l'a fessé consciencieusement. Les claquements ont interrompu la rêverie de Marc. Il s'est tourné vers le dindon, puis vers le jeune, avant de poser une main sur la couture de sa braguette. Sans entrain, il a commencé à frotter un sexe mou.

La parade ainsi débutée s'est accélérée : le petit a de nouveau porté la fiole à son nez, Marc peinait à dresser son sexe mais s'évertuait, le dindon en venait à avancer et reculer ses hanches en un drôle de manège. Je remarquai alors que son ventre était moins sculpté que ne le laissait présager le haut de son torse. Il avait en fait, au-dessus du pubis, une légère détente où se logeait une graisse indolente. Son caleçon se voyait déformé par une érection dopée mais fébrile. La Vieille Jéjé, comme moi, ne semblait pas perdre une minute de ce spectacle tout en se préparant une seringue.

Affecté par ce que je m'efforçais de ne pas comprendre,

j'ai attrapé une nouvelle feuille de papier à cigarette, de l'herbe, et j'ai baissé le regard et me suis concentré sur ma confection. Alors que je tirais nerveusement sur le carton du joint, faisant rougeoyer le bouton fumeux du foyer, j'ai étouffé une toux. Le bruit a capté l'attention de Marc, désormais jambes à l'air. Il a alors planté sur moi son regard puis a tourné le torse dans ma direction. Il me faisait maintenant face, sexe en main. J'ai profité de ma toux pour m'affaler plus encore dans le pouf. Saisi d'une parfaite angoisse, de celles qui viennent à la manière d'une aigreur d'estomac et qui remontent vers la nuque pour atteindre finalement, coup bien adressé, l'arrière du crâne, j'ai eu un sursaut. Puis la stupeur m'a progressivement envahi, jusqu'à ce que mes paupières se ferment, jusqu'à ce qu'elle me plaque au fond du siège.

J'ai ouvert les yeux. À la fenêtre de l'appartement, le jour s'alanguissait et un réverbère était allumé dans la rue attenante. Je suis resté ainsi de longues minutes, voyant tournoyer pensées et envies, contenant autant que possible les effets de la drogue qui semblait piégée dans mon ventre. Je me sentais tout à la fois partir et vomir, et j'enviais l'une et l'autre perspective. Cependant, je goûtais à la croissance de la douleur avec excitation : les gouttes de sueur glaciales qui se formaient sur mon front, j'en mesurais le poids, annonçaient toujours ces instants où je m'apprêtais à quitter mon corps. Les spasmes et la sueur venaient comme la libération que j'avais attendue et, hagard, porté par la force de ma sidération, je pourrais traverser la partouze tel un spectre. Alors je m'y suis mentalement déployé, partout, j'en ai ratissé chaque angle, ne touchant à rien pourtant, ne bougeant pas encore, ne décidant d'aucun geste, regardant seulement et m'immergeant tout entier par le simple regard. Cela ne durait toutefois jamais et ce soir ne fit pas exception : je fus rapidement rattrapé par la nausée. Il fallut me coucher. Devant moi, le spectacle abandonné plus tôt avait été gagné par l'hystérie : je ne discernais déjà plus, dans une montagne de muscles, d'épaules et de fesses, qui faisait quoi. Comme des vers qui s'entrelacent à la surface d'un cadavre d'oiseau, ressortant d'un côté pour aussitôt se replonger dans la pourriture, tous les organes, les bras, les verges, les bouches, dévoraient. J'aurais pu, si je l'avais souhaité, démêler ce tas de chairs et redonner des noms à ces amas de peau et de poils qui apparaissaient çà et là dans l'anonymat des macchabées. Mais je sentais, à travers la drogue et la stupeur, qu'en disant leurs noms, il me faudrait entendre la vie de chacun. Le territoire qui s'étendait devant moi était loin du délire – tant ils étaient conscients –, et encore plus loin du désir – tant ils s'étaient défoncés pour en arriver là. Cela semblait n'être jamais que la fin de partie des proies rendues chasseurs. Il y avait dans cette partouze quelque chose de si banal et de si transactionnel que seul un regard en diagonale aurait pu y accorder une justification esthétique. Car sinon, ce n'était jamais qu'un monde refermé sur l'absence de volonté et de prénoms, sur la mort vue à travers des yeux maudits d'avoir regardé. Un monde, enfin, qui n'avait rien d'animal, au contraire. C'était le monde d'une humanité trop humaine qui, par-delà le principe de survie, se bouffait la queue. Il me faudrait au moins une vie pour comprendre ce qui m'y rappellerait toujours… J'ai quitté la pièce pour remonter le couloir embrumé de vapeurs, agrippant d'une main mon ventre, de l'autre le mur. J'ai marché malhabilement jusqu'à la chambre de Marc. Plongé dans le noir, je n'ai vu que la forme d'un lit, discernable par la pâleur du linge, et je fus soulagé de ne trouver ici nulle haleine chimique, nulle fiole, nuls cristaux, seulement des draps propres et rêches. Je m'y suis vautré. Ne me parvenaient plus que le lointain souffle des corps, les bruissements et les râles étouffés qui s'échappaient de lèvres entrouvertes.

Les effets de l'herbe s'étaient estompés lorsque que j'ai repris connaissance. Je me trouvais, encore chaussé, ensommeillé et lourd, sur le lit. Il m'a fallu quelques instants pour me rappeler l'endroit. Une lampe que l'on avait allumée jetait sur la pièce une lueur froide. Sur le mur était accrochée une énième photographie de piscine, celle-ci dépourvue de bouée. À gauche du lit, une fenêtre s'ouvrait sur la cour. Le vis-à-vis n'était pas flatteur : une falaise de briques se jetait dans un sol sombre. Un tapis touffu et blanc nageait sur le parquet. Dans l'angle, pas encore sorti de la nuit, un large fauteuil pivotant. Ce ne fut qu'une fois la chambre tout à fait reconstituée que je remarquai, tout proche, le corps nu de Marc, blotti contre le cuir du dossier, jambes écartées, sexe dressé. Il n'a rien dit : il m'observait me réveiller. Il n'a pas changé de position. Il a continué à remonter ses longs doigts sur sa verge. Paralysé, je n'ai pas osé me retourner. Sans autre forme de procès, sûrement aidé par la dope, prenant mon air interdit pour une approbation, il a redoublé d'ardeur, tordant son sexe rougeaud. Son visage s'est alors éclairé telle une lame éblouie. Il s'est levé, perpétuant ses va-et-vient. Assuré de son dessein, je suis resté débile et immobile. Il a saisi mes chevilles, m'a tiré sur le lit. Hébété, j'ai senti mon bas-ventre brûler et la nausée me reprendre. Posant ses mains sur mes épaules, il m'a plaqué contre le drap sans que je trouve ni la force ni l'envie de me débattre. Vissé sur moi, son regard me surplombait et son sexe était si proche que je pouvais en discerner l'odeur doucereuse. Il a entrouvert la bouche et a laissé glisser, du coin de ses lèvres, un long filet de bave qui, lentement, a atteint ma joue gauche. Il a suivi du regard le mollard qui tombait sur ma peau et, sur son visage, j'ai lu une satisfaction obscène. Ensuite, je n'ai pu empêcher son torse, puis tout son corps, doux et froid, de s'écrouler contre moi. Ma cage thoracique était compressée par son volume, le parfum de sa sueur commençait à m'envahir, et son sexe mouillait mon jean. Il s'est frotté ainsi un long moment, ne réprimant plus son halètement qu'il venait loger dans le creux de mon oreille. Puis, sans que je sache si son manège avait duré trois nuits ou une poignée de minutes, il s'est relevé brutalement, a tendu sa main gauche et a lâché trois jets de sperme dans sa paume. Il s'était masturbé comme on achève un porc, et, méthodique, il n'avait pas voulu laisser de traces.

Il a repris son souffle, j'ai retrouvé le mien. J'ai alors entendu le battement puissant de son cœur. Je n'entendais plus que ça dans le silence qui suivait son éjaculation. Au bout d'un moment, il n'osa plus me regarder et quitta la pièce. Une absurde prudence lui fit cacher son sexe avec la chemise qu'il tenait à la main.

Dans la demi-pénombre de la chambre, là où Marc m'avait laissé ahuri, sous la toile tendue de mon jean témoignait un désir atroce. Je ne pouvais m'en détacher. J'avais beau être défoncé et toujours nauséeux, ma conscience avait tout enregistré, même mon sexe excité, même mon immobilité coupable. Sachant que tout ressassement me condamnerait à me perdre dans un flot de pensées sombres, voire une crise d'angoisse comme il en arrive parfois à cette heure de la nuit, j'ai préféré partir sur-le-champ. Comme un voleur, j'ai dévalé l'escalier dans le noir, ai rapidement gagné la rue et me suis arrêté essoufflé devant la porte. Puis je me suis posté contre le mur de l'immeuble et j'ai allumé une cigarette.

Je suis resté là. La nuit n'était pas consommée, seuls quelques bruits mécaniques, ceux qui accompagnent le lent réveil d'une gare – souffle des machines, cloches des aiguillages, frappement régulier d'un wagon qui se déplace lourdement –, perturbaient un plus profond silence. La rue était déserte. Même les enseignes clignotantes des taxiphones étaient éteintes. La vie n'avait pas encore repris ses droits. Le ciel, endeuillé, s'éclairait légèrement pour laisser le mouton d'un nuage se couvrir d'une lumière fade. Des pas approchaient, j'ai écrasé ma cigarette. J'ai vu le dindon venir vers moi, pressé. Il était parti retirer de l'argent. Il semblait inquiet, menacé, il accélérait son pas, tanguant. Je me suis posté devant lui. J'ai aperçu ses pupilles dilatées, pareilles à deux trous béants et j'ai percé, dans son râle, une crainte. Il a entrouvert la bouche pour protester mais n'a pu que marmonner inintelligiblement. Je m'étais approché, et déjà j'avais, dans son ventre, là où j'avais vu son gras, enfoncé sa peau de mon poing. J'ai soutenu son regard comme si je frappais un chien. Mon autre main s'est levée pour s'écraser contre son crâne. Enfin, il a hurlé et l'instant s'est tendu : l'air avait disparu et ma respiration était coupée. J'ai frappé, encore, de mes pieds, son abdomen à même le béton.

II

Deux mois plus tôt, le Bleu m'avait adressé un unique coup de poing, bref et net, au milieu du visage. Par là, mon partenaire de bande avait scellé un contrat imaginaire entre nous qui ratifiait pour quelque temps une collaboration teintée d'à-coups, de désordre et de déceptions.

Encore abasourdi par son geste, j'avais approché ma main de la zone endolorie. Des giclées de sang s'étaient recueillies dans ma paume. J'avais alors tenu fermement mon nez, la tête relevée, m'y accrochant comme s'il était près de tomber. Nous étions sur les quais, bercés par une odeur d'urine et la lointaine clameur d'un club technoïde. Notre première rencontre précédait de peu cet épisode et nous étions encore en train de roder notre mode opératoire. Il devait être plus d'une heure du matin et nous avions passé notre soirée à guetter les fêtards.

Bien avant ce coup de poing, au début de la soirée, alors que le flot des jeunes gens, ceux qui se réunissaient dans de grands appartements pour boire avant de sortir en bandes, se condensait dans les files des péniches, un couple – deux hommes, l'un brun, l'autre blond – s'était approché de nous. Le blond avait cet entrain un peu louche des invertis momentanément comblés d'avoir quitté leur foyer et qui, comme pour attirer l'attention d'un père, jouent les folles hystériques. Il hurlait des mots en anglais, tout en taquinant son compagnon, plus taciturne et plus âgé. J'avais eu un haut-le-cœur en fixant le plus jeune. Il portait un bomber doré dont les sequins jetaient de brèves flammes sur sa peau claire et, dans la nuit, je ne voyais que lui et sa veste. Une haine routinière, sordide, jalouse, me condamnait à l'écœurement quand se présentaient à moi ces visions aberrantes d'hommes ravis d'eux-mêmes, jetés tout entiers dans la satisfaction d'être là, inconscients de leur victoire sur ce qui, moi, me paralysait. Je me tenais alors un peu à distance dans la transaction. Le Bleu leur demanda, d'un ton neutre qui m'étonna, si nous pouvions les aider. Le blond le regarda méchamment et le reprit, tout en continuant ses gesticulations qui se perdaient dans l'obscurité. Il n'avait pas besoin d'aide, avait-t-il chantonné, il avait besoin de came. Puis le fixant, hilare, il s'était approché de mon camarade et avait claironné : toi, je te sucerais bien. Il s'était ensuite lancé dans un rire sonore. Sa veste, agitée par les mouvements de ses bras, sembla luire un peu plus maintenant qu'il riait. L'autre, comme s'il n'avait pas entendu, poursuivait malgré tout son commerce avec le Bleu. Sans y réfléchir vraiment, en supposant une réaction outrée du Bleu, en pensant qu'il fallait agir, en laissant éclater ma haine, je m'étais avancé à quelques centimètres du blond et j'avais refermé mon poing contre lui. Il avait chancelé dès mon premier coup sur son torse.

Reculant et reprenant son équilibre, il m'avait alors toisé. Sans qu'il n'ait eu à prononcer un seul mot, je compris mon erreur. Dans le regard qu'il m'avait lancé, il y avait tout ce que la jeunesse peut fournir de dédain. Il était déterminé à ne pas sentir les effets de mon coup et me le fit savoir. Alors que son visage empourpré était éclairé à la dérobée par les scintillements des sequins et qu'il tirait désormais son compagnon par la main pour l'éloigner de nous, j'ai vu à travers ses yeux comme une fulgurance : il avait déchiffré mon agressivité. J'aurais pu frapper des pédés autant que je voulais, tout était déjà joué pour moi, moi la petite frappe qui traînait les pieds devant les boîtes, derrière la maigre frontière qu'inventaient pour nous les videurs. Du dehors au dedans, il n'y avait qu'un flux. La précaution était inutile et l'éloignement impossible. Plus tard, je le verrais reprendre sa place dans le camp adverse, me considérer avec satisfaction depuis la terrasse de la péniche, moquant depuis son cénacle le miséreux que j'étais, l'envieux que je devais être au fond de moi, et son bomber brillerait, brillerait encore et rien ne pourrait rien contre cet éclat... Avec l'autre, ils riaient encore lorsqu'ils gagnèrent la foule de la file d'attente. J'entendais, de loin, une série d'insultes avinées et je percevais leurs regards méprisants rivés sur le Bleu et sur moi. Je m'apprêtais à les poursuivre, les terroriser encore quand le Bleu logea à son tour son poing sur mon nez.

Sonné par la douleur, je l'avais écouté se lancer dans des réprimandes brutales. Le Bleu me disait qu'il fallait laisser filer, que c'était le meilleur moyen de finir au poste, que les quais étaient surveillés et qu'ici nous n'étions pas chez nous – c'est bourré de flics. En nommant la police, les uniformes qui patrouillaient autour des clubs, il avait réprimé une colère plus intense encore et m'avait secoué par les épaules. Je saignais toujours quand il finit par me donner un nouveau coup dans le dos. Allez viens, on se barre.

Par la suite, nous nous étions retrouvés l'un à côté de l'autre dans le bus. Nos jambes se frôlaient dans la promiscuité du noctilien. Nous étions rentrés ensemble car, m'avait-il dit, il était de garde à *la planque.* La ligne de bus longeait les quais avant de s'enfoncer place de la Bastille vers l'est et, dans le véhicule plein d'ivrognes, de gens louches et de fêtards inquiets – tous ceux qui, trop fauchés pour se payer la sécurité d'un taxi, se trouvaient à compter les minutes dans les bus de nuit –, nous regardions l'un et l'autre les rues, à peine agitées par les dernières lumières, défiler dans le sillage du circuit. La vitre où j'avais posé ma tête endolorie était constellée de gouttelettes de buée qui s'éclairaient de vert, de rouge et d'or selon les feux de circulation que nous croisions. Je sentais, dans un froissement régulier contre ma cuisse, son pied qui tapait contre le siège voisin. Pour ne rien contrarier de son silence, j'avais fait semblant de somnoler et, arrivés porte de Montreuil, il m'avait secoué l'épaule avec une douceur qui témoignait de son accalmie. Il devait avoir été gagné par la barcarolle tranquille des arrêts et des feux, des zonards et des travailleurs de nuit, et il m'avait dit avec une sorte de tendresse étouffée : bouge, mon vieux, la fête est finie. Puis, m'introduisant pour la première fois dans la planque du Grand Dhjou, il avait annoncé, sans fierté : voilà, c'est chez nous. Il s'était allongé sur un tapis de sport en s'y recroquevillant comme un chien et m'avait laissé dormir dans le canapé. J'avais passé le reste de cette nuit à ressasser son coup de poing, la douceur de sa voix, puis son inquiétude quant aux flics, le goût de mon sang, enfin, tout ce qui de cet épisode formerait ensuite un tout, la signature qui me lierait à lui pendant un temps, notre sorte de contrat imaginaire. Sur le fil de son souffle, je développais l'image de cette union dans un tableau d'eau mêlée de nuit qui demeurerait toujours le plan fixe de ces dernières semaines parisiennes : le fleuve sombre dans lequel se perdaient les réverbères, les larmes de buée où palpitaient les feux de circulation, la nuit même, de son halo de fumées et de diodes, plongeant tout espoir dans l'eau. Soudain, le noir essora toutes les couleurs et fit du sang une seule et même bave où vinrent mouiller l'encre de la Seine, la mousse qui suintait dans l'escalier, la sueur qui perlait sur mon front et la pluie qui détrempait le goudron et ce fut, en un éclair sombre, ma vie au présent qui apparut. En ce temps-là, la lumière du jour me semblait à peine connue tant je vivais dans le berceau d'une ville éclairée et tant, comme un noyé, je coulais dans l'obscurité. Ainsi, la seule promesse de m'en sortir ne reposait jamais que sur les souvenirs des pactes conclus, des hommes qui se serrent dans la noirceur d'un bus, d'une chaleur soudain sur ma joue.

Il y a deux semaines, le Bleu avait disparu et notre contrat avec lui. Depuis, la vie tenait un peu moins. La nuit, elle, avait gagné en profondeur, en immensité et le vide, désormais, s'y agenouillait si bien.

III

J'avais tourné les talons lorsque le corps du dindon s'était pétrifié sur le béton. J'avais pris, à grands pas, la direction de mon appartement. Une fois dans mon lit, un maigre matelas sans sommier, j'avais brûlé un nouveau joint en quelques bouffées hâtives et trouvé le sommeil grâce à la dernière latte.

Le réveil m'a appelé tôt. Après un café sans goût, entrepris avec de l'eau tiède, je me suis observé longuement dans le miroir qui couvrait le mur du couloir. Je me suis attardé sur les formes de mes bras, du bas de mon torse et de mes cuisses, puis sur les rougeurs violacées qui tatouaient mes phalanges encore douloureuses. Un sentiment d'étrangeté m'a parcouru quand j'ai visé mon reflet; j'ai cherché la force qui m'avait d'abord manqué puis rempli la nuit précédente. Seulement, ce matin, ma chair faisait écran : dans les courbes de mon corps se tapissaient les ambiguïtés de la veille, et, impuissant, je restais aveuglé. Depuis la disparition du Bleu, je perdais pied et aucun renforcement musculaire ne semblait compenser ce qui en moi ne tenait plus le choc. J'ai passé ma main contre mon front, je n'y ai pas trouvé la trace des gouttes de sueur. La migraine et la nausée avaient elles aussi disparu. J'aurais voulu prétendre à un mauvais rêve mais cela faisait maintenant trop longtemps que je revenais systématiquement abruti de mes virées. Je ne voyais désormais plus que cela dans mon miroir : mon corps meurtri et gonflé, inutilement grand, bizarrement fascinant, s'offrant comme une image inerte lorsque venait le soir. Il y avait dans mon jeu répétitif avec la drogue quelque chose qui disait tout de mon dessein : je me perdais, nuit après nuit, à la recherche d'une dévastation pour faire de mon corps une photographie. Seul le cannabis m'offrait cet empire du vide, seul lui condensait les gouttes de sueur sur mon front, seul lui encore abattait ma résistance. La Vieille Jéjé se trompait en croyant que je venais parmi eux accomplir ma *première fois*. Je ne comptais plus les fois où je m'étais tendu ce piège à moi-même. Dans le dindon, j'avais voulu m'arracher à ce destin par la violence mais, déjà, je savais que ce serait sans effet, je n'éloignais jamais cette gluance bien longtemps.

C'était en compagnie des hommes du Grand Dhjou que j'avais tenté de perdre les formes sèches de l'enfance pour gagner ce corps-là, celui qui est coups et érections, celui qui excite et qui frappe, celui, enfin, que je croyais capable de rédemption. Dans la planque, ils s'entraînaient chaque matin et chaque soir à l'aide d'haltères perlées de sueur, ou bien ils agrippaient une barre de métal installée dans l'entrebâillement d'une porte et s'y hissaient, dans un silence religieux, à la force de leurs bras. Je les avais imités jusqu'à ce que mon corps se fonde dans leur unité et que mes dernières fébrilités s'effacent dans l'effort. La disparition progressive de mes os sous la chair m'avait fait croire que je quittais un fantôme. Et, en un sens, c'était le cas ; seulement, ce n'était pas le désir qui s'effaçait, mais quelque chose comme une innocence.

À cette époque, nous étions une petite dizaine à traîner dans la planque logée dans un de ces grands ensembles du boulevard Davout. Du plafond, des ampoules nues pendaient au bout des fils, éclairant deux pièces reliées par des ouvertures où subsistaient les gonds des portes qui avaient été retirées. Le canapé dans lequel j'avais dormi, en toile écarlate, accusait les années et s'était vu maintes fois troué par des brûlures de joints. La table basse de bois laqué blanc, elle, semblait récente, malgré les marques sombres de bouteilles et de cendres. Je ne l'avais jamais vue débarrassée : au mieux, elle accueillait plusieurs bouteilles de soda, un cendrier débordant et une myriade de bouts de résine de cannabis plus ou moins fondus, plus ou moins incrustés dans sa surface. Des cigarettes éventrées jonchaient la laque comme des cadavres d'insectes. Je n'y allais qu'après le déjeuner, puis les après-midi filaient, anesthésiés. Il y avait toujours un des gars du Grand Dhjou, jamais lui, pour rouler un joint, toujours un pour répondre au téléphone qui sonnait toutes les quinze minutes, et toujours les autres, affalés sur le canapé rouge, qui fixaient la télévision ou lançaient des parties de jeux vidéo. Alors même que le flot de liquidités faisant voguer cette petite galère provenait surtout des poudres que l'on distribuait dans des soirées, la seule drogue autorisée à bord était le cannabis. Les joints, qui s'enchaînaient jusqu'à ce que les estomacs soient trop acides pour digérer la journée, avaient des propriétés taillées pour un tel mode de vie : silencieux et halluciné. Et, au son du cri qu'ils poussaient en s'éteignant dans l'eau noire du cendrier, on comptait les heures qui passaient.

Les hommes du Grand Dhjou étaient tous assez semblables physiquement et, pour se distinguer dans la masse, ils s'étaient plus ou moins inventé chacun une singularité qui, à force de cohabitation, leur avait légué un surnom mythologique : le Sourd, qui ne l'était pas, le Gros, le Hérisson, la Bombe, etc. Certains prenaient des surnoms plus obscurs : le Vicomte, le Zbou, les frères Bleu. Et le Grand Dhjou, de taille moyenne, avait lui aussi hérité d'un nom sans histoire précise. Au fond, tout cela n'avait pas beaucoup de sens et c'était sûrement plus simple ainsi. Il ne fallait pas chercher à se lier vraiment. En ayant dès mes premiers jours choisi le Bleu comme interlocuteur privilégié, j'avais éveillé des suspicions et des inquiétudes. Je tentais depuis de faire bonne figure en me taisant le plus souvent. Et alors, de jeux en pétards, nous égrainions des bribes de conversations sans conséquences qu'aucune conclusion ne venait jamais clore. La langue ne disait plus rien et nous n'étions, logiquement, plus grand-chose. J'avais ainsi été finalement accepté non pas par bienveillance ou amitié, mais parce qu'on n'avait pas su me dire va-t'en. Je n'étais pas intégré, pas admis, simplement, tout le monde s'en foutait. Et si je n'étais plus venu, ça n'aurait été rien. Il y aurait toujours suffisamment de gars pour lancer une partie de jeu vidéo et de toute façon nous ne parlions jamais de ceux qui s'en allaient.

Pourtant, il y a maintenant plus de deux semaines, le Bleu avait disparu.

J'avais patienté plusieurs après-midi avant d'interroger le Grand Dhjou à ce sujet. Quand d'autres disparaissaient, je ne m'autorisais pas d'indiscrétion, cela faisait tacitement parti du pacte commun. Mais pour le Bleu, je ne parvenais pas à laisser filer : il avait été jusqu'ici l'homme qui, plus encore que le commerce des cristaux, m'avait maintenu dans la bande. Parce qu'il avait été le premier de la bande que j'avais rencontré et parce qu'il avait opéré une forme de marchandage souterrain avec les autres, jusqu'à ce qu'ils oublient tout à fait ma présence, ma récente carrière lui devait tout. En outre, sa disparition m'avait subrepticement rejeté à des pratiques un temps abandonnées : bagarres, partouzes, éternel retour des galères dans lesquelles il m'avait trouvé. À me voir dans le miroir ce matin-là, j'aurais même pu jurer que sa disparition avait obscurci la nuit comme ces éclipses qui, au ciel, ravissent la lune. Mais ça, je ne pouvais pas en parler aux autres. D'autant que je n'étais pas certain que le Grand Dhjou cède à ma requête au sujet du Bleu. À ma surprise toutefois, il y a une semaine, il avait répondu sans réticence : il m'avait d'abord regardé d'un air suspicieux, baissant la tête vers mes chaussures – des Nike dont la virgule se décollait – et il avait ensuite frappé un coup sec contre le dossier du canapé en me lâchant que le Bleu était parti en voyage d'affaires. Le Grand Dhjou travaillait son emphase lorsqu'il prononçait ce genre de tirade et sa grandiloquence ne trahissait jamais que le vide de ses affirmations. Il n'avait aucune idée d'où se trouvait le Bleu et cela avait été la seule raison de sa coopération.

Il me faudrait patienter encore quelques jours pour, croisant le frère cadet du Bleu, obtenir de meilleures informations : le Bleu vivrait désormais de trafics portuaires sur la Costa del Sol où il participerait à la radieuse entreprise du shit. Le Petit Bleu avait perçu mon intérêt et m'avait fait parvenir différentes photographies du Bleu et de sa nouvelle vie. Sur l'une d'entre elles, le Bleu, torse découpé par le rebord d'une piscine, flottait, hâlé, dans l'eau. Seuls ses deux bras étaient posés sur la dalle ensoleillée et il tenait dans le creux de ses mains une bouteille de bière. Il tournait légèrement la tête vers la droite, comme pour éviter le regard de l'objectif, et l'on devinait, derrière sa barbe naissante, un sourire tranquille. Selon le Petit Bleu, son frère était à Puerto Banús. On m'apprendrait alors que les petits charbonneux des cités s'y rendaient, après une courte et brûlante carrière, pour dépenser rapidement le butin d'une jeunesse – c'était du moins la légende colportée par des articles de presse. Seulement, aucun de nous n'était riche et je ne connaissais pas de charbonneux qui auraient rien que le début d'un pactole à claquer dans des villas espagnoles. Le Grand Dhjou n'accueillait pas le G7 du deal mais une déconfiture de parasites défoncés qui, parfois, se faisaient suffisamment de tune pour acheter des Air Max. Peut-être qu'en bout de chaîne quelqu'un ramassait gros et ce devait être celui-là qui finissait dans les journaux, qui terminait à Puerto Banús. Mais nous, nous qui étions moins que des cols bleus de la dope, étions juste des crétins qui songeaient à planter eux-mêmes comme si cela avait été le secret pour dézinguer le système. Jamais aucune plante n'avait tenu plus de trois semaines : c'était plus qu'un signe, c'était une signature. Alors nous en restions aux affres de l'import hollandais et nous gaspillions ce qu'il restait de nos petites marges en consommations personnelles : du gasoil pour le chef, de la weed et du capri-sun pour nous autres. Puerto Banús dès lors me semblait délavé par le mensonge. Quelque chose ne collait pas et je sentais qu'on ne souhaitait pas que j'en apprenne davantage. Retranché dans mon imposture, j'avais l'impression que la bande avait vu plus clair que moi-même dans mon jeu avec le Bleu. Soudain, ça me prenait : et s'ils avaient découvert mon autre trafic ? Après tout, je ne cachais pas très bien ma propre succursale : ils savaient que je gardais toujours de la came pour moi. Néanmoins, je le voyais, sur un malentendu, on aurait pu interpréter les choses en ma défaveur.

Face à moi, mon reflet dans le miroir, encore une fois. Je fis alors un bilan en relançant ma cafetière : le Bleu avait disparu à la fin juillet, nous étions déjà en août, le temps passait, je n'avançais pas dans mon enquête, et je commençais à croire que la nuit ne finirait jamais.

Je suis sorti dans la rue pour remonter le canal jusqu'à Jaurès. Le soleil était intact, la rue pleine des vies du matin, les arbres dans leur léthargie d'été. J'avais tenté de changer légèrement mon apparence : j'avais posé sur l'arête de mon nez une paire de solaires, enfilé un pantalon beige, une chemise bleu ciel, une paire de souliers abîmés et enfin j'avais mis une casquette. Afin de me camoufler, j'avais ressorti des placards des vêtements dont je ne me servais plus et qui dataient de mes premiers mois à Paris. Ils étaient comme une mue abandonnée sur les étagères : je ne mettais guère plus de chemises depuis que j'avais indolemment laisser tomber les études et le reste. Elles témoignaient, dans leur état d'abandon, de cette époque où j'avais commencé ici le reste de ma vie ; avant d'y renoncer. La chute avait été insensible et, plus vite que je ne l'avais prévu, je m'étais lancé dans le larcin et les sneakers. Dès lors, d'une classe sociale perdue, des aspirations qui avaient reposé sur moi, il ne restait que cela : des coquilles vides et des souliers remisés au fond d'un placard.

Finalement, je suis entré dans un PMU proche de Stalingrad, Les Champs. La saleté accumulée sur les vitres, les auréoles de verres sur les tables et les moutons de poussière que l'on trouvait planant entre deux plantes artificielles concouraient à faire du bar un lieu de rendez-vous vraisemblable pour ceux qui comptaient échapper aux établissements baignés de lumière. Une employée chinoise lavait, derrière le comptoir, des traces brunâtres dans des petites tasses siglées. Elle ne me prêta aucune attention quand je m'installai à l'extrémité du zinc. Attendant qu'elle sorte de sa rêverie, j'ai attrapé *Le Parisien.* Je m'attendais à y lire un entrefilet sur ma nuit dernière. Au lieu de cela, six Parisiens, que l'on devinait sympathiques sur des photos de la taille d'un timbre, donnaient, page quatre, leur avis sur la voie cyclable du boulevard Magenta. Rien d'autre. Reposant le journal sur le comptoir, décidé à effacer cette histoire de ma mémoire autant que je le pouvais, je suis sorti du bar. Sur le chemin du retour, j'ai appelé le Petit Bleu pour terminer mon enquête. Août avançant, je ne pouvais plus remettre à plus tard mes retrouvailles avec le Bleu. Je devais le retrouver avant la fin de l'été, avant que je n'aie de vrais ennuis et qu'en conséquence, *Le Parisien* parle d'autres choses que de pistes cyclables…

Après un bref somme, j'ai rejoint le petit frère assis de biais sur sa mobylette, vers les hauteurs du parc de Belleville. Le temps y était doux. Dans un ciel voilé par un nuage de particules fines, le soleil donnait une teinte rosée à la pollution. Une lointaine rumeur de marché subsistait et, tout à côté de lui, une bande de jeunes de notre âge buvait du Jack dans des gobelets en plastique. Le Petit Bleu m'attendait en consultant son téléphone. M'apercevant venir à lui, sans décoller les yeux de l'écran, il me salua. Il était doté d'un de ces curieux accents faubouriens qui consistait en un mélange de patois télévisuel, de souffle bas et de vigueur, ou bien peut-être était-ce un énervement, du Sud. Le résultat, on l'entendait quelquefois dans les trains de banlieue, était non pas chantant mais scandé. Il me dit de ce ton-là : tu dates chacal. Je le saluai en retour, mais sèchement. J'en vins au sujet de son frère que j'évoquai avec excitation en me remémorant les photos. Le Petit, gagné par le cynisme, calma ma rêverie. On disait le Petit mais il était légèrement plus grand que son frère. J'avais en outre été frappé par sa différence avec l'aîné. Il possédait un visage plus harmonieux et une silhouette plus élancée. Il y avait chez le Petit une légère façon de ne pas avoir été accidenté par la vie qui transparaissait dans sa peau épargnée par la grêle et les cicatrices du grand. Il me rappela alors, mi-sombre, mi-amusé – le départ de l'aîné lui accordait l'occasion de mûrir brutalement et de se faire plus paternel –, que son frère avait quitté la ville sans un mot. Que lui, il n'en avait pas été surpris. Son frère, jugeait-il, tournait en rond et faisait toujours les mauvais choix. Je n'en saurais pas plus, car il enchaîna en remontant plus loin dans leur histoire familiale, cherchant dans je ne sais quel passé une sorte de résolution, de logique. Ils avaient quitté une ville du Sud il y a cinq ans, continua-t-il, année où leur père avait été placé en détention. Les emmerdes s'étaient ensuite accumulées. Les Bleu, rattrapés par la précarité, devaient, quoi qu'il en coûte, faire de l'argent. Les options avaient été peu nombreuses. L'aîné se livra à divers trafics, à l'instar de son père. La police, après avoir fait tomber le père, décida de suivre le Bleu à la trace : ils firent de lui un indic, une balance. Il tenta de se défaire de cette emprise en filant des faux contacts. L'astuce ne convainquit personne et la police insatisfaite le fit condamner pour des délits mineurs. Après un tour en maison de correction, rejeté à l'errance avec à sa charge le Petit, il s'en était remis à d'autres trafics avec les bandes de la place des Fêtes, puis avec le Grand Dhjou. Toutefois, jamais, croyait savoir le cadet, le Bleu n'avait abandonné l'espoir d'arrêter de charbonner. Il répétait à son frère que c'était temporaire, que s'ils continuaient trop longtemps, ils finiraient comme leur père. Le plus important pour le Bleu, apprendrais-je, c'était de *décrocher*. Et j'imaginais, en me laissant bercer par la voix du Petit, ce que cela pouvait signifier que de décrocher quand on a vingt ans. Je voyais les corps des deux frères soudain se désenlacer d'une corde et tomber. Je repris le fil de l'histoire que ne cessait plus de déballer le cadet : j'appris que le grand-frère insistait auprès du Petit afin qu'il fasse des études, en vain. Et à cause de tout cela, de tout ce bavardage moralisateur, le Petit Bleu gardait une sorte de prudence, voire de mépris, à l'égard de son grand frère. Il sentait chez lui quelque chose d'une lâcheté qui le dégoûtait et, plus encore, ce départ, qu'il ne semblait pas vouloir comprendre, le dépassait. Quand l'aîné prétendit qu'un pote, étrangement magnanime, l'avait invité à le rejoindre en Espagne, le Petit y avait vu un mytho de plus. Si on lui demandait où était son frère, il répéterait son texte mais sans en faire trop. Le Bleu lui avait dit qu'il allait trouver en Espagne un moyen de régler tous leurs problèmes. C'était parfaitement irréaliste selon le Petit qui, lui, préférait faire de l'argent en dur, en vrai, tant qu'il en avait encore le temps.

Une saveur lointaine me vint à la bouche : je retrouvais un peu de mon imposture. J'étais tellement obnubilé par mes négociations avec mes secrets que j'avais oublié de regarder en face la vie de ceux avec qui je traînais. Je ne comprenais jamais rien et je n'anticipais jamais suffisamment la machinerie complexe des vies vécues à la lisière du monde. Mon regard remonta lentement de la tour Montparnasse aux boulevards et s'arrêta sur les gares larges comme des blocs de schiste, qui, du nord à l'est, dominaient un champ de pierres. Quelque chose semblait toujours circuler dans le paysage parisien. Pareilles à une trotteuse dans le cadran d'une montre, volaient sur Paris la course de ses circuits et de ses trains, et, vacillantes, en vol désordonné, dans l'ombre même de cette perfection mécanique, les existences hasardeuses de ceux qui, comme nous, se partageaient la nuit. Depuis la soirée d'hier, ce passage impeccable du temps m'était apparu menaçant. Qu'importe ce que le gamin pouvait penser, il fallait que je me casse d'ici et je manquais d'options : ce serait, comme si souvent ces dernières semaines, le Bleu ou rien.

Le Petit, face à mon absence de réaction, alors qu'il allumait une clope, me raconta que son grand frère s'était fait défoncer la moitié d'un genou par une perceuse allemande. Il ne fallait pas rire avec ça. Il dit que je me rendais pas compte et que je n'aurais jamais rien à voir avec eux. Il entrecoupait ses phrases pour tirer sur sa clope. Il répéta : une perceuse, bordel. Mais moi, j'insistai : je voudrais contacter ton frère. Il dit que je n'avais qu'à faire comme je voulais, qu'il faudrait lui passer le bonjour et lui rappeler de ne jamais revenir.

IV

Un bouton brun, pareil à un téton, fleurissait sur le haut de l'articulation du Bleu. Au fil des soins prodigués par le soleil, la blessure, d'abord recouverte d'une peau fine et froissée, avait vu ses couleurs changer, le blanc avait rosi, le rose était devenu cramoisi et le pourpre, enfin, avait bronzé et fait naître une tache graisseuse marron. Sur sa peau, j'en observais le léger relief : fidèle à une certaine idée de l'été, le Bleu la dévoilait grâce à une tenue sportive. Le short découvrait ses jambes là où la forme ailée de sa cuisse terminait sa course et mon regard resta quelques secondes suspendu : une perceuse, avait dit le Petit. Le Bleu conduisait depuis maintenant deux heures. Il était venu, perplexe mais volontaire, me retrouver dans la région de Valence, du côté de l'Albufera. Il avait attendu sur les plages du détroit, mais, le vent tournant, il avait été repoussé vers l'intérieur des terres, longeant, de déserts en villages, la route d'un pays brûlé. Pour ma part, j'avais, comme le chirurgien hésite à inciser, hésité à partir : à chaque instant, je m'étais contraint à l'indécision craignant que, sans indication et sans destination, je ne perde le fil de mon histoire.

*

Un soir, j'avais pris la direction d'une bretelle du périphérique. Le jour touchait lentement à sa fin. Adossé à un muret, je voyais des voitures, des dizaines de véhicules à la seconde, quitter Paris. D'abord congestionné, le flot accélérait, se détendait, devenait tout à fait fluide, avant de se figer encore, et là, les autos s'agglutinaient, piétinaient et s'ankylosaient sur l'échangeur. Un nouveau signal, imperceptible, dissolvait finalement la colle qui engluait les fuyards puis, derechef, la circulation s'intensifiait au son des klaxons. Il aurait fallu que je saisisse l'opportunité de cet affaiblissement du débit : je serais descendu, j'aurais hélé les automobilistes, et, contraints, ils m'auraient ouvert une portière, maugréant leur docilité forcée par les circonstances. Mais, pressentant leur méfiance, je n'étais pas parvenu à m'engager. J'avais rebroussé chemin et regagné mon appartement.

Le drame avait quitté ma chambre. Les coups, aussi brièvement qu'ils avaient troublé une nuit, semblaient avoir disparu. La police, indifférente, ne m'avait jamais contacté. Un jour, peut-être, elle dissiperait les incertitudes autour de mon dossier et je serais poursuivi, mais en attendant, rien. Je n'en éprouvais aucun soulagement et j'y perdais même une distraction qui m'aurait permis d'esquiver le souvenir de la nuit. Dès lors, ce n'était plus qu'une question de jours avant que je ne reçoive le texto d'un client et qu'à nouveau je revive la même nuit, indéfiniment : les gouttes de douleur, le goût du sang, les corps qui s'approchent, ma résistance qui se grille. Alors j'avais réduit mon périmètre vital, espérant ainsi interdire à d'autres événements de se produire. Je ne sortais plus de mon arrondissement, et si une action nécessitait plus de trente minutes de marche dans la foule, elle était immédiatement annulée. Mes mouvements devenaient plus brefs, j'en réduisais le volume, jusqu'à l'inertie. Je gardais, du matin au soir, les draps de mon lit défaits et je n'en sortais pas, ou si peu. Poisseux, ils se chargeaient de la sueur et du sperme que je venais y vider. Séché, je rallumais alors un pétard posé sur le bord de mon lit et je fixais le plafond noirci de poussière. J'attendais, j'attendais encore. J'attendais le signal, j'attendais la portière qui s'ouvre, j'attendais le soir rose, j'attendais une adresse, j'attendais que le Bleu réponde à mes messages, j'attendais le matin blanc, j'attendais que la circulation reprenne sur le périph, j'attendais qu'il me sorte de là.

La nourriture vint à manquer mais seule la drogue, dont la morsure à l'estomac ne s'amenuisait pas – repère fixe quand la défonce peine à revenir –, me poussait vers la faim. J'avalai tout ce qui me tombait sous la main. Ce furent des soupes froides, des céréales pour enfants, des litres de soda et des montagnes de pâtes que je cuisais dans une bouilloire électrique, mais aussi des conserves au goût âcre, des poignées de fromage râpé, des sacs entiers d'une semoule ingurgitée à moitié crue et gorgée d'eau. Je n'utilisai plus mon mobile, ni ma voix d'ailleurs. Je n'avais pas parlé depuis trois jours : je ne pensais plus en mots. Un après-midi, au contact de notes venues d'une fenêtre voisine, mon bras doucement s'était soulevé dans l'air gris, puis s'était déployé, habité. Entraînées par le mouvement, mes épaules ondulèrent – j'avais battu des ailes. La musique s'étouffa. C'était un départ. Je restai debout sur mon lit à fixer le mur fissuré. J'allumai une cigarette en me rasseyant, encore étourdi par l'amplitude de mes mouvements.

Quand vint la certitude que personne ne recherchait l'agresseur des *coups de la gare de l'Est*, quand cette histoire fut chassée par les jours, que tout se perdit dans la nuit, je redevins, vérité plus immuable, celui que le sexe de Marc avait souillé, celui qui s'apprêtait à retourner vers la nuit, à se jeter encore, fantôme, dans les bas-fonds. Avant que ne se fixe ce corps dans le miroir, celui qui ressemblait aux invertis des quais, celui que l'on rafle et qu'on fracasse, avant, il fallait substituer une autre histoire. Je rassemblai les maigres billets qui s'étalaient sur mon unique étagère et je téléphonai de nouveau au Bleu.

*

La voiture s'est arrêtée à proximité d'une station-service que le Bleu avait vue au loin. Le silence qui s'était installé depuis une heure dans l'habitacle le poussait à éructer régulièrement. Il se plaignait là d'un air trop chaud, ici du gazole qui manquerait, plus loin d'un monospace trop lent qui pourtant ne ralentissait pas notre course. À notre manière, nous observions l'incongruité de nos retrouvailles. Je fixais, suspendue au rétroviseur, une paire de dés en peluche. Virevoltant au gré de la route, malmenés par des suspensions usées, les dés duveteux s'entrechoquaient sans un bruit. Leur surface avait été polie par les rayons du soleil : de leur couleur bleue, il ne restait que des auréoles. Sur le poste, une chaîne de radio espagnole crachait du dancehall.

Dans la station-essence, un jeune gros affalé sur une chaise pliante n'attendait plus les clients. Je lui ai pris, malgré lui, deux briquets, trois paquets de cigarettes et une canette de bière. Derrière sa moustache grasse, il a marmonné un étrange dialecte auquel j'ai répondu un timide *gracias.* Soucieux de montrer ma sympathie, j'ai offert au Bleu la bière et une clope. Adossés au capot de sa Seat, nous évitions de parler en tâchant de nous concentrer sur nos cigarettes qui, dans l'air chaud, se consumaient trop vite. Il a écrasé la sienne d'un geste soigné et a réglé à la pompe. Nous avons repris la route, pour quelques centaines de mètres seulement. À proximité d'un torrent asséché, il a laissé la voiture décélérer et déraper sur une excroissance de bitume. Attrapant la canette et les clefs, il est sorti. Longeant la glissière de sécurité, il a allumé une nouvelle cigarette et m'a fait signe. Il était épuisé par le voyage et voulait, comme pour saisir les dernières délicatesses du soir tombant, s'asseoir sur une pierre blanche qui, si l'eau avait coulé, aurait bordé la rivière. Après avoir coincé une cigarette derrière son oreille d'une manière qui nous était familière, il a entrepris de rouler un pétard. Tapotant le tabac piégé dans la feuille slim, il remarqua que la chaleur, même à cette heure, restait étouffante. À mon tour, je me plaignis. J'avais eu un soleil de plomb de Paris à Narbonne, plus dure encore avait été la météo pour rejoindre les Pyrénées, et l'ombre des sinueuses voies montagnardes n'avait été d'aucune aide. La Toyota que j'avais louée à Orly avait fini par s'imprégner d'une irrespirable odeur de plastique neuf. Il dit qu'il faisait souvent trop chaud en Espagne et moi j'opinai. Nous reprenions le fil de nos conversations passées qui perdaient de leur sens, pareilles à des signaux de morse, hachées, télégraphiques, singulièrement amicales. Il flottait, dans l'air du soir, une senteur d'herbes brûlées, de romarin, de pins secs et de pétrole. En hauteur, par-delà la route, un verger montait vers le flanc des montagnes. La terre, sous les pêchers, était rouge et clairsemée d'éboulis. À droite, là où le torrent poursuivait le béton, de courts arbustes recouvraient les ondulations de la vallée. Les rares arbres du paysage s'étaient courbés sous le vent qui les avait, année après année, conduits à pousser au ras du sol, pas plus haut que des bosquets. Au loin, des collines fatiguées refermaient l'horizon. Valence était à soixante-dix kilomètres. Il faudrait, pour rejoindre la côte, passer par Montroi, Montserrat puis à Monte Rosado glisser vers Silla et, enfin, remonter par le littoral. Dans un peu plus d'une heure, il y aurait la mer. Et dans trois heures, ce serait la Costa Daurada.

Avec la grâce qu'il y mettait toujours, le Bleu relâcha par les narines un fin filet de fumée qui répandit une haleine poivrée de cannabis humide – celui qui, encore vert, crépite dans le papier en se consumant. Ce parfum qui soudain flottait autour de nous comme une nappe me rappela à lui, à des jours passés. J'avais secrètement accordé à cet effluve le pouvoir d'ériger un univers clos autour de nous. Le parfum gluant de la résine qu'il avait en empreinte jusque dans la peau, c'était intégralement lui. Sans lui, ce n'était déjà plus la même odeur. Quelques heures auparavant, elle m'apparaissait mentholée et froide alors que, là, tout contre sa chaleur, dans sa fumée, le parfum du cannabis fut comme une jungle grasse, onctueuse et tachée de lumières. Me tendant le joint, il m'a assuré qu'il avait trouvé une chambre dans un hôtel avec piscine. Nous pourrions y rester quelques jours. J'ai tiré à mon tour. L'imitant, j'ai expiré une ombre de fumée par le nez. Elle alla aussitôt se dissiper en fines volutes translucides autour de son visage. Cool, ai-je finalement articulé.

Le Bleu avait trouvé une *suite*. C'était, dans ces hôtels espagnols qui avaient poussé par dizaines sur la côte en préambule au millénaire, le nom commercial que l'on donnait à des brochettes de pièces étroites bordées par des balcons aux verres fumés. À l'accueil, une brune aux hautes pommettes s'était enquise de notre voyage. Elle insista pour que je ramasse des brochures touristiques : un restaurant dans lequel des sosies de célébrités se produisaient en concert tous les vendredis soir, un aquarium où mes enfants auraient pu toucher des raies anémiques et un circuit automobile. Le Bleu avait une seule valise dans laquelle étaient pliés maladroitement des vêtements de sport mêlés à des boules de chaussettes blanches. Je n'avais qu'un sac en toile cirée. Il l'avait regardé, désolé et railleur.

Quand j'ai ouvert une des portes vitrées de la chambre, me sont parvenus des rires, une mélodie tapageuse et, plus ténu, le tranquille clapotement des vagues. Un laser vert traversait le ciel de la baie, et l'on devinait qu'il trouvait sa source dans un club d'où s'échappaient les échos d'une eurodance visqueuse. Le Bleu semblait ravi. Il portait une grande attention à son installation et, le lendemain, je retrouverais ses boules de chaussettes prudemment disposées sur une étagère, ses shorts empilés et pliés et une série de tee-shirts rangés de la même façon.

Dans le lobby, la jeune fille veillait. Elle a voulu m'avertir que la piscine était fermée, elle a ajouté que l'hôtel était non-fumeurs. Je me suis éloigné de son visage luisant de maquillage pour gagner la terrasse de la piscine qui, serrée dans l'étau du béton, se trouvait exposée à tous les balcons de toutes les chambres. Dans la piscine, des diodes pareilles à celles d'une navette spatiale alternaient du rouge au bleu et, au contact de la fraîcheur du soir, l'eau chlorée s'évaporait en une nuée qui stagnait à la surface. Sous l'effet de l'éclairage, cette rosée artificielle prenait des airs de nuage radioactif. J'ai enjambé un portique et me suis allongé sur un transat dépourvu de son coussin. Le club de la baie déversait désormais dans la nuit un tube de supermarché. J'ai allumé une cigarette et j'ai crapoté en expirant ma fumée par le nez, comme lui. Soudain, le soir me frappa par son irréalité diffuse : allongé contre le plastique froid du transat, mon corps ne pesait plus. Il me semblait que je n'étais pas encore arrivé, que quelque part une partie de moi était encore en train d'accomplir les derniers kilomètres. On apercevait à peine les étoiles dans ce ciel d'une encre trop claire, seul le rayon vert passait et repassait au-dessus de la baie.

Le Bleu était au restaurant à mon réveil. Derrière une assiette de croissants fourrés, il a esquissé un sourire imbécile. Dans la salle vitrée du rez-de-chaussée, il y avait, aux tables alentour, des familles dont les enfants, pareils au Bleu, se trouvaient à saliver devant un buffet à volonté. Dans des plats en alu flottaient des œufs durs, du bacon huileux, des tranches de melon jaune, un flan rose parsemé d'amandes effilées entre autres spécialités de cantine touristique. Poussant de son pied la chaise qui lui faisait face, le Bleu m'invita à sa table. Il leva ses yeux amusés de son assiette et m'interrogea : alors, tu me racontes ce que tu fais là ?

V

Jacques Costan

Jacques Costan avait été un nom.

Ce nom, comme celui d'un général oublié auquel on devait une lointaine libération militaire, était lié à mon enfance. Jacques Costan avait été l'auteur des pages qui m'avaient invité à parcourir des paysages désolés et des internats oubliés à la découverte, hésitante, d'une bluette adolescente entre deux jeunes hommes.

J'avais déjà rejoint Paris quand, toujours cerné par ses phrases, j'avais voulu replonger dans les œuvres de Costan. Sans surprise, je n'avais jamais retrouvé son nom sur les étagères des librairies. Il appartenait à une mode littéraire qui s'était évaporée et qui fut aussitôt remplacée par sa semblable, les fleurs en moins, les backrooms en plus. Si bien que, hors du territoire de l'enfance, je n'ai recroisé ce nom qu'une seule fois. Posé au sommet d'une pile sur l'étal d'un bouquiniste : *Seule pleure la nuit.* Jacques Costan avait survécu. Il se tenait là dans une édition brochée qu'un lecteur précédent avait revendu au commerçant il y a des années peut-être. Je l'achetai aussitôt et ce serait le seul livre qui resterait dans ma chambre parisienne jusqu'à mon départ.

En le relisant cette année-là, je découvris, à la page où un personnage rendait visite à son amant pour l'embrasser une dernière fois, des détails qui, surimprimés à ma connaissance des lieux, m'indiquèrent de quelle villa Costan s'était inspiré. Je m'empressai de m'y rendre. Mais, en m'approchant de son emplacement, je constatai que la villa telle qu'elle avait été décrite dans *Seule pleure la nuit* n'était plus.

Avant de tomber dans ma nuit et de délaisser ce livre en cette première année à Paris, je m'intéressai compulsivement à cette villa. J'appris alors que la maison avait d'abord été altérée en 2006. La propriétaire, croulante, avait arraché à la façade sa divine symétrie tant admirée par Costan : elle y avait fait construire, en pleine face, un ascenseur. Morte en 2008, la vieille avait laissé un dentiste y poser ses appareillages et ses gamins. L'homme, rappelé par le Sud, avait finalement abandonné le royaume de Costan à un promoteur. Trois années plus tard les ouvriers avaient commencé à retirer au bâtiment ses fenêtres. Puis ce fut la cage en aluminium qui tomba. Butant sur le toit, qui menaçait d'interrompre les travaux par son écroulement, le promoteur avait finalement renoncé à construire des appartements dans la maison. Désormais, Léo et Antoine, la vieille croulante, le plus jeune des gamins du dentiste, celui qui avait jeté son ballon sur le périphérique, tous, gisaient sous les gravats, pareils à un livre calciné.

Je m'étais tenu derrière des barrières, tentant, entre les palissades, de discerner un monde effacé. J'étais revenu, mois après mois, y suivre le chantier d'un futur immeuble locatif, sans vraiment savoir ce qui m'y conduisait encore alors qu'il ne restait rien. Je ne saurais dire exactement pourquoi mais je sais que sans cette villa détruite je n'aurais pas emprunté le chemin que j'ai pris par la suite. J'abandonnai les études deux mois après sa découverte, et, un an plus tard, je prenais la route pour l'Espagne.

L'importance de ce livre venait du fait qu'il avait su, en un temps reculé, instaurer dans mon esprit un certain ordre de la vie. De Léo à Antoine, de Saint-Leu à Paris, coulait toujours chez Costan, au centre du paragraphe, la même encre laiteuse et grasse qui convoquait un unique mouvement : l'idée même d'une façon de marcher sur des pavés sans âge, de glisser sa main sous les draps de l'internat, de mâchouiller du tabac, de voir le jour récompenser les jeunes hommes lancés, dans des habits propres, à la conquête des lèvres aimées. Ce livre et son implacable répétition de lieux communs, présentés à moi comme vérité profonde du désir, avait, dans l'ennui moite de mon enfance, tracé un après. Du haut de mes douze ans, je lui avais accordé les pleins pouvoirs sur mon éducation sentimentale. À quoi cela avait-il tenu que cet homme, cet écrivain et ses niaiseries, ses phrases et ses couleurs conduisent mon enfance plutôt qu'un autre? Cela restait un léger mystère. Peut-être étaient-ce ses descriptions bucoliques, peut-être était-ce la ressemblance entre les villas de la petite couronne et les demeures que je croisais dans les champs où je m'écorchais les genoux? Ou peut-être, plus vraisemblablement, les personnages de Costan réconciliaient-ils pour moi toute la niaiserie de l'enfance et l'homosexualité. Dans *Seule pleure la nuit*, Léo et Antoine dissipaient d'un geste d'amour, d'un baiser, d'un adieu qui n'en était pas un, toute la mort et l'angoisse qui teintaient des désirs que je croyais déviants. Alors j'avais adopté ces personnages pour frères. Mieux, je les avais inscrits dans mon imagination comme des mythes que, jamais, je n'aurais pu soupçonner de fraudes. Lecteur, je n'imaginais pas qu'ils puissent n'être que les fantasmes un peu gras d'un écrivain un peu las. Que ses romans assemblent les garçons les plus sensibles aux camarades les plus beaux était, pour un enfant bravache et pleurnichard, l'inestimable consolation. Face à ce que je pressentais de mon inaptitude quant aux femmes en fixant inquiet mon corps rachitique et efféminé dans le miroir, Léo et Antoine étaient une promesse. Une promesse de calme, de vie, d'amour. *Seule pleure la nuit* n'avait pas été titré ainsi par hasard pensais-je alors : quand les pages avaient été tournées, plus rien ne pleurait sinon cette longue nuit de solitude qu'était une enfance. Nuit dont on connaissait désormais la lumineuse image finale : Antoine et moi, un jardin immense pour nous seuls, un jardin pour nous aimer toujours, un jardin pour nous retrouver car nous sommes, lui et moi, faits l'un pour l'autre. Et c'était là, selon moi, l'âge adulte. Un âge qui, bien entendu, ne serait jamais qu'un triomphe gracieux que rien n'entamerait plus; sinon la coulisse des astres sur le jour.

Mais les villas tombaient, le gravier les recouvrait et l'ordre des choses se révélait être une affaire de romancier. Combien de fois passerais-je devant le chantier de la maison écroulée en espérant y retrouver un peu de chaleur? Je venais d'arriver à Paris, je croyais me trouver enfin à ma place, mais une villa avait été détruite.

De l'inéluctable pourrissement du monde, de la règle qui avale toutes les vies, affaisse tous les monuments et jamais n'intercède pour la beauté, de la chute, en somme, des hommes et de leurs souvenirs, de toutes ces choses dites par l'algèbre grecque il y a des siècles, Costan n'avait pas parlé. Que la villa se défasse, ce n'était rien de plus qu'une évidence dans l'indiscutable. Quel livre se serait tenu entre un monde et son effondrement ? Je réalisais bien trop tardivement que Jacques Costan avait écrit le roman du jour de ses vingt ans mais que, jamais, il n'avait écrit celui des jours suivants.

VI

Quand le Bleu avait couru dans la mer, le soleil était encore voilé du matin. Il avait tenu à ce que nous prenions un bain avant que la journée ne commence. Depuis la plage que nous avions gagnée, je sentais venir à moi la moiteur de l'eau.

D'abord, j'avais hésité. Je craignais pudiquement, avec une sorte de picotement au ventre, de me dévêtir devant lui. Son excitation avait fini toutefois par me convaincre – trépignant, il avait enlevé ses vêtements, les jetant les uns après les autres sur la plage déserte. Une fois qu'il avait été totalement immergé, j'avais pris sa suite. Désormais, nous flottions comme deux grands ballons sur le ballottement triste des vagues. Je n'osais pas m'approcher de lui qui, sans s'inquiéter de rien, se tortillait maintenant comme une poule d'eau. Nous ne quittions pas les abords de la plage et je me suis brièvement demandé s'il savait nager. De sa tête, il secouait autour de lui des bouts d'algues rapportés par le courant. Moi-même, je sentais le long de mes tibias la caresse poisseuse de ces algues mortes. Il aurait fallu que nous avancions vers le large pour éviter ces dépôts et ces eaux sales, seulement, face à son enthousiasme, aucune logique ne prévalait et je suis resté à barboter à ses côtés. Oscillant ainsi à la surface, le nez au ras de l'eau, je pouvais saisir dans l'air l'odeur viciée de la mer. L'eau devait être dégueulasse mais la lumière blafarde du matin laissait reposer dans l'ombre ses croupissements. Lui, il s'en foutait. Après avoir tant de fois secoué son crâne sous l'eau, il se dressa et se mit à marcher dans ma direction. Il avançait en déployant ses bras autour de lui et faisait mousser l'écume jaunâtre contre son torse émergé. De son corps, je n'avais jamais eu pareille vision. Il était cette fois complètement découvert et je recomposais mentalement les parties inconnues à la lumière de celles que je connaissais déjà. Il était là, imposant, aussi noueux que je l'avais imaginé, la peau mate et traversée de ligaments. Il y avait, dans ce corps, quelque chose d'effrayant qui échappait aux canons de la beauté. C'était comme si ses muscles s'étaient développés sur une silhouette fébrile, mal nourrie. Dès lors, comme dans un traité d'anatomie, toute sa masse semblait apparaître sous sa peau. Sur sa jambe, la trace menaçante de sa blessure formait une bouillie de chair étrange et j'ai cru entrapercevoir sur ses épaules quelques autres mauvaises cicatrisations. Avançant toujours, il m'offrait un large rictus où ses dents un rien cabossées se dévoilaient. Ses cheveux courts tombaient en lamelles épaisses sur son front où s'accrochaient quelques bouts d'algues. Arrivant à mes côtés, il surprit mon regard appuyé sur ses cicatrices et, d'une voix amusée, me demanda ce que je regardais. Et, avant que je ne réponde, il plaça sa main sur mon crâne et m'enfonça sous l'eau en riant. À peine avais-je ressorti la tête qu'il recommença à me noyer. Cette fois, en maintenant suffisamment de force sur mon front pour m'empêcher de remonter à la surface. J'aurais pu m'abandonner à son jeu idiot et contenir ma respiration mais, d'être là, près de lui, dépendant de sa volonté, j'ai senti bourdonner en moi la crainte de son imprévisible pouvoir. Alors, j'ai été pris de panique. J'ai envoyé des coups dans ses jambes puis, me saisissant dans le fond de l'eau d'un de ses pieds, je l'ai finalement déséquilibré. Il est tombé à son tour et ce fut sur moi qu'il chuta. Entre nous, l'eau s'enfuit sous le poids de son corps et nous nous trouvâmes enlacés, des coups partant malgré nous : mon coude contre sa tête, son genou dans mon ventre et sa peau partout collée à la mienne. De le sentir si près, j'eus un haut-le-cœur. Je crus m'étouffer avec le peu d'air qu'il me restait. Le goût du danger était puissant et si doux pourtant : c'était l'angle sec de ses os contre ma peau, c'était la chaleur de ses bras contre ma tête. Sans me repousser, toujours collé à mon corps, il a ressorti sa tête de l'eau et s'est mis à rire. Il ne pouvait plus s'arrêter. Il était redevenu un gamin qui goûtait à la mer pour la première fois. Je l'ai fixé et il a lancé : je t'ai bien eu !

Cristallin et inarrêtable, son rire est reparti de plus belle. Sous l'effet de ce rire total, je me suis délassé et les compressions de mon corps, de mes poumons, de mon ventre se sont dilatées. Rien n'avait jamais d'importance avec lui. J'ai replongé dans l'eau pour flotter à nouveau dans le las bercement des vagues. Cette fois le dos émergé, j'ai ouvert les yeux dans la mer. Dans le fond de l'eau, un petit poisson argenté suivait le fil du courant. Je saisissais peu à peu le secret de l'infini apaisement que je ressentais dans la proximité du Bleu. Il était une cellule vide, une balle à blanc. Le désirer et le garder près de moi n'était jamais que placer du vide dans un barillet. Je pouvais alors poser sur ma tempe l'arme d'une roulette russe, ce serait toujours gagnant : jamais il ne verrait mon corps qui l'appelait. Il est sorti de l'eau. Je l'ai suivi. Il a dit : elle était bonne hein? Sans attendre ma réponse, il est reparti dans ses gloussements.

Le vent s'était levé sur la plage, agitant, çà et là, les palmiers de l'avenue, les devantures toilées des magasins, des prospectus d'agences immobilières, des nuées de sable et, plusieurs fois, la casquette humide du Bleu. Elle lui avait été retirée par une bourrasque, qui, dans son sillage, avait emporté des billes d'eau salée. Il avait râlé avant de revenir vers mon histoire, pour mettre au clair les derniers détails. Il se répétait les différentes étapes : j'avais frappé un gars qui voulait me piquer du fric, avant d'écoper d'un rendez-vous au poste, je m'étais barré en louant sous un faux nom une bagnole à Orly. C'était simple. Il me glissa qu'ici les flics ne pouvaient rien. J'aurais voulu ajouter que les partouzeurs non plus mais j'étais trop content de m'apercevoir qu'il n'avait jamais rien su de ma double vie pour gâcher mon secret. Alors, j'ai tenté de comprendre pourquoi il avait fui Paris. Lui, il avait mal rodé son histoire. Il y avait des agents d'Interpol, un restaurant cerné par les flics, des empreintes digitales que l'on avait effacées contre des barreaux de prison, plusieurs motards et des AK-47. Nulle trace ici de son obsession du *décrochage* mais plutôt une dégurgitation improbable de *Scarface*.

Quelques jours après ce premier bain, alors que nos vacances débutaient sans considération pour les touristes qui, eux, commençaient à quitter la station balnéaire en vue de la rentrée, nous nous apercevrions que la brunette du lobby s'intéressait à nous. Elle s'ennuyait alors que la haute saison touchait à sa fin. Ses cours n'avaient pas repris. Elle étudiait à Barcelone la gestion et le service. Le Bleu avait alors voulu qu'elle dîne avec nous. Moi, je la considérais avec méfiance comme si elle pouvait être une sorte de rivale. Dans l'après-midi précédant le rendez-vous, elle lui avait envoyé un texto : pour le dîner, un de ses amis du nom de Fernando Rigas nous rejoindrait dans un restaurant de la plage. Entre ses doigts manucurés, glissaient de longues cigarettes mauves. Elle espérait que le mauvais temps ne gâcherait pas notre séjour.

À quelques heures du rendez-vous, le Bleu m'avait traîné dans un centre commercial près du port. Autour d'une rigole de pavés roses s'élevaient des bâtiments de tôle grise. Chacun était relié aux autres par une verrière qui protégeait de la pluie les pavés et les étalages. Le passage était escarpé : les commerçants perturbaient la marche des passants avec des matelas gonflables, des paréos chamarrés et une succession de colonnes parées de centaines de paires de solaires soldées. Toutes les boutiques semblaient vendre la même camelote. Toutes semblaient membres de cette conjuration secrète des drogueries de plage dont le but aurait été de sursignifier aux vacanciers les manières d'un séjour dans la moite laideur du tourisme de masse : frites de bain, crème solaire et crocodile gonflable. Le Bleu cherchait une chemise, voire un pantalon, car la brunette avait prévenu : Fernando Rigas était un homme important. Un vendeur endimanché lui proposa une chemise à pois puis un modèle en satin. Dans un étal, je trouvai, plastifiée, une chemise en oxford blanc. Le vendeur dédaigna mon choix. Pour le contenter, le Bleu consentit à lui acheter une ceinture à boucle dorée.

Alors qu'il encaissait le Bleu, le vendeur se permit de nous raconter comment il avait habillé un peintre célèbre qui ne l'avait jamais payé. En remerciement, le barbouilleur lui avait fait don d'une série de tableaux qui, désormais, surmontaient sa caisse enregistreuse. Le triptyque, filiation indigne de l'abstraction, était constitué de traits ocres, de plusieurs taches pailletées, et d'un fond azur accusant les couches plus claires qui lui avaient été infligées. Autour des toiles, un dessin d'enfant et une quinzaine de cartes postales. J'étais déprimé par cette sorte de suffisance, cette révoltante idée qu'existait jusque dans les confins de l'artificiel et du dérisoire une vague spectralité d'art. Le vendeur me faisait en outre un effet déplorable : sa tête, ses gestes assurés, quelque chose d'un vieil alcoolisme me le rendaient désagréable. Alors, dès le ticket imprimé, non sans un tonnerre laborieux de grincements mécaniques de la machine, je me suis précipité dans l'artère la plus proche pour allumer un pétard que j'avais longuement tripoté dans ma poche.

Le Bleu m'a rejoint sous le porche noirci de pollution d'une boutique fermée. À quelques mètres, sur la double voie qui scindait le littoral pour rejoindre la plage, de jeunes garçons se disputaient un ballon et l'on entendait leurs cris en échos sur les pavés vides. Le ciel se couvrait. On devinait l'orage arrivant dans les nuages grisonnants qui se dessinaient par-delà les ciselages des tours des hôtels. Les bâtiments hôteliers, monstres de béton dessinés avec le peu de fantaisie d'une époque, se dressaient devant nous dans cette confusion propre à l'architecture balnéaire. La seule règle d'urbanisation était convoquée par la nécessité d'agglutiner au rivage autant de balcons que possible et, dès lors, la monotonie d'un tel rêve tenait autant à son emprise sur le paysage qu'à son inéluctable décrépissement sitôt qu'était arrivé l'éclatement savonneux des bulles immobilières. Je me demandais ce que lui pouvait bien aimer dans un pareil endroit. Après tout, il nous avait conduits là de plein gré. Bientôt le crachin glousserait dans les palmiers qui bordaient la double voierie du littoral et, par un ricochet humide, éteindrait notre joint. En attendant, je le tendais au Bleu, qui, le rallumant, me dit qu'il faisait bon être ici. J'aurais voulu le remercier d'être fidèle à lui-même et peut-être lui dire quelque chose sur l'amitié, lui demander de ne plus nous séparer, mais j'ai préféré pouffer. C'est ça, ouais, il fait bon être ici…

La Brune avait disparu du lobby, un vieux moustachu lisait les pages turf d'un quotidien local à sa place. Un couple d'Allemands, embarrassé d'une multitude de bagages, prenait un dernier selfie dans le bar de l'hôtel alors que la pluie battait la terrasse. En retrouvant notre chambre, le Bleu s'était enthousiasmé : la femme de ménage avait confectionné avec une serviette un cygne de coton blanc qui trônait sur son lit. Il le déposa avec soin, puis se lança dans ses essayages. Je m'assis non loin, dans un fauteuil qui jouxtait son lit, et je le regardai avec une sorte de distance affectée. Autour de son crâne, sa peau était à demi-apparente tant il gardait ses cheveux rasés court. Son dégradé militaire encadrait deux oreilles légèrement décollées et se prolongeait en une discrète barbe sur sa mâchoire. Ce front haut m'avait toujours semblé accentuer l'expressivité de son regard, regard qu'il avait le plus souvent déçu et éteint tant qu'il ne retrouvait pas son humeur moqueuse. Je ne lui connaissais que ces deux états : il était frustré ou hilare. Dans les deux cas néanmoins, il ne se départait jamais d'un léger strabisme à l'œil gauche qui, plus encore les soirs de fatigue ou quand la fumette gonflait ses yeux, lui léguait un air d'enfant vexé. Parfois seulement, il torturait son front avec insistance afin que ses sourcils se froncent et que ses lèvres se pincent, et là seulement, par intermittence, il semblait adulte – ou plutôt, il devenait envisageable qu'il passe quelqu'un à tabac – mais même cela, au fond, paraissait un peu bluffé pour peu qu'on passe plus d'une journée à ses côtés. Sous le coton blanc de sa nouvelle chemise, je reconnaissais son torse bizarrement développé. Du déploiement de son dos jusqu'à sa nuque épaissie par des galbes fermes, en passant par les mollets, il y avait ce grand corps singulier que maintenant je connaissais presque par cœur et qui, d'un geste, d'une imperfection, d'une nervosité, m'apaisait comme une vieille recette bien connue. Les bras ballants, il s'est tourné pour m'interroger du regard. Les manches de sa chemise flottaient encore sur ses poignets et il avait fermé sommairement le col, laissant ainsi la toison noire qui couvrait son poitrail se dévoiler dans la commissure du coton. Un frisson me parcourut, le même qui me prenait à Paris quand, au détour d'un mouvement de ses bras, ses maillots de foot révélaient les bouclettes sombres qui séjournent autour de son nombril. Sa voix me réveilla. Il a redemandé, doucement, comme si j'étais demeuré, si c'était la bonne taille. Il était travesti comme un gamin prêt à recevoir un diplôme de la main d'un professeur. J'ai levé le pouce en l'air. Il a regagné son assurance. Il est resté quelques instants à se fixer dans le miroir de l'entrée : ajustant son col, alignant son menton à son épaule, de profil, de bas en haut, sur la pointe des pieds, en faisant mine à chaque pose de se surprendre. Quant à moi, je feignais à chaque pose de le trouver ridicule. Il m'a ensuite demandé de le prendre en photo. Il a dit : c'est pour mon frère. Je me suis souvenu des instantanés que le Petit m'avait montrés lorsque je lui avais demandé des nouvelles. Il devait y avoir un véritable roman-photo qui cherchait à se faire dans toutes ces images improbablement heureuses, inconcevablement apaisées qu'il envoyait. Cela devait être un substrat orgueilleux de conscience fraternelle. J'ai pris les photos.

Puis il s'est finalement interrogé : devrions-nous changer de nom ? Je me suis allongé sur son lit, à côté du cygne que je ne voulais pas défaire, et lui ai présenté ma vie nouvelle : il fallait m'appeler Costan et je m'apprêtais à écrire un livre touristique sur la station balnéaire. Il s'est moqué de mon idée : j'avais une vilaine tête de Costan, écrivain de guide touristique, a-t-il dit. Lui, il se préférait Tony, bossant dans l'automobile. J'ai repensé à toutes les choses sur lesquelles le Bleu m'avait menti depuis nos retrouvailles et je me suis rendu à l'évidence : je m'en fichais éperdument. Son petit frère avait eu tort de croire que nous étions dissemblables, je n'avais jamais été aussi à ma place qu'avec un type qui ne disait jamais rien de sa vie d'avant. J'ai détourné le regard et, le quittant un instant, j'ai marché le long des baies vitrées de notre chambre. La fin du jour semblait s'engluer dans le mauvais temps et, sans que l'on sache par quelle invisible fêlure du béton l'humidité pénétrait dans la chambre, une sorte d'atmosphère spongieuse s'y était répandue. Mouillant la marque de mes pas sur le sol tiède, l'orage menaçait d'invasion. La vitre s'était couverte d'une pellicule d'eau et, battu par le vent, le verre y vibrait comme une feuille de papier.

Par-delà le balcon, sous la chape laineuse des nuages, la mer s'excitait et, au loin, sans égard pour les pluies à venir, le laser vert débutait sa course tranquille.

Fernando Rigas s'intéressait à mon projet de livre. Il avait connu, quand la Baie accueillait des jeunes gens nus sur les plages, plusieurs artistes. Sous le regard de la Brune et du vieux, le Bleu avait cessé de trouver le nom de Costan ridicule, il me pressait le bras, et appuyait les encouragements de Rigas : j'allais écrire un excellent livre, il l'avait toujours su. La Brune, qui m'avait parue charmée par le Bleu, était maintenant suspendue aux lèvres de Rigas. Il la complimentait allégrement, tapotant, à chaque mot, sa cuisse bronzée. Elle avait attaché ses cheveux et faisait jouer sa queue-de-cheval sur ses épaules. On nous a servi du crabe et des huîtres, un vin du Languedoc dont Rigas s'étonna que nous ne le connaissions pas et une crème brûlée. Le serveur, un Espagnol émacié et sévère, donnait du *Don Rigas* et l'autre s'émerveillait comme un débutant de l'attention qui lui était réservée. Gras et pâlot, le visage de Rigas témoignait autant de son attachement à la table qu'à l'ombre. Il avait le cynisme et l'orgueil d'un officier rescapé de la chute peu flamboyante d'une dictature sud-américaine. Je tenais pour évident qu'il dissimulait, dans ce gros corps balourd, dans cette grossièreté même, un idéalisme naufragé qui expliquerait une fièvre mélancolique dont rien ne venait à bout. Il avait été, autant que l'on puisse le discerner au travers des persiennes qu'il entrouvrait sur son existence au détour des questions, un ancien militaire franquiste, un maquereau insignifiant, un trafiquant de pellicules dans les années 1980, de VHS pornographiques dans la décennie suivante et, aujourd'hui, sans doute de shit ou de cigarettes de contrefaçon mais il n'en dit rien.

À notre table, seule la Brune savait manger du crabe. Le Bleu attaquait nerveusement la chair comme il l'aurait fait pour gratter un bout de shit et Rigas, lui, léchait ses doigts boudinés qu'il avait enfoncés dans la carapace. Il s'en était barbouillé jusqu'aux lunettes dont les verres s'étaient couverts de traces. Malgré les circonstances, il gardait un air assuré et se donnait en spectacle, chuchotant tantôt des allusions perverses, gueulant bientôt des appels à la joie qu'il pensait lyriques. Il disait que les étés ne changeraient jamais et que, même après la guerre nucléaire, on continuerait de voir des filles en jupe et, à la fin de sa phrase, il a pressé son pouce sur la joue de la Brune. Il était de cette race de vieux qui, durant toute une vie, avaient préparé le cirque de leur sociabilité et qui, depuis vingt ans, avaient les mêmes manières. Pour le distraire, je lui ai parlé du peintre dont nous avions aperçu les toiles à la boutique. Il m'a repris, sèchement, en grommelant comme inquiet que quelqu'un nous entende, qu'il s'agissait d'un mirage dont toutes les belles filles avaient gardé un souvenir *amer*. Jorge Croxao était un Brésilien qui avait vécu dans une petite villa auprès d'une vieille Américaine de 1981 à 1986. Durant ces années, le peintre avait été de toutes les fêtes, de toutes les histoires, et avait laissé autant de dettes que de cœurs brisés quand son corps avait été trouvé par les enfants de Maria, la fille du boucher, sur la plage, un trou dans le front. L'Américaine s'était empoisonnée le même soir. Rigas pensait que la vieille avait fait le coup. *Crime passionnel* a-t-il diagnostiqué dans un français heurté et gourmand. La Brune a alors posé sa main sur l'épaule de Rigas, comme pour l'appeler à la prudence, et, me regardant, m'a prévenu qu'il fallait se méfier des histoires du vieux. Hypnotisé par le vin que je faisais tournoyer dans mon verre, j'ai marmonné qu'il fallait craindre les histoires tout court.

Le repas touchait à sa fin et la boisson avait fermenté dans nos esprits. Ravi, Rigas nous a prié d'accepter qu'il nous invite, se félicitant auprès du serveur de sa générosité envers de *jeunes belles âmes.* L'autre l'a remercié pour le pourboire par un rictus de pantin. Derrière nous, il a fermé la porte du restaurant à clef et en a éteint les lumières. Me retournant une dernière fois sur le seuil de la porte, je verrais l'obscurité gagner son visage et, bientôt, toute la salle disparaître avec lui.

Dans la rue, la pluie avait cessé et l'on sentait seulement le lourd pétrichor qui, imprégné du sable et du béton, laissait une empreinte écœurante dans l'air. L'eau qui s'évaporait du goudron réveillait les mixtures des sols et il en résultait un parfum gras, lointain, de mousse et de poissons pétrolés. Même après avoir été balayée et détrempée par la tempête, la station conservait dans ses méandres et peut-être même dans l'âme de ses occupants une sorte de persistante moisissure.

Rigas a pris à part le Bleu, me laissant avec la Brune. Elle avait apprécié notre gentillesse avec le vieux visiblement, il l'embarrassait comme un oncle dément. S'approchant de moi, elle m'a chuchoté qu'elle trouvait les écrivains très séduisants. J'ai glissé mes doigts contre ses reins, et j'ai senti, dans le bâillement de l'élastique de sa jupe, la chaleur de ses fesses. Mon imagination avait été désertée par le féminin il y a des années déjà, et autant de fois je tentais d'imprimer dans mon esprit la douceur de leurs lèvres, l'opulence de leurs poitrines, et le parfum de leurs chevelures, autant de fois je voyais les femmes fuir mes rêves. Mais, ici, dans ce rôle qui se déployait malgré moi pour moi-même, j'ai feint et j'ai cligné d'un œil en laissant retomber l'élastique sur sa peau. À une intersection routière entre la plage, l'hôtel et le centre commercial, nous avons laissé la Brune partir avec Rigas à qui elle donnait maintenant le bras. Le vieux nous a fait un signe de la tête, le Bleu lui a tendu la main, mais déjà Rigas avait pris la Brune par la taille et ils s'éloignèrent en riant.

L'ascenseur nous conduisait lentement à nos chambres quand le Bleu m'a avoué combien les revirements de la Brune lui apparaissaient insaisissables. Abattu et aviné, il s'est consolé en m'imaginant conclure avec la fille. Il a dit que je devrais me la faire. Il a jugé, sèchement, que j'avais toujours été le plus beau de nous deux. J'ai eu un rire nerveux. Dans le reflet métallique de l'ascenseur, je nous ai jeté un dernier regard : il était de quelques centimètres plus petit que moi mais moins beau, sûrement pas. À vrai dire, je ne sais pas. Je n'ai jamais su. Même dans une chemise, même peigné pour me ressembler, il semblait tout ce que je n'étais pas, et en cela, il serait toujours plus éclatant que moi.

À la suite de ce dîner, Rigas, plus encore que la Brune, avait donné à penser au Bleu qui, dans son lit, ne parvenait plus à dormir. Chaque soir désormais, il gardait les yeux ouverts, fixant les phares des voitures qui filaient plus bas sur la route. La fille n'était déjà plus dans son esprit, il avait de vrais soucis : Rigas lui avait proposé de l'argent. Le vieux avait imaginé que le Bleu franchirait, en une poignée d'heures, la frontière, le coffre de la Seat bourré de résine. Au rythme d'un voyage tous les trois mois, le Bleu gagnerait plus qu'il n'avait jamais palpé avec le Grand Dhjou. Il avait toujours voulu décrocher, cette fois, en quelques kilomètres, ce serait fait.

Ce go fast sonnerait la fin de notre idylle mais je n'en savais encore rien. C'est à peine si je sentais que le Bleu s'apprêtait à sortir de la torpeur qui le maintenait à mes côtés. Je n'osais même pas évoquer ses tractations avec lui, préférant continuer de filer le vide de notre relation aussi longtemps que permis. D'autant que, dans le même mouvement, j'observais d'un œil attendri combien une vie à l'hôtel commençait à le changer superficiellement. Il se développait en lui une sorte d'appétit pour la vie de plaisancier qui consistait, principalement, en une affection prononcée pour les draps propres. Si je me fiais à mes observations, pour lui les odeurs de blanchisserie et la serviabilité – modérée pourtant – des employés étaient des nouveautés pareilles à un goût singulier qu'il aurait mis plus de vingt années à découvrir. Il lui avait échappé, par une heure gracieuse d'un après-midi, qu'il s'était souvent demandé s'il ne posséderait jamais quelque chose de beau. Sur le moment, je n'avais pas vraiment saisi à quelle genre de beauté s'adressait pareille déclaration et j'avais laissé la discussion mourir d'elle-même. Ce ne serait qu'un peu plus tard qu'il m'en viendrait une meilleure compréhension lorsque, à la faveur d'un rayon orange, en montant le son d'une enceinte hi-fi et en écrasant une cigarette à même le sol, il me dirait qu'il ne fallait surtout pas que *ça* s'arrête. Et ce jour-là, pareille émotivité avait suffi à me convaincre que je n'avais rien à craindre pour la suite. Rien ne saurait l'arracher à ces rayons de soleil et à ces draps propres, et rien, dès lors, ne parviendrait à nous séparer.

Un soir pourtant, le laissant à ses insomnies, j'étais descendu au bar de l'hôtel pour réfléchir car je sentais, chaque jour un peu plus, qu'il était en train de changer de rôle, qu'il tentait désormais d'impressionner Rigas et qu'il reprenait des vieilles habitudes. Le moustachu m'avait docilement servi un cocktail au sirop que je ne réussissais pas à terminer en me laissant envahir par mes pensées. Devant moi, la pluie qui battait les galeries vitrées du bar donnait au soir un profond air de bataille qui n'était pas pour me rassurer. Par ailleurs, j'étais plus embarrassé que je ne l'avais admis par les avances de la Brune. Il voulait, il me l'avait dit avec son espèce de réserve un peu définitive, que je couche avec elle. Je n'aurais jamais la satisfaction totale de me croire absous de toute suspicion et, dans une pareille situation, je craignais toujours qu'il me teste. Peut-être qu'un gars de la bande lui avait dit un jour où j'étais absent, sur le ton de celui qui sait, que je n'étais pas comme eux, que j'étais un peu… Alors, peut-être, il ne l'aurait pas cru tout de suite, il aurait même dit : non sûrement pas, ça se verrait non ? Mais maintenant que je vivais auprès de lui, voilà que le doute l'aurait rattrapé. Il me voyait de si près qu'il aurait pu percer ce léger bégaiement de la mort que mon corps semblait ne pas vouloir faire disparaître. Il aurait vu en moi comme j'avais vu dans Marc, dans le bouclé des quais, comme je voyais dans tous les pédés. Et alors, il aurait dit : saute la Brune sinon t'es pédé. Il fallait disperser ce doute, il voulait que je l'embrasse, que je la conduise dans notre chambre, que je la baise.

Finalement viré du bar par le moustachu, j'ai rejoint les étages. Puis je me suis glissé précautionneusement dans la chambre. L'autre, que je croyais assoupi, était encore trituré par ses projets et me lança son oreiller en pleine tête. Me voyant désarçonné par son geste, il partit dans un fou rire que j'imaginai aggravé par son insomnie. À l'instant où une sauvagerie comme celle-ci le prenait, je me trouvais renvoyé à cette fracture qui ne semblait pouvoir se résorber entre nous. Il aurait fallu que je lui brise un os ou bien que je rigole aussi, trop solide pour m'émouvoir d'un sale coup. Néanmoins, aussi volontaire que je fusse pour habiter sa sécheresse et quelque chose d'une vie sans parole, ses humiliations puériles m'abîmaient. J'avais appris à donner des coups, à plonger dans le silence, mais la cruauté entre hommes m'était demeurée interdite. Elle me semblait toujours être d'un ordre tellement sexuel que j'éprouvais une claire pudeur quand elle jaillissait. Alors, conciliant, je l'ai insulté. Seulement, une fois sa chambre quittée, je me suis affalé sur mon lit, hébété. Tirant sur un joint, il m'est revenu en mémoire le monde clos de Jacques Costan. Que pouvais-je faire des apprentissages de l'amour et des plaisirs dans ce monde cloaqueux et délabré, parmi ces garçons miséreux – la fille, pas mieux –, avec pour seul décor cette désolation que nous laissons invariablement derrière nous ?

Le lendemain, sur les dalles blanches de la piscine, la Brune avait étalé ses seins et lisait un polar. Une main nichée dans son livre, l'autre au contact de l'eau, elle levait d'un rythme régulier sa cheville gauche en l'air, puis, sortant ses doigts de la piscine, remontait ses lunettes de soleil qui, inéluctablement, glissaient sur son nez.

Le moustachu l'avait remplacée pour toutes les tâches qu'elle avait l'habitude d'accomplir et elle ne travaillait plus du tout. Elle s'était mise à notre rythme, comme contaminée. Elle disait qu'elle profitait de la fin de saison.

Peu importe, l'hôtel s'était vidé : les familles partaient le samedi, les retraités continuaient leur route vers le Portugal, et dans une poignée de jours, nous serions seuls. D'une humeur mauvaise, le moustachu traînait dans la piscine une longue épuisette. Quand, pleine de feuilles qui avaient été arrachées dans la nuit, elle pesait trop lourd, il la retirait de l'eau, la vidait dans un sac plastique et aussitôt la replongeait. Il me semblait qu'il avait déjà passé plus de la moitié de la journée à cette tâche. Chacun de ses gestes devenait de plus en plus pénible à voir. S'il continuait à se mouvoir avec cette lenteur croissante, il se changerait en statue. Jamais je n'avais vu un homme aussi austère et dont la présence paraissait aussi spectrale. Je ne me souviens pas avoir entendu une seule fois le son de sa voix. Parce que son visage était défiguré par la tristesse et l'ennui, lui demander un cocktail, le regarder nettoyer la piscine, l'observer porter des valises et même le croiser à la fin du jour quand il quittait l'hôtel soulevaient le cœur tant nous ne pouvions nous défaire de la crainte qu'il se suicide l'instant suivant.

Du balcon de notre chambre tombèrent deux téléphones mobiles. Ils finirent leur course au fond de l'eau. La Brune et moi, soudainement sortis de cette drôle de somnolence qui nous cueillait à partir de midi, levâmes les yeux, inquiets. Le Bleu, du haut de la rambarde, nous fit signe. Il hurla en notre direction quelques paroles qui ne nous parvinrent pas distinctement. Le moustachu, bien après le plongeon, sans qu'on pût savoir s'il avait même entendu l'impact sur l'eau, s'aperçut qu'entre les feuilles, au fond de la piscine, il y avait désormais des téléphones mobiles. Et peut-être pour la première fois, il sembla vivre : il prit le sac de feuilles qu'il avait sorties de l'eau et les jeta dans la piscine dans un geste las, à peine rageur. Puis, sans un mot, il disparut dans l'hôtel.

La Brune reprit sa lecture en haussant les épaules. Je fus passagèrement paniqué, engourdi par une de ces angoisses qui frappent comme les vents polaires qui soufflent par mégarde en été. Le Bleu avait trouvé une *suite*. Il s'était décidé à jouer les chauffeurs pour Rigas.

VII

André

La photographie est glissée entre la vitre et la marqueterie d'un petit bureau chez mes grands-parents. On distingue, dans le grain et le gris, le visage amusé de mon grand-père, Paul, celui d'Odette, ma grand-mère. Puis viennent ensuite la mine joviale et fière de mon grand-oncle Bernard et l'air absent et charmant de sa femme Suzanne. Entre les deux couples, le fils de Bernard et Suzanne, André, croise les bras, un air de triomphe et de belle éducation plaqué au front. Sous des cheveux blonds en bataille, il hausse les sourcils. On m'avait légué, adolescent, un jacquard poussin qui lui avait appartenu.

À l'été 1983, André avait accompagné son père, sa mère et mes grands-parents à Roses, un port de pêcheurs espagnol que l'on bétonnerait bientôt à cause de sa proximité avec la France. Cette année-là, on venait de terminer le chantier d'un lotissement à Palavas-les-Flots dont il était chargé de la vente à des vacanciers de la classe moyenne. En ces temps reculés, partout la Méditerranée bourgeonnait de promesses à même la terre. Il suffisait de creuser dans le sable d'un étang pour y trouver des francs. Le marché du tourisme s'étendant désormais au moindre employé de la grande distribution, on avait découvert un continent de plages insoupçonnées et leur lot, aussitôt construites, de capitales bétonnées. André savait bien cela, lui qui ne connaissait de guerre que lointaine et télévisée, lui qui fut de cette génération bercée par les promesses inouïes du pétrole et des ferry-boats. Il était splendide, sportif, grand et il était, à vingt-six ans, plus promis à la richesse que ne l'avaient jamais été ses parents. Deux ans auparavant, André avait annulé son mariage avec Maryline, une étudiante avec laquelle il avait fait ses classes. Son père s'était inquiété, avait tempêté puis s'était tu des jours durant. L'épouse n'avait rien dit de ses soupçons à son mari que des origines italiennes avaient moulé dans le silence et la domination de la honte.

Un jour, à l'hôtel populaire où l'équipée logeait, vint une certaine Nathalie, une Française aux cheveux bruns et au teint laiteux. La jeune idiote fut foudroyée de sentiments épais pour celui qu'elle voyait danser dans le soir d'été. Il lui avait proposé un bras, un verre, une cigarette. Nathalie, en deux heures, avait décelé chez André tous les signes de l'homme qu'elle avait attendu. Il n'avait pas encore caressé sa chevelure qu'elle imaginait déjà sa mère, incrédule devant un tel parti, ses amies confondues, qu'elle abandonnerait à la paysannerie de Villetritouls et son père qui, là-haut, serait fier. Elle penchait légèrement la tête, opinait en souriant et laissait à cet homme, à peine plus âgé qu'elle, le plaisir de l'impressionner. Il était amusé. Ce soir-là, il la quitterait tôt pour rejoindre sa mère.

Le lendemain, la jeune fille, maquillée et parfumée, l'avait cherché dans les salons du petit hôtel. Ne l'y trouvant pas, elle avait longé le chemin qui menait jusqu'à la plage en prenant ses chaussures à la main. Le vent sifflait agréablement dans ses cheveux et la mer était huileuse. Sur la plage, Paul et Odette, André et ses parents partageaient un plat de pêche. Ils avaient installé une table de fortune dans un recoin, là où des rochers noircis de mousses gluantes accueillaient les vaguelettes de la mer calme. On mangeait les pieds dans l'eau, des crabes sous les pieds et le soleil en aumône. Il ne manquait qu'un transistor passant une chanson de Ferrat pour qu'on jurât que c'étaient les plus belles vacances d'une vie qui soudain s'offraient. Nathalie ne savait rien de cette beauté d'être ensemble quand elle s'avança, pataude, entre les rochers, pour s'approcher de la tablée. D'un grand sourire, mouillé de la fierté de les avoir retrouvés, elle les salua. Elle aurait voulu qu'André vienne se balader avec elle. Il déclina, il dit qu'il partait bientôt. Ma grand-mère, d'abord moqueuse face à la pauvresse, se tut brusquement en voyant sa sœur Suzanne se pétrifier. Le père quitta la table qui faillit s'effondrer dans les flots. On ne finirait pas les fruits de mer et les sœurs, se jetant un regard entendu, replieraient silencieuses une nappe fleurie.

Une décennie plus tard, mes grands-parents ont revu André. Il partait régulièrement en Suisse recevoir un traitement sur les bords du lac et s'était arrêté pour le déjeuner dans l'appartement familial. Il avait complimenté Odette sur sa cuisine et disputé à Paul une partie d'échecs. Avant qu'il ne parte pour la Suisse, Odette lui remit un tricot : un jacquard poussin qui flottait sur ses os. Elle voulut recommencer, prendre ses mesures de nouveau, il refusa tendrement. L'adolescent sportif, le jeune homme qu'avait aimé Nathalie, l'amateur de berlines et de mobilier italien, le fidèle du Majestic, tous avaient été aspirés par les sarcomes de Kaposi bourgeonnant sur ses bras.

En 1996, Suzanne appela Odette. Une infection avait fini par arbitrer le combat d'André contre la maladie de l'hiver. Il était mort du SIDA. Il était inimaginable de prononcer ces mots-là alors, on préféra s'en tenir à l'ultime secousse et Suzanne dit : infection pulmonaire.

Les deux sœurs ont loué un Zodiac à Palavas. L'une et l'autre ont posé une main tremblante sur l'urne mortuaire : il fallait la retenir quand la mer agitée soulevait le bateau à moteur. Sous le soleil d'une journée pareille à celles de Roses – on entendait des gamins jouer sur la plage, les jet-skis bourdonnaient dans l'eau, et le loueur leur avait proposé un pédalo flambant neuf – elles ont versé les cendres dans les flots. De ce même regard entendu et aimant, celui qu'elle avait offert à sa sœur durant ce lointain repas d'été, Odette a recouvert la mère endeuillée. Elles sont revenues, emplies de mots et muettes, vers le rivage alors que se dissolvait dans la mer, cendres et sel, toute une vie non consumée.

VIII

Sur le tarmac, une Alfa Romeo rouge et blanche gagnait en vitesse dans le virage. Plus loin, une Peugeot disputait à une Audi la deuxième place. La Brune avait posé sa tête, l'air de rien, sur mon épaule et le Bleu pressait son pouce droit dans sa paume, inquiet. La tribune était déserte : seuls quelques vieux hommes, qui ressemblaient au moustachu, parés de cette misère que l'on reconnaît chez les enfants du tourisme de seconde zone, étaient postés aux abords du circuit, attendant un fils ou un cousin lancé dans la course. Rigas ne sortait pas le jour mais il avait tenu à ce que nous accompagnions la Brune. Elle n'avait rien à faire du circuit. Le Bleu lui, obséquieux, avait insisté pour prendre le pari auprès de Rigas : pour lui, l'Audi gagnerait. Dans son sac en toile blanche, la Brune avait glissé son polar corné et, dans quelques tours, elle serait de nouveau auprès de Zach Corlon, privé d'un genre particulier m'avait-elle dit, il était *hédoniste.* Je commençais à envier l'espagnol du Bleu qui, globalement lacunaire, ne laissait à la Brune que peu d'accroches. L'Alfa Romeo dominait le jeu : elle venait d'entamer son cinquième tour quand les deux autres véhicules semblaient condamnés à s'entre-ralentir. Le soleil n'avait plus quitté la côte depuis l'épisode pluvieux et, ce matin, le moustachu avait retiré les mobiles du carrelage de la piscine. Le Bleu pensait partir bientôt, Rigas le préviendrait. Quatorze jours s'étaient écoulés depuis notre arrivée et chaque journée avait semblé un peu plus courte que la précédente, comme si de notre bonheur quasi quotidien de ne rien faire, de nous perdre dans les nuages de nos joints, de rire parfois d'un événement qui n'avait aucune importance, de profiter, en somme, d'une trêve dans la nuit, ne subsistait qu'une stase onctueuse dépourvue de contours.

Le Bleu ne prenait même plus la peine de se moquer de nous, la Brune et moi, il était déjà sur le départ. Il devait pressentir que, relégué hors de son affaire, j'allais devenir un pantin. Il disait : t'es maqué maintenant. Il aurait fallu, au milieu de ces gradins criblés de poussière, dans un semi-désert de zone industrielle, attendant que des voitures trafiquées terminent leur course, avec au bras une adolescente passionnée de romans policiers, que les choses se présentent à moi ainsi : en une seule phrase. Ça n'est pas venu et je suis resté, immobile et ahuri, une adolescente passionnée de romans policiers à mon bras. Lors de son neuvième tour, l'Alfa rouge me sortirait de la torpeur et de l'observation d'un petit bout de goudron fondu qui avait taché le talon droit de la Brune. Engageant par le bas, avec élégance, le virage final, l'auto fut comme prise d'une stupeur : d'abord, elle perdit en vitesse, puis, au lieu de plier sous son dérapage, elle resta, raide, de biais sur la route, remontant le virage relevé, et se projeta contre un mur de pneus abîmés. Peu émue, l'Audi prit le pas sur la Peugeot, et finit, quelques secondes plus tard, par emporter la course. L'Alfa avait été, dans son virage, sidérée. On imagine le coureur accomplir, avec la plus certaine technique, tours et tours, freinages et dérapages, accélérations et virages, mu par un grand scrupule, et qui, malgré la proximité de la victoire, aurait retrouvé la mémoire. Il était passé huit fois devant le mur de pneus, il s'était trouvé à cette place, prêt à gagner, devançant tous les concurrents, et huit fois le virage avait été pris par le bas, les roues avaient plié contre le grain du goudron et ce ne serait qu'à force de retour du même, et au travers d'un écran géant qui donnait à voir, au ralenti, ses actions, qu'apparaîtrait sauvagement l'évidence : une répétition. Lâchant son volant, il laisserait la voiture faire ces quelques mètres qu'elle n'avait jamais parcourus et s'écraser contre le mur, libérée. Le Bleu, victorieux, appellerait Rigas et le vieux lui communiquerait des instructions : il partirait demain par la nationale. Le vieux lui apprendrait, comme victorieux, que nous avions assisté à un spectacle automobile qui donne chaque semaine la même représentation. Il n'avait jamais été question qu'une autre voiture que l'Audi l'emporte, le spectacle se terminait toujours ainsi. La Brune, écoutant le Bleu me rapporter sa discussion avec Rigas, rigolerait en reconnaissant le mauvais tour qu'elle et lui nous avaient joué. *Tontos* nous lança-t-elle alors que nous nous regardions, lui et moi, comme deux gamins trompés par la vie elle-même.

Nous regagnâmes l'hôtel. Dans notre suite, le Bleu avait reproduit le laisser-aller qui régnait à l'appartement du Grand Dhjou ; je ne m'en plaignais pas. La femme de ménage ne venait plus que pour changer les draps – nous l'avions prévenue qu'il ne fallait pas trop perturber nos journées alors que nous passions le plus clair de notre temps dans nos lits – et les emballages de chips et les bouteilles de soda bordaient nos deux sommiers.

En arrivant dans notre chambre, la Brune trouva un intérêt à un tel saccage : elle put se moquer de la femme de ménage qui, enjambant les habits et les détritus, devait voir rouge. Piqué par la remarque, le Bleu prit, sous un pantalon laissé au sol, un paquet de billets qu'il laissa sur la table. Il nous interrogea : les clients propres donnaient-ils autant de fric, eux ? La Brune semblait craindre l'argent. Elle se méfiait d'autant plus du nôtre qui s'étalait dans le fond de nos sacs en petites coupures et, toujours, elle se taisait quand il en était question.

Pour se rendre à la course auto, la Brune avait revêtu une sorte de tenue de tennis. Elle avait attaché ses cheveux, les redressant sur le haut de son crâne en un chignon. À notre retour, elle les relâcha. Ce mouvement convoquait chez moi une fascination inédite qu'elle semblait avoir perçue. Quand elle s'approchait de moi et que le vent sifflait sur sa nuque, il m'en parvenait une odeur un peu mouillée de miel qui, bien plus que ses seins ou sa taille, m'obsédait. Elle s'installa à table et commença à rêvasser en consultant son téléphone. Le Bleu nous abandonna aussitôt. Il partit voir Rigas. Il devait tout à la fois souhaiter nous laisser la chambre et régler quelques obscurs détails avec le vieux. À peine la porte refermée, la Brune exigea que je mette de la musique, puis elle ouvrit toutes les baies vitrées et se mit à sautiller comme une enfant. Je fumais un joint sur le balcon quand elle arrêta finalement l'enceinte de la chambre qui n'avait eu le temps de passer que deux chansons. Elle me prit le cône des mains, tira longuement dessus, s'étouffa un peu. Je fixai la vue : il y avait un cycliste, en tenue de compétition, qui remontait par la route du littoral. Il s'arrêta au feu, but dans une gourde, et repartit, bifurquant au carrefour suivant. À sa droite sur le trottoir, dans ses nouveaux habits des grandes occasions, le Bleu allumait une cigarette en s'approchant du front de mer.

Je suis retourné dans mon lit d'où j'ai saisi la télécommande pour relancer le programme musical. Une trap grinçante soutenait la scansion d'un rappeur et, quelque part dans les nappes électroniques, une batterie accélérait le jeu. Le rappeur évitait le rythme comme un pur-sang les haies et ses jets verbaux s'arrêtaient avant que ne claque le battement de la production. Défoncé, je me suis enfoncé dans les draps et me suis bercé débilement sur le beat. Le rappeur parlait de talion, de galion. Elle m'a rejoint et a grimpé sur le lit. Elle a posé ses deux genoux à proximité de mes hanches, s'est relevée, et, tout à fait redressée sur mon corps, elle a secoué ses cheveux en faisant avec ses mains de grands balayages sur son crâne. L'odeur est revenue à moi. Elle prenait tout cela très au sérieux. Je suis resté immobile et j'ai porté mon attention sur cette exhalaison mielleuse, ou peut-être légèrement florale, qui m'enveloppait. Se penchant vers moi, elle m'a susurré, du bout des lèvres, tu aimes ça, pas vrai ? Fixant son nombril que son haut ne cachait plus, j'ai compris la suite. Sur le rythme, elle contractait les fesses. Sa main, celle avec laquelle elle tenait ses cigarettes, était posée sur mon sexe et elle s'est essayée à un drôle de massage cardiaque à cet endroit sans cœur. Tentant de donner le change, j'ai déboutonné ma chemise, j'ai retiré doucement mon short, mais je suis resté sous les draps : j'aurais voulu qu'elle m'embrasse. Sans retirer sa main mal placée, elle s'est employée avec l'autre à se toucher à travers sa jupe. Elle a cessé de me regarder, préférant certainement éviter de me voir abruti et distrait. La chanson a changé, le rythme était plus lent, c'était une ballade vocodée où l'on sentait quelque chose comme du shit ou de la fleur d'oranger. Je l'ai poussée contre le lit et j'ai réussi à me poster contre elle. Je me suis retenu à ses épaules et j'ai fixé la tête de lit alors que je me déhanchais malhabilement contre son pubis. J'ai pensé abandonner : j'avais tenu toute une chanson mais je bandais toujours mollement. Quand, la porte a claqué : il était revenu. Nous nous sommes pétrifiés et elle a remonté brusquement les draps sur nos deux corps. Il a posé son sac que l'on a entendu à travers la cloison s'affaisser sur le sol. Ensuite, il a monté le volume de la chaîne et des volutes du cannabis qu'il s'était mis à fumer nous sont parvenues. Il était tout près et s'en foutait, ou peut-être soupçonnait-il la scène avec un de ces obscurs sentiments de rivalité qui le prenaient parfois… Comment aurais-je pu même deviner ses intentions ? Alors je me suis redressé et sans égard pour les bruits qui se dégageraient des froissements de draps et de nos ricanements étouffés, en ayant même l'espoir secret que le lit grince plus fort, qu'il bourdonne de bruits métalliques, je l'ai pénétrée aussi ardemment que ma force me le permettait. Je voulais être sûr qu'il saurait qu'en cet instant j'étais tendu et droit dans son corps à elle. Que je pouvais faire ça. Que j'en étais capable. Et tandis que j'étais en pleine possession de mes moyens, les mains crochetant les bords du matelas pour mieux m'élancer en elle, je pensais à la nuit où il m'avait cru plus beau que lui et, dans ses hoquettements à elle, j'exauçais quelque chose d'un désir enseveli. Dès lors, il ne saurait jamais que là, en plongeant la tête vers le corps adolescent de la Brune, son front tout crispé de douleurs et ses ongles incrustés dans mon dos, je portais fièrement les hématomes qu'il m'avait gravés dans la peau, que j'étais d'autant plus innervé de puissance que je pensais à mon nez qui, toujours, resterait dévié par son coup, et enfin, que j'étais d'autant plus tendu vers l'orgasme que je revoyais le flétrissement du papier à cigarette quand, du bout rose et luisant de sa langue, il léchait le collant en y déposant une salive épaisse dont un fil, parfois, demeurait suspendu dans le vide sous mon regard ahuri, et que tout ceci, déposer un baiser salé sur des lèvres juvéniles, poser une main soudain sur une poitrine, je le faisais en parcourant mon album interdit, celui où je collectionnais les dévoilements de sa peau que ses shorts laissaient échapper, et que, par-dessus tout, dans mes souvenirs volés, je fixais les marbrures de la toison qui escaladait son bas ventre hâlé... Pourtant, ce n'était qu'en elle que je venais – en elle, qui, à lui, m'avait préféré. Et je revenais : j'allais déposer ma terreur au fond de son corps à elle, dans le bel estuaire qu'elle avait ouvert et qui venait recueillir toutes nos nuits de promiscuité abandonnées par le désir. Soudain, elle me repoussa de sa main : je m'étais égaré. Elle se plaignit doucement, en riant dans un coin d'oreiller. Elle dit que je n'étais plus en elle. J'étais arrivé pourtant, j'avais réussi là où je n'avais jamais triomphé. Alors, en râlant comme une bête pour disperser tous les doutes, j'éjaculai dans le vide.

Un ventilateur soulevait par intermittence le voile qui flottait contre la baie vitrée. Le ronronnement de la machine berçait nos corps ensevelis dans l'après-midi. La Brune, délassée, ne s'était pas rhabillée. J'avais joui dans une capote que j'avais refermée et balancée dans un coin de la chambre. Je demeurais, hagard, les yeux rivés sur les pales de l'appareil, étendu à ses côtés, définitivement séparé de son corps que jamais, même nu, même à moi offert pour une éternité, je n'aurais connu comme l'on connaît les corps que l'on désire. Elle s'est retournée sur le ventre, a posé sa tête contre sa main droite et a fixé la fenêtre en silence. Ses cheveux étaient étalés sur les oreillers. J'auscultais leurs reflets et leurs sinuosités d'un air distrait.

Le Bleu avait baissé le son de la chaîne et il nous observait maintenant dans l'entrebâillement de la porte. Il s'est avancé vers le lit, a enlevé ses chaussures et s'est assis à nos pieds. Elle s'est repoussée vers moi pour qu'il puisse s'allonger à ses côtés. Il a pris doctement la place en se laissant tomber sur le dos. Il a dit qu'il partirait le soir même. Personne n'aurait su s'en émouvoir. C'était au programme. Il s'est enfoncé un peu plus dans le lit et il s'est tu. Désormais, nous n'entendions plus que les piaillements lointains des mouettes, le souffle cyclique du ventilateur et nos respirations ralenties. La Brune a étiré ses jambes, dévoilant le haut de ses reins dans le ressac du drap repoussé. Elle faisait désormais face au Bleu mais gardait les yeux clos. Son sein gauche était découvert mais il n'osait pas s'attarder sur elle alors il se donna l'air de penser. Mon regard allait maintenant du Bleu, aux fesses de la Brune, jusqu'au ventilateur, et partout où je posais mes yeux, ils paraissaient glisser. Je m'arrêtai un instant sur la chevelure de celle qui, dans ce faux sommeil, aurait aimé avoir notre attention, j'y attrapai quelques mèches qui s'évanouissaient entre mes doigts, puis je vins à lui mais il était absorbé, il pensait déjà à autre chose. Quand bien même il m'avait assuré que nous reprendrions nos *vacances*, ainsi qu'il les avait appelées, là où nous nous étions arrêtés, une fois son affaire terminée, j'avais la plus grande peine à imaginer que nous pourrions retrouver cela, cette complicité curieuse dont la raison ne pouvait être que notre commune détresse. Désormais, il tenait l'arrière de son crâne posé sur ses mains et il scrutait une invisible fêlure dans le plafond. J'ai attendu qu'il me propose un regard pour sceller cet ultime instant, en vain. Aucune inquiétude ne paraissait le traverser, il avait un visage doux de détermination. Alors, je songeai que pour lui, comme pour moi, ce lit qui rassemblait nos corps serait sûrement le dernier rivage sur lequel nous ferions reposer notre brève communauté de vie. Cela aura été, par un instant brouillé de chaleurs accidentelles, le roman de vivre à deux hommes.

IX

Le Bleu

La psychiatre du centre social avait des taches de rousseur, un pull beige et un jean moulant ses hanches. Elle ne doutait pas de pouvoir aider le Bleu, elle n'avait qu'une année de métier dans le crâne mais elle disait, le soir en retrouvant ses copines de fac, qu'elle faisait *ça* pour *ces jeunes-là*.

Dans le Bleu, elle voyait un gamin prisonnier de son milieu et troublé par la disparition d'un père violent. Elle n'avait pas cherché bien loin et lui-même s'étonnait de comprendre les gesticulations mentales de la jeune femme. Il était chaque séance plus méfiant et déçu en regardant cette pauvre fille s'enorgueillir de se voir raconter la misère. Cependant, il n'avait pas eu le choix. Il devait pointer au centre social sinon le retour en taule lui était promis. Que ce soit au centre social, en maison de redressement, en maison de correction, ou toute autre institution dont il avait oublié et le nom et la mission, il devait se soumettre au contrôle bureaucratique d'un ordre mystérieux. Il était aussi complexe de s'y retrouver dans le millefeuille des solutions pénales que dans celui des allocations, la rime était la seule constante : incarcération, correction, formation, pendaison, intégration, PlayStation.

Il y avait pourtant bien quelque chose qui le torturait. Lors d'une soirée, les copains de la bande l'avaient invité à venir traîner à la planque. Il avait bu et, sans qu'il puisse se souvenir du nombre de verres qu'il avait fallu pour en arriver là, il avait disparu. Le lendemain, il avait été retrouvé ensommeillé sous un abribus. Il ne se souvenait de rien. Alors il raconte ce rêve récurrent à la psy : un téléphone sonne, il répond, il a tué trois personnes. Il est à bord d'une auto, il ne conduit plus, mais la voiture avance. Elle lui demande s'il sait ce que veut dire faire amende honorable. Ils se redonnent rendez-vous : semaine prochaine, mardi, onze heures.

Le lundi suivant, il est avec Nono et le Vicomte. Ils ont mélangé du whisky dans des bouteilles de Coca et ils se plaignent de tel petit nerveux qui est déjà venu plusieurs fois les menacer. Ils ont du mal à saisir la hargne du gosse, qui, si d'aventure il mettait à exécution ses menaces, peinerait à retrouver connaissance. Après deux bouteilles de soda dilué, le Vicomte les laisse. Nono divague et le Bleu a du mal à se concentrer. Il repense à la voiture qui avance seule. Il a, dans son téléphone, gardé le numéro d'un flic qui venait, quand il vivait encore dans le Sud chez ses parents, le cueillir une fois par mois devant son bahut. C'était un grand avec un air de bandit et un accent du Sud qui lui expliquait, au moment où il le laissait rentrer chez lui, qu'il pourrait les mettre à l'abri, son petit frère et lui, s'il filait, un jour ou l'autre, les bons tuyaux.

La psy du centre social a réfléchi. Elle demande qui sont ces gens qu'il aurait tués. Il ne sait pas. Elle s'interroge : pourquoi un téléphone dans ce rêve récurrent? Il reste mutique. Il n'a aucune envie de lui dire qu'il a tout compris, qu'il sait très bien ce qui se joue dans son crâne. Il ne va pas s'en sortir, et il sait, encore plus nettement, qu'elle n'y peut rien, que personne n'y peut rien, que c'est fini l'âge où il y avait une rédemption possible. Maintenant, c'est comme ça, on s'endort sous les abribus et on fait comme on peut pour éviter un souvenir. Les rêves, ils racontent tous la même chose, il lui fait plaisir en les rapportant mais il sait qu'ils sont à peine un huitième de la vérité, ils sont rigolos, débiles, tortueux et bordéliques, alors que le souvenir, lui, il est impeccable. Il est clair comme de l'eau glacée, luisant comme du mercure. C'est beau comme une prison un souvenir, avec ses miradors et ses projecteurs. Il n'y a pas une seule zone d'ombre dans un souvenir, pas un seul refuge, tout est en pleine lumière, fixé à perpétuité derrière les barbelés. Les rêves n'empruntent jamais que quelques centimes de la valeur anxieuse du souvenir. Les rêves font tous pâle figure à côté de la vague qui assaille la mémoire dès lors qu'un chagrin trop long s'accroupit à côté de nous. Le souvenir est, lui, toujours tout neuf. Il revient plus vite que la gaule et persiste plus longtemps qu'une gueule de bois. Il est là.

Finalement, il avait utilisé le numéro de téléphone laissé par le flic. Il avait dit son texte banal comme on lâche les chiens : c'est bien dans le parc. Le souvenir est déjà tout entier dans cette phrase qui rôdait toujours dans le silence qui s'abattait quand on lui demandait s'il avait reçu des nouvelles de son père. Non, il n'en avait pas reçu. Il n'en recevrait plus jamais. Tout se passe dans le parc régional. Il faut grimper en lisière de la falaise blanche, éviter les grosses pierres, emprunter le chemin sous la racine du chêne coupé, marcher quelques dizaines de mètres au milieu des fougères, suivre un affaissement de la végétation creusé, mois après mois, par les pas et continuer, derrière un arbre que l'on a marqué d'une croix, tout y est. Maintenant ça suffit je veux plus jamais entendre parler de vous putain, marmonne-t-il parce qu'il ne lui reste rien de suffisamment digne pour articuler encore. Au bout du fil, le flic comprend tout malgré la voix qui déraille. Il ne connaît que trop bien le spectacle affligeant d'un gosse balançant quelqu'un. Il a tellement l'habitude d'entendre les hommes marmonner, ruisseler de larmes et de dépit qu'il connaît tous les trémolos du monde, des plus graves aux plus aigus. Il connaît toutes les nuances de la honte et du déshonneur y compris celui, rare comme la saisie d'une quinte de shit dans la région, d'un adolescent qui pigeonne son père comme si c'était un étranger. Le Bleu continue, il veut aller jusqu'au bout de sa phrase maintenant que c'est fait : il peine avec sa bouche tordue de dégoût et étouffée de colère mais il prononce, enfin, maintenant lâchez-nous, je veux plus jamais vous voir, plus jamais.

X

Rigas avait posé sa main grasse sur le combiné qui trônait à l'extrémité de son bureau. Nous étions assis, la Brune et moi, dans un canapé club qui lui faisait face. Au sol, sur le parquet, se chevauchaient des tapis persans lesquels, plus loin, butaient sur une bibliothèque. J'avais passé de longues minutes à scruter les livres que le vieux avait réunis, les éditions étaient pour la plupart sophistiquées mais à l'exception du Quichotte et de polars aux couvertures polissonnes – c'était ici que la Brune avait dû découvrir le tristement fameux Zach Corlon –, il n'y avait pas de romans, seulement des atlas, des biographies et un livre de géologie.

Une heure auparavant, Rigas avait commencé à s'inquiéter. Nous avions passé la soirée chez lui, à ses côtés, attendant le retour du Bleu. Maintenant, il avait plusieurs heures de retard et, au bout du fil, le burner ne sonnait plus. Le vieux hésitait entre l'inquiétude sincère et la rage en évoquant la possibilité que le Bleu se soit barré avec la came. Il m'avait demandé plusieurs fois si j'étais dans le coup. Pendant le dîner, la Brune n'avait prêté aucune attention aux jérémiades du vieux qu'elle connaissait trop.

Il avait donc fini par me prendre à partie : enfonçant une cuillerée de nouilles aux gambas dans sa bouche, il avait marmonné en ma direction que le Bleu allait mal finir. Qu'il serait alcoolique ou drogué. Ne me voyant pas réagir – je tentais au contraire de philosopher sur l'idée de mauvaise fin – il avait ajouté que je ne serais guère différent. Il avait rappelé ses difficultés, les années passées dans la peur et la faim, le temps des hippies qui s'était fané sur la côte, époque évanescente qui ne put le soulager de ses obligations : il devait gagner de l'argent, beaucoup, il aurait d'autres vies pour être artiste ou nudiste. Il parlait aussi, plus cryptiquement, d'un grand coup qui avait raté et il disait : c'est la faute de Rocío Dúrcal. Ne saisissant pas la référence, j'avais lancé un regard interrogatif vers la Brune qui s'était alors mise à chantonner : *Ya lo ves, la vida es así...* Rigas avait hurlé de colère, elle en avait tremblé puis elle s'était tue. Je n'en saurais jamais plus sur Rocío Dúrcal.

À l'approche de minuit, il s'était approché de moi en désignant un Glock qu'il avait sorti de son bureau. Il avait fallu que la Brune le calme. À quatre heures, nous étions rentrés tous deux vers l'hôtel, où elle allait passer sa dernière nuit avant de retourner à Barcelone. Rigas avait juré de tuer le Bleu. La Brune m'avait avoué en chemin que le pistolet n'était pas chargé, qu'il ne l'était jamais.

Dans la chambre, les vêtements du Bleu traînaient encore sous le lit, la liasse qu'il avait déposée pour la femme de ménage était toujours sur la table et, dans son sac de sport, il restait des coupures. Il ne manquait presque rien sinon ma veste de suédine qu'il m'avait empruntée pour le voyage. La veille, le club avait arrêté de faire tournoyer son laser dans le ciel et le bruissement du vent dans les palmes avait définitivement remplacé les bruits de l'animation estivale. Il s'était volatilisé et un peu de l'été avec lui.

Le lendemain, nous nous sommes habillés de bonne heure : nous devions retrouver Rigas pour le déjeuner. L'envie de perdre encore plusieurs heures avec lui manquait après la longue soirée que nous avions déjà passée en sa compagnie. En remontant l'allée bordée d'arbustes secs de son lotissement, dans un virage précédant sa maison, nous avons vu plusieurs policiers réunis autour d'une voiture. Plus haut, devant le portail de Rigas, patientait un uniforme bleu nuit. Je me suis arrêté sèchement, j'ai pressé les doigts de la Brune dans ma paume. Comme pour ne pas m'apeurer, elle a chuchoté que nous ferions mieux de retourner sur nos pas. Je me suis exécuté et, redescendant l'allée, nous avons entendu, au loin, les grésillements qui entrecoupaient des voix sur les talkies et l'agitation des chiens nerveux. Nous étions encore en train de marcher, d'un pas mécanique, main dans la main, lorsqu'une voiture blanc et bleu nous passa devant, gyrophare allumé, mais étrangement silencieuse, filant comme dans un rêve. À nouveau, je pressai la main de la Brune dans la mienne, et sentis dans celle-ci nos moiteurs entremêlées.

Je l'ai priée de rester à l'hôtel le temps que je prépare mes affaires et que je réunisse mes esprits. Selon le programme, j'aurais dû quitter l'hôtel avec le Bleu à son retour de France, nous devions ensuite trouver une autre chambre où nous installer durablement. Désormais, je devais réviser tous les plans. La Brune a acquiescé, elle ne reprendrait la voiture pour Barcelone qu'en fin d'après-midi, j'aurais le temps, d'ici là, de trouver une solution. À partir de cet instant, nous n'aurions plus un mot pour autre chose que des ordres et des demandes. Quelques minutes plus tard, elle accepta comme une évidence que je la rejoigne à Barcelone le soir même. Nous devions devenir, au moins aussi longtemps que la station grouillerait de flics, inséparables. Je ne saurais expliquer pourquoi, mais la Brune me semblait plus compétente que moi en ces heures incertaines. Elle avait des intuitions sur toutes sortes de choses : l'heure à laquelle il faudrait partir, comment nous répondrions s'il y avait un contrôle routier, la meilleure façon de se donner l'air innocent et même, plus trivialement, comment fermer une fermeture éclair cassée. Je suivais chacune de ses consignes comme si la vie en dépendait. Seulement, une fois toutes les précautions prises, tous les sacs refermés, toutes les phrases apprises, toutes les étapes répétées, je sentis revenir, ou plutôt ressurgir, incontrôlée, l'angoisse. Elle dit, toujours plus experte, va faire un footing, s'il te plaît.

Saisissant mes baskets, un short du Bleu et une paire de clefs, je me suis dirigé à l'extérieur d'un pas que j'espérais insoupçonnable. Il n'y avait plus un seul passant sur la route qui longeait le littoral, et la mer, par-delà le muret qui délimitait la plage, était troublée par des ondes qui, comme une chair de poule, froissaient sa surface. Je suis remonté en courant fébrilement de crainte de m'étouffer jusqu'au restaurant où nous avions rencontré Rigas. Le serveur avait débarrassé les chaises de la terrasse et il ne servait plus que les samedis midi. Le store même, qui formait un abrivent, avait été rentré. J'ai poursuivi mon effort sur la plage, trottinant dans le ressac des vagues, là où l'eau remonte péniblement vers le sable, y laissant, par intermittence, le sol gorgé d'eau. Dans l'anse il y avait, après le modeste port de plaisance, le club qui m'avait tant diverti avec son laser vert. De la plage, on voyait seulement sa double porte sombre et deux statues en stuc qui bordaient l'entrée, des Néfertiti assises. Arrivant à proximité d'une cabane de plage abandonnée, sur laquelle était gravée l'inscription Cruz del Sur, je me suis arrêté. Posant, davantage par accoutumance au topos sportif que par nécessité, mes poings sur mes cuisses, j'ai fixé la mer. Puis, cœur toujours emballé, je me suis effondré dans le sable humide et j'ai fumé une cigarette. À quelques mètres de la cabane, il y avait une aire de jeux abandonnée qui avait été construite sur une dalle de béton. Désormais, le lieu se partageait entre les mousses verdâtres de ses structures en bois et les herbes folles qui ensauvageaient leurs soubassements. En une autre ère, cela avait dû être un complexe sophistiqué de toboggans, de cordages et de bacs à sable, mais désormais ce n'était plus que le vestige d'un de ces temps que Rigas jugeait fanés. En posant mon regard sur le plus haut des toboggans, j'ai été saisi d'une sombre tendresse pour les enfants qui, ici, il y a plusieurs années et pour quelques heures, avaient été abandonnés à des solitudes d'orphelins afin que les adultes puissent parcourir, l'œil hystérisé de signalétiques promotionnelles, les hypermarchés détaxés des zones franches de la frontière toute proche. Assis sur la plage, frissonnant sous les assauts du vent, je me sentis cruellement proche d'eux et de cet ennui un peu triste que fut une enfance dans les années 2000. Et je songeais au Bleu, qui, comme les parents de la génération passée, m'avait quitté pour une affaire d'adultes – du fric, du trafic, des flics –, ce genre de choses un peu grotesques une fois regardées à hauteur d'enfant et qui, par la suite, échappent toujours à ceux qui demeurent à l'arrière de la civilisation, assis dans le sable mouillé. Alors, abandonnant mes pensées, je suis remonté vers l'hôtel, marchant cette fois-ci sur les lignes de signalisation de la route. Je me concentrais sur le moindre détail qui, maintenant que je la quittais, pourrait ultérieurement me rappeler la station. Peut-être avais-je l'intention de cartographier la forme de la ville autrement que par le dégoût qu'elle m'avait inspiré. Il y avait, pensais-je en longeant le centre commercial, un monde à préserver tant il semblait prêt à s'évanouir. Un monde qui, du mieux qu'il l'avait pu avec les pauvres divertissements qui étaient les siens, avait contenu notre maigre trêve, au Bleu et à moi. Une trêve baignée de soleil dans la conduite colérique de nos jours. J'ai continué sur la promenade et n'ai pu m'empêcher de regarder, par-delà l'hôtel et les habitations en front de mer, la rue qui montait vers la maison de Rigas. Les policiers avaient, semblait-il, finalement quitté la villa et il ne restait, sur le portail, qu'un ruban discret. Je me suis approché en longeant une rue que nous n'avions jamais empruntée et qui donnait un peu au-dessus de la villa. Une vieille femme habillée d'une chemise de nuit m'a toisé de derrière son portail en bois. Sa maison jouxtait celle de Rigas et, proche de leur haie commune, un cerisier étendait ses ramifications jusqu'à sa villa. J'imaginais ce qu'elle avait pu consigner dans un petit carnet depuis des années, écoutant, depuis son lit, la clameur répétitive des invitées, le rire des canailles, les coups de Glock, et peut-être même, lors d'une soirée de cette année où l'Américaine descendait nue sur la plage, les jurons délicats de Jorge Croxao, qui, un 23 juillet, avait voulu que l'on peigne les seins d'Amanda aux couleurs de la ville. Craignant d'inquiéter, j'ai salué la vieille et suis retourné sur mes pas. Marchant vers l'hôtel, je m'aperçus que, dans toute cette confusion, j'étais au moins soulagé que Rigas se soit fait arrêter. Quelque part, je m'attendais à une telle fin. Il m'avait pris le Bleu, mais il le payait.

À mon retour dans la chambre, la Brune était au téléphone. Elle semblait se disputer; me voyant, elle éloigna le combiné de sa bouche et me prévint que nous partirions dans une petite heure; elle reprit la ligne et s'isola dans la salle de bains, me laissant seul face à l'accumulation de breloques et d'ordures du Bleu. Je ne savais pas si, en plus de mes propres affaires, je devais les emporter avec nous. Peut-être trouverait-il le moyen de les récupérer... J'aurais voulu, peu importe ce qui s'était passé entre Rigas et lui, qu'il sache que j'avais préparé sa valise. Alors, dans le sac du Bleu, j'ai déposé, par-dessus les coupures, des sous-vêtements, puis une petite sélection d'habits que nous avions pu acheter ensemble. J'ai pris un sac poubelle, j'ai jeté au fond de celui-ci d'autres coupures, empilé encore des chemises, des polos, un pull et une casquette. Finalement, il ne restait plus rien d'important dans la chambre. Je retrouverais seulement sous son lit un deuxième short en nylon, semblable à celui que je portais.

J'attendais près du comptoir de l'hôtel le retour du moustachu à qui je devais régler les dernières notes et rendre nos clefs. Il y avait une cloche électrique pour l'appeler mais il n'entendit pas mes appels – trop occupé qu'il était à percer un mur du restaurant pour on ne sait quelle raison. Le foret devait buter contre une plaque d'acier car, à plusieurs reprises, la perceuse pataugea sur le métal dans un bruit atroce. Encouragé par la Brune impatiente, j'ai laissé le règlement en liquide sur le comptoir.

Malgré toute l'autorité dont elle avait fait preuve jusqu'ici, et malgré l'apparition chez elle d'une force qui m'avait, je dois l'admettre, sauvé de la paralysie, elle était paniquée. Comme certains ont l'alcool heureux, elle devait avoir la panique utile. Elle comptait absolument s'en sortir et éviter les flics. Il était, avait-elle dit, hors de question que nous soyons même lointainement impliqués. Nous ne laisserions personne penser que nous étions liés aux histoires de Rigas. Elle a dit *nous* et ça m'a rassuré.

Sur la route de Barcelone, elle retrouva des couleurs. Elle poussa même la chansonnette. Elle luttait contre l'angoisse en affectant une joie gênante. Elle avait choisi, sur son téléphone, une playlist automatique qui, selon l'usage en vigueur, sans registre et sans érudition, visait seulement, à la manière d'un déodorant d'intérieur, à diffuser une vague atmosphère. Ici, les senteurs marines étaient devenues des *apéros feutrés* – autant d'idées fixes et artificielles qui me rappelaient les aspirations de Costan à servir un imaginaire à la coupe. La Brune me parla de nouveau de mon livre touristique sur la station : elle dit qu'elle avait pris rendez-vous avec un ami de son père, qui pourrait, si jamais je défendais le projet, le publier. J'étais étonné : manifestement, même en un pareil moment où la réalité frappait sèchement, elle croyait encore à mes mensonges. J'ai eu envie de lui expliquer que c'était une invention de dernière minute qui n'avait jamais eu vocation à exister et, par ailleurs, aurais-je ajouté emporté par une fièvre d'honnêteté, je ne m'appelle pas Costan. Mais je n'ai rien dit de tel, je sentais bien qu'elle était désormais en position de décider d'une vérité qui, finalement, m'était étrangère. Je la rassurai : j'allais me battre pour que le texte soit écrit et publié. Il faudrait raconter la station, Croxao et les hôtels ruinés, les pavillons infinis, les structures de béton vides et leurs cortèges d'échafaudages rouillés qui morcellent le ciel. Il faudrait tenir la chronique des temples de parpaings laissés inachevés par les crises financières, celles-ci qu'on comprenait moins encore qu'on ne comprenait l'apparition sur la plage de sacs plastique en lieu et place des méduses.

Plus tard, en approchant de Tarragone, elle m'expliqua qu'elle était par avance désolée car je ne pourrais rester chez elle plus de deux nuits. J'avais, depuis le début du voyage, bien trop fumé, le tabac m'avait désensibilisé la gorge. J'ai tout de même allumé une nouvelle cigarette, alors que la Brune tentait de s'expliquer sur son refus de m'héberger plus longuement. Comme le font souvent les personnes en tort, elle se justifiait dans les moindres détails, espérant rendre ainsi la situation moins pénible pour le lésé. Je ne parvenais pas à l'écouter. Je gardais le filtre coincé entre les dents, sans avaler la fumée. Je me suis soudain rappelé que j'avais oublié de confier la valise du Bleu au moustachu pour qu'il la lui remette. Elle était restée dans la chambre au milieu du bordel. J'ai demandé à la Brune si elle savait ce que son ancien collègue ferait d'une valise abandonnée. Elle voulait croire qu'il la brûlerait ou la jetterait à la mer. En riant, elle a ajouté : qui sait ce dont il est capable, ce vieux psychopathe ! Puis, d'un ton condescendant, elle m'a repris : tu croyais sincèrement que le Bleu allait revenir à l'hôtel ? Elle a poursuivi : tu crois en fait que là, en plein milieu d'un go fast, il a eu un pneu crevé ? Qu'il s'est trompé de départementale ? T'es complètement con ou quoi ? Il s'est barré ton pote, il s'est barré avec dix mille balles de shit en fait ! Tu vas réaliser ou pas ? Je l'ai laissée conclure comme elle souhaitait sa remontrance : elle avait envie d'avoir raison, je lui laissais ce plaisir pour cette fois. Elle ne savait rien de l'homme dont elle avait vaguement partagé la suite. Certes, il y avait de quoi se refaire avec dix mille balles, mais ne m'avait-il pas promis qu'il ne voulait pas que *ça* s'arrête ? La Brune n'entendait rien de son plaisir étrange de se tenir sur le balcon quand le soleil déclinait, une clope dans une main, un pétard dans l'autre, son extase encore quand il se couchait dans son lit propre du jour. Elle ne savait rien de ses préférences en matière de buffets à volonté et de chips goût barbecue… Elle n'avait pas davantage idée des odeurs d'urines et d'ordures que nous avions laissées derrière nous en quittant la planque du Grand Dhjou. Non. Il n'aurait jamais voulu que *ça* s'arrête – me répétais-je alors en feignant une innocence qu'il m'était de plus en plus difficile d'acheter complètement. Pour seul souvenir de lui, je n'avais plus que le short de sport que je portais depuis mon footing. J'ai machinalement posé ma main sur ma cuisse pour toucher le tissu synthétique en le serrant entre mes doigts, là où, le premier jour de nos retrouvailles, j'avais voulu caresser le bourgeon de sa blessure ancienne. Frappé par le manque, j'ai approché ma main de mon nez, espérant y retrouver le parfum de ses sudations et de ses joints. Je n'ai pu reconnaître que l'odeur agressive de mon mégot qui cendrait sur mon torse. La Brune m'a lancé un regard dégoûté et railleur. Tu vas t'en remettre, a-t-elle dit, sans la moindre promesse dans la voix. J'ai finalement baissé la vitre et, posant mon avant-bras sur le rebord de la fenêtre, j'ai jeté le mégot. Puis, j'ai penché ma tête à l'extérieur pour sentir l'humidité du littoral : il faisait encore chaud et l'air était gros d'un orage à venir.

L'ÉROTIQUE DU GUERRIER

I

Dans l'habitacle, les dés bleus s'entrechoquaient toujours dans le même silence. La Seat filait à travers le pays comme il en avait été convenu avec Rigas. La vitesse devait être régulière afin de ne pas éveiller les soupçons alors, tranquillement, en prenant un itinéraire proche de la côte, le Bleu remontait jusqu'en France. Il était anxieux mais quelque chose de sa trouble indétermination menait, autant que le moteur, la voiture vers la frontière. Et encore une fois, ce furent les mêmes déserts un peu rougeoyants, les quelques mêmes rares vergers, les mêmes serres qui accueillaient les mêmes tomates dans leur polystyrène, enfin, le même sempiternel chaud désolement de l'Espagne qui fleurissait sur son chemin. Dans cette image toujours pareille, il traçait son voyage comme la craie crisse sur un tableau noir et, sous ses roues, les bandes blanches disparaissaient, avalées par la vitesse. Malgré sa compréhension limitée de l'espagnol, il surveillait sur le poste radio les bouchons annoncés par la chaîne d'info-trafic. Du trafic. Toujours du trafic. Il se disait pour lui même : c'est ta vie mon petit, rien que ta vie, du trafic. Dans l'allume-cigare, il a éteint une clope.

Il s'est arrêté à la station-essence où nous étions venus ensemble. Une bière, un briquet, un paquet de clopes. Tout pareil. Il a roulé un deux-feuilles sur le banc qui voisinait les toilettes de la boutique. Au loin, le jour paraissait déjà décliner et l'air du soir était à nouveau celui du début de l'été. Et, sans se le dire, il songea que l'été nous mentait toujours un peu : il insistait toujours suffisamment pour qu'on le croie paré pour l'éternité. Qui pourrait croire, quand le ciel est un tel incendie, quand les odeurs du bois sec palpitent dans nos narines, quand la chaleur enduit jusqu'au dernier pli de notre peau, que reviendra la froide saison ? Dans l'air chaud, le briquet fit une flamme vive et jaune. Il se brûla le bout des doigts en tirant sa première latte. Merde. Eh, ça va mieux mon petit, calme-toi. Il tira une seconde latte. J'aurais dû acheter un paquet de chips, je vais avoir la dalle, se dit-il enfin.

Quand nous étions à la piscine avec la Brune, il avait pris un des dépliants de l'hôtel et il y avait inscrit deux numéros de téléphone. Il avait recopié ces numéros avant de se débarrasser de ses mobiles en les jetant depuis le balcon. Il savait que le moment venu il lui faudrait passer deux appels pour décider de la suite des événements. Seulement, Rigas n'avait jamais rechargé les crédits du burner, qui était, dès lors, inutilisable. Il a éteint son pétard et est retourné dans la boutique. Au même type auquel j'avais acheté les bières, il demanda s'il pouvait passer un appel. Il s'essaya pour l'occasion à la langue nationale et l'échec fut manifeste : sans même décoller les yeux de son plat surgelé, le gros lui expliqua d'aller voir ailleurs. Il lui dit, pour être précis, mais je doute que le Bleu comprît, qu'il y avait une cabine téléphonique à côté des chiottes, en lui tendant une carte. Énervé, cognant dans la caisse, et effrayant à peine le boutiquier, il est ressorti et a trouvé la cabine. Au fond, il n'avait pas eu besoin qu'on lui indique, la station-essence était minuscule, il n'avait qu'à tourner la tête.

Alors qu'il s'avançait vers la cabine, il remarqua qu'il utilisait cette machine pour la toute première fois de sa vie. Aucun de nous qui sommes nés à la fin du millénaire n'a connu cette époque d'avant la téléphonie mobile et, en s'approchant du combiné, il s'est demandé si cela pouvait encore fonctionner – ce bidule. Nous connaissions bien sûr leurs structures brutalistes, toutes de métal et de verre formées, mais de leur utilité passée, rien. À peine les voyait-on tantôt abris à camés, tantôt terrarium urbain, mais, comme les restes d'une bataille perdue il y a longtemps, leurs silhouettes inquiètes n'avaient plus de réalité moderne. Le bip régulier qu'il entendit sur la ligne le rassura néanmoins. Il ralluma son pétard et commença à enfumer la cabine. De la poche droite de ma veste en suédine, il a sorti le dépliant de l'hôtel, puis il a composé. Le bip continuait, imperturbable. Comprenant son erreur, il est retourné sur ses pas, a réglé une première carte en petite monnaie auprès du type de la station et est revenu vers la cabine.

C'est moi, dit-il. Le Petit Bleu, au bout du fil, avait décroché depuis Paris. Il avait vu sur l'écran du téléphone l'indicateur s'afficher alors il dit : ouais, je me doute. Tu as reçu le boulet ? enchaîna le Petit. Ouais, je sais pas si je dois te remercier mais je t'appelle pas pour ça. Les voix étaient distantes, lointaines et lorsque le cadet commença à déblatérer sur les photos envoyées, sur le type qui voulait le rejoindre, sur tout ce qui s'était passé depuis qu'il était parti, le Bleu ne l'entendit pas vraiment. Il l'arrêta et lui demanda : t'as pas plutôt des nouvelles de maman? Le cadet garda le silence un instant, puis, se reprenant, lui dit : elle m'a demandé si je savais quand tu reviendrais. Elle flippe depuis que t'es parti, finit-il par admettre en manifestant par une voix désolée combien lui coûtait d'avouer que leur mère avait encore des pensées pour lui, l'aîné qui avait foutu en l'air leur vie de famille. Tu crois qu'elle s'inquiète pour moi? s'enquit alors le Bleu. Non, je crois qu'elle sait de quoi tu es capable et ce que t'es prêt à faire pour t'en sortir, pas vrai? Toi qui es toujours meilleur que tout le monde, avec tes petites leçons de merde, toi qui, comment c'est l'expression déjà, ah oui putain, toi qui es prêt à vendre père et mère, c'est pas ça qu'on dit? Le Bleu ne répondit pas, il n'avait pas assez de crédit pour se payer l'intégralité du réquisitoire usé de son petit frère, alors il préféra laisser couler. Emporté dans sa rage mais contraint par le silence au bout du fil, le cadet comprit que ses provocations ne prendraient pas cette fois-ci. Alors il a enchaîné, soudain calmé : mais je crois aussi qu'elle veut que tu arrêtes tes conneries. Pas cette fois en tout cas. Je vais rentrer en France, lui répondit le Bleu, dis-lui que je vais rentrer. Je ne vais rien lui dire du tout. Rien du tout, répéta le Petit Bleu qui semblait anticiper les espoirs déçus que faisait inexorablement naître puis mourir son grand frère. Putain, il me reste que quelques secondes. Bon, tu sais quoi? Dis-lui ce que tu veux je m'en tape.

Le bip régulier était revenu sur la ligne et son pétard s'était consumé pendant l'appel. Il sortit de la cabine en emportant avec lui un peu de la fumée qui macérait dans la cage de verre. Elle se dissipa dans l'air à sa suite en une sorte de spectre grisâtre. Sur le sol poussiéreux, il cracha de rage. Merde. Il n'était pas plus calme qu'avant son coup de fil. Il retrouvait là l'angoisse qui lui semblait empêcher le cours de son trajet. Un sentiment qui le plaquait au sol et qui, maintenant, lui répétait qu'il ne serait jamais à la hauteur. Il se demanda pourquoi il avait pris la peine d'appeler le Petit. C'était toujours peine perdue avec lui. Le petit frère était devenu pire que leur père quand il s'agissait de faire des reproches à l'aîné. Le Petit Bleu paraissait ne pas se souvenir de ce qu'était leur vie avant que leur père n'aille en taule. Peut-être était-ce ainsi qu'il s'était tiré de ce passé de désastres : en le réécrivant et en se persuadant que le grand frère avait mérité toute cette violence, jusqu'à la perçeuse, jusqu'au genou. Il marcha à la lisière du goudron qui formait la frontière entre la station-essence et la végétation ensauvagée des environs. Il tentait de retrouver son calme et de réfléchir au trajet, aux possibilités, à sa destination. Après tout, il y avait dix mille balles de shit dans le coffre de la Seat. Le vertige des possibles sait saisir un homme dans une pareille situation.

Un téléphone sonne, il répond, il a tué trois personnes. Il est à bord d'une auto, il ne conduit plus, mais la voiture avance. Il s'est souvenu du rêve qu'il racontait à la psy du centre social. Il s'est rappelé ses gestes à elle, le sourire qu'elle avait au coin des lèvres quand il faisait une blague pour échapper à une question. La voiture avance. Il disait toujours ça plusieurs fois : mais, vous comprenez pas m'dame, la voiture avance. Le Bleu est revenu sur ses pas. Il est retourné dans la boutique et a cherché sur le carrousel du comptoir une carte prépayée. *Por favor*, a-t-il baragouiné, *la carta por* téléphoner… De sa main gauche, il a mimé le combiné près de son visage et le type de la caisse a ri. Il est ressorti de la station-essence avec un nouveau crédit prépayé et un paquet de chips goût barbecue – il fallait faire passer la défonce, il restait des kilomètres à avaler. Il a écrasé le burner de Rigas sous la semelle de ses chaussures puis l'a envoyé dans les bosquets qui peuplaient l'arrière de la boutique. Enfin, il est revenu vers la cabine. Il a composé encore. Cette fois, le deuxième numéro qu'il avait inscrit sur le dépliant de l'hôtel. L'appel serait maintenant pour un vieux copain dont il n'avait pas eu de nouvelles depuis quelques années mais qui, il le savait, lui en devrait toujours une.

II

La Brune vivait dans un appartement familial avec trois autres jeunes étudiantes auxquelles elle n'adressait pas vraiment la parole. J'ai pensé, en me levant ce matin, qu'elle n'avait plus essayé de me faire jouir depuis que le Bleu était parti. Sur la terrasse, en fumant ma première cigarette, j'ai croisé une de ses colocataires. Me voyant en caleçon avachi dans une chaise en plastique, elle ne prit même pas la peine de venir à ma rencontre et retourna dans la cuisine. La Brune était partie tôt et je savais qu'elle ne tarderait pas, avec cette force de caractère que je lui connaissais désormais, à me mettre dehors. Il me restait encore suffisamment d'argent pour payer un hôtel, mais il faudrait partir dans moins d'une semaine. Je ne m'étais plus posé ces questions – où vivre, avec qui boire, de qui dépendre – depuis deux semaines. Et en me rappelant mon départ de Paris, j'eus la certitude que c'était un domaine, prévoir, dans lequel j'étais bien incompétent.

J'ai attendu que les filles quittent l'appartement pour poser quelques notes sur une feuille : ce serait là mon guide touristique. Je m'étais pris au jeu, faute de mieux.

Ce projet, au moins aux yeux de la Brune, m'octroyait une contenance et, lentement, j'avais fini par y croire, à ce Costan et à son bavardage sur le tourisme. Je ne savais pas très bien si je pouvais rendre à la station sa gloire d'antan en écrivant ce que j'avais vu mais, comme pris de sympathie pour l'abandon dans lequel elle périssait, je songeais à essayer. Elle m'apparaissait comme un bloc : il y avait une cohérence à parler du peintre oublié Jorge Croxao et de ses croûtes bariolées en évoquant le béton effondré des hôtels tant, dans mon esprit, tout se mêlait pour fabriquer la rancœur de l'imaginaire balnéaire. Il me faudrait décrire l'ennui des locaux et la laideur des tranchées dans la plage où l'on a construit des baraques à jouets, parcourir à nouveau les zones commerciales hypertrophiées qui s'étendaient dans le désert continental, tracer les lacets routiers emmêlés à la sortie du littoral et, éventuellement, il faudrait reproduire une croûte de Croxao. Au pire, un article d'une gazette du jour de sa mort suffirait. Je désirais soudain faire entrer dans la postérité cet endroit où tant de trêves avaient été dépensées. J'écrivais sur ma feuille : « La Côte Dorée, un lieu pour ceux qui ne sortent de la misère que par intermittence : congés payés et petit meublé sur mer. » Par là, je comptais faire taire ceux qui se gausseraient de nous, dont les souvenirs resteraient attachés aux tribunes du spectacle auto et au laser vert du club, comme autant de lambeaux piégés sur la tige d'un parasol abandonné. Car, inéluctablement, tout cela se retournait comme un miroir vers la disparition du Bleu, vers les quinze jours passés, et vers ce qui, en moi, les regrettait. Le ciel, à onze heures, s'est dégagé de son épaisseur nocturne. J'ai pris une douche et je suis sorti.

Dans les rues de Barcelone – j'ai marché longtemps avant de trouver la vieille ville : les filles habitaient un quartier récent traversé de larges axes dans le nord de la ville – il ne régnait plus rien de cette âme interlope que je croyais pouvoir y trouver. Bien que chaude, alcoolisée et pestilentielle, Barcelone restait une ville moderne. Malgré les portiques maléfiques et criards des maisons signées par l'architecte national, les indénombrables casinos vidéo-ludiques qui rivalisaient en extravagance avec les discothèques et leurs hôtesses papillonnant dans les rues, Barcelone ne semblait pas aussi trouble que je l'avais espéré. En outre, en venant ici, j'avais sous-estimé la dimension tentaculaire de cette ville, ses hésitations partout infinies quant à ses banlieues et ses extensions, son vacarme urbain et pétaradant, éclats verts et bruits rouges, ses mille langues parlées, ses odeurs de graisses saturées et de port pollué. En somme, j'avais placé trop d'espoirs dans ce nouveau voyage.

Le serveur d'un ridicule bar entre La Rambla et le port – il lui tombait sur l'épaule une fée en carton et nous étions plongés dans une semi-obscurité où scintillaient des diodes suspendues à un décor de mauvais cinéma – s'excusa à quatre reprises de n'avoir pas le temps de me tenir la jambe. Il s'affairait à secouer des cocktails aux noms chatoyants dans une atmosphère de rêveries clinquantes et de négociations entre commerce et fête foraine. Sans discontinuer, une petite foule se pressait au milieu du décor, passant d'une salle à une autre dans le dédale du bar, s'arrêtant ici et là pour prendre une photo en compagnie d'un personnage en carton ou d'une fontaine illuminée. Harnaché au comptoir pour garder un œil sur mon verre, je m'accrochais à mon tabouret de crainte de me trouver projeté dans un groupe de touristes danois. J'aurais dû partir, j'étais dans une voie sans issue. Une blonde aride m'en empêcha : elle s'attela à me parler. Elle déblatérait un anglais crachotant et ponctué de tergiversations. Elle dit qu'elle était là avec des amis, qu'ils allaient visiter un parc et prendre la télécabine. Elle était hollandaise et en Erasmus, il fallait que je l'arrête. J'en ai ma claque des étudiantes, lui ai-je dit.

Arpentant les ruelles qui s'enfoncent plus profondément dans le quartier gothique, j'ai trouvé, derrière un rideau de fer à moitié levé, un gros Polonais qui tenait la caisse d'un coffee-shop. Pour entrer, je devais remplir une sorte de carte d'adhésion : participer à la plantation, me dit-il dans un anglais bourru et plein de râles, slave donc. La salle que je distinguais dans son dos était vide. J'ai rebroussé chemin et je suis rentré chez la Brune.

Au plus haut de sa performance économique, Barcelone avait même réussi – et peut-être était-ce là la clef de son succès, face à ses sœurs qui jalousaient son statut de ville-pute de toute l'Europe – à réduire l'interlope à son expression la plus signalisée, la plus régulée et la plus rentable. Il fallait que je voyage encore dans les tripes de la ville. Il me fallait m'éloigner de la mer, des boutiques qui vendent des chaussettes aux couleurs de la Movida, me tenir loin de ce vrombissant train-fantôme à destination de la jeunesse européenne qu'étaient les rues de la soif. En un sens, il me fallait éviter cette puanteur d'ennui qui s'étendait partout maintenant que toutes les lisières possédaient leur correspondante marchandisation.

La Brune voulait se préparer et que nous achetions une bouteille de liqueur avant de rendre visite à l'ami de son père qui, éventuellement, pourrait m'aider avec mon livre.

Elle m'a raconté qu'à la faculté, le midi même, au réfectoire, on lui avait demandé ce qu'elle avait fait durant ses vacances. Elle n'avait pas su répondre.

Devant l'immeuble, du trottoir où je me suis posté en attendant que la Brune finisse de se maquiller, j'ai profité d'une scène curieusement cruelle. Dans la monotonie résidentielle, on avait songé à installer une place pavée, des arbres et une fontaine, comme si, fièvre poétique de l'urbanisme, on avait eu l'intention de voir se rassembler les habitants de la cité-dortoir. On avait construit la place comme une ironie légère dans la rationalité sinon totale d'un quartier nouveau. Sur les images virtuelles du monde résidentiel, on entrevoyait sans doute des silhouettes qui, là promenaient une poussette, ici discutaient, là-bas s'agenouillaient près d'un toboggan. Dans notre réalité, au milieu de cette place, deux garçons jouaient avec un ballon jaune et noir. Ils étaient, ce soir-là, les seuls à prendre au sérieux la possibilité d'une ville. Le plus grand des deux venait de frapper la balle. Effleurant la joue de son camarade de jeu, l'objet se dirigea dans les airs puis, s'écrasant sur un pare-chocs, rebondit et se laissa emporter sur une route en pente – pendant ce temps, au loin, insensible, Barcelone ne cessait de ricaner. J'ai écrasé ma cigarette et j'ai donné le bras à la Brune qui me pressait désormais le pas.

Dans un quartier en brique, Mario Montessimo nous a reçus sur son patio, tout de carrelage jaune tapissé. Sur sa table, il y avait des bouteilles, des olives dans de l'huile, une plante et un paquet de cigarettes ouvert : il en a allumé une. Par le filet de ciel qui perçait au-dessus du patio est parvenu jusqu'à la terrasse le souffle d'une trompette que jouait un voisin. Mario a demandé à la Brune des nouvelles de son père, elle a dit qu'il était parti en Mauritanie pour son travail depuis deux mois et qu'avant de rentrer à Barcelone il exposerait à Berlin. Montessimo, à peine plus de cinquante ans, porteur de panama, moyennement cordial et collectionneur d'oiseaux rares – cardinal rouge, ara de Lear et paradisiers –, avait posé sa question par conformisme social. J'aurais voulu savoir ce qui l'avait poussé à organiser cette rencontre à laquelle il ne tenait vraisemblablement pas. Cela devait être l'ennui. Les oiseaux rares sont, je crois, d'une compagnie plutôt morne. Posant sur la table un sac en plastique, elle lui présenta la bouteille que nous avions apportée, de l'ouzo. Il nous rappela, bien que la Brune fût déjà au fait des goûts de Montessimo, qu'il ne pouvait plus goûter d'autres alcools que celui-ci, tant il avait la nostalgie de ses voyages méditerranéens maintenant lointains. Je me permis de souligner que de Marseille à Athènes en passant par Jérusalem et Istanbul, il y avait autant de signatures pour une même liqueur d'anis. Montessimo désapprouva : il dit qu'il fallait, pour affirmer cela, croire qu'une même mer est unique en tous ports.

Je l'appréciais déjà. Il avait, à ses yeux, raté sa vie : avec ses oiseaux, ses bouteilles, ses photos imprimées sur des plaques d'alu, ses piles de disques, Montessimo exprimait une certaine idée de la réussite qui, avec l'appartement aux volets fermés, son ventre bedonnant, ses cheveux perdus et son hostilité envers le père de la Brune, se trouvait comme ébréchée. Et quand il congédia, comme un Méditerranéen dépassé, la Brune pour parler, jugea-t-il avec préciosité, de choses sérieuses, je lui sus gré d'autant s'appliquer à être son propre personnage. Il ressemblait beaucoup à Rigas, déjà parce qu'ils étaient de la même génération, mais aussi par cette manière un peu rigide et ancienne de désapprouver tout ce qui pouvait sembler nouveau à leurs yeux – donc tout ce qui avait été créé après 1970. Montessimo était toutefois bien plus urbain et plus délicat, presque dandy dans son désarroi. Un verre d'alcool à ses lèvres, il confessa entre deux gorgées, comme pour se donner le courage d'être honnête, qu'il n'avait plus autant de contacts dans l'édition qu'auparavant et qu'en outre il trouvait l'idée d'un livre touristique complètement sotte. J'ai tenté de le contredire en avançant qu'il s'agissait de livres que l'on pouvait tenter de faire financer par des chambres de commerce, afin d'obtenir une bourse. Il m'a coupé. Le tourisme, garçon, a détruit l'Espagne plus que la guerre civile et que le franquisme, a-t-il lâché. L'Espagne est devenue tellement laide depuis que l'on peut rejoindre la côte en deux heures qu'il faudra un jour songer à raser la moitié du pays. Ça le fit rire. Il dit que ça ferait de l'emploi. Il m'a ensuite demandé si je savais qu'on avait tourné dans les déserts continentaux des western spaghetti du temps où le cinéma existait encore. Je n'ai pas répondu. Il a continué. Il a ajouté que les pays au nord des Pyrénées, ceux-là mêmes qui n'ont jamais compris Vélasquez, ont pris l'Espagne pour cet ailleurs d'écran blanc. Ils ont cru qu'il y avait des indiens. Il a dit qu'il y avait eu des indiens. C'était les pauvres de l'Estrémadure qui tuaient les poulets à mains nues. Il m'a demandé si je savais que les eucalyptus étaient en train de ravager la Galice par le feu ? Alors vraiment, le tourisme, ça suffit. Jamais plus. Il ne me regardait même plus, il était seul dans ses souvenirs et sa colère. Je suis resté à ses côtés, car j'ai eu peur qu'il finisse par s'étouffer ou par tomber raide mort. Il a enchaîné : quand j'étais enfant nous regardions à la même heure chaque jour l'unique train quotidien passer dans une prairie des Asturies. Un jour, il est passé pendant qu'un troupeau de vaches traversait les rails. Je les ai vues, de leur pas engourdi, sidérées, aveuglées même, la cloche autour de leur cou sonnant dans le vide, alertant inutilement d'un désastre tellement prévisible, se faire couper en morceaux à une vitesse insoutenablement lente. Le train avançait à moins de quarante-cinq kilomètres par heure et quand il y eut des morceaux de viande sur les rails, il fut encore ralenti. Il a allumé une nouvelle cigarette et a repris. Peux-tu imaginer le regard vide du reste du troupeau qui lentement tourne la tête comme un seul homme vers la machine et celui, encore plus vide, des veaux qui ne comprennent pas d'où vient ce soudain jaillissement de sang sur leur pelage ? Le train ne s'est pas arrêté. Ce n'était pas un train. C'était la globalisation ou quelque chose dans le genre… Et les vaches, c'était toute l'Espagne. Tu comprends ce que je veux dire ? Tu crois que dans un guide touristique on peut dire l'odeur de la putréfaction des vaches, ce parfum infecte et diffus dans tout le village qu'a exhalé pendant tout un mois le soleil pluvieux des Asturies ? Non. Alors, je t'en conjure *cabezón*, pense à autre chose.

J'ai laissé un silence s'installer à la fin de son monologue. Je n'aurais pas su faire autrement. Je crois qu'il avait besoin que je me taise. Cela a duré et j'ai eu l'impression que ça lui avait plu. J'ai vu son visage précédemment si tiraillé d'amertume se détendre, s'affaisser, comme un muscle épuisé. On a alors entendu le bras de lecture de sa platine qui retournait sur son socle métallique. Le phénomène produisait un léger tintement mécanique, comme une sentence. Il est allé retourner le disque. Lorsqu'il s'est rassis, j'ai entrepris, esquivant définitivement le sujet du tourisme, de lui demander s'il connaissait quelqu'un qui pourrait me louer une chambre. Il fut amusé par ma question et, dans un rictus habile, il m'interrogea : voulais-je quitter la Brune ? Puis, sans attendre de réponse, il se leva, s'approcha du jasmin qui grimpait contre le mur du patio et il raconta, sans même me regarder, dans une sorte de psalmodie, qu'il y aurait toujours, quoi qu'en pensent les femmes, des lits pour les voyous et les rats. J'étais jeune, j'avais un accent charmant et probablement pas trop de scrupules. Il ajouta qu'à mon âge on trouvait tant d'opportunités que je ne devais pas me trouver embarrassé par une jeune femme. Plus bas, il persifla qu'il en allait de mon âme. Dans un rire, il s'en est allé pour poser sur la platine un disque de Miles Davis. Il a monté le son. Puis, me jetant une sorte de regard complice, il m'a expliqué que c'était afin que le voisin, le trompettiste, sache enfin à quoi ressemble un vrai musicien. La Brune nous a rejoints, elle voulait rentrer.

Montessimo habitait le Poble Sec, un quartier rectiligne qui surplombe la vieille ville et qui s'étire des hauteurs du parc Montjuïc jusqu'à buter sur une avenue calquée sur le quarante et unième parallèle nord. En descendant une rue, la Brune avinée à mon bras, j'y ai identifié, dans quelques renfoncements et détours, une certaine sérénité – de celle que produit parfois un vestige d'authenticité. Il y avait une vieille femme qui lisait un magazine, les pieds nus posés sur la rambarde de son balcon au troisième, des quinquagénaires gueulant après un poste de télévision à la terrasse d'un bistrot, une machine à sous installée derrière la porte d'une supérette de nuit qui clignotait dans le vide des allées et, plus loin, penché sur un mobile, un garçon à casquette, pas plus âgé que le Bleu, qui écoutait du rap en traînant un chien boiteux. Mais, surtout, il n'y avait pas ces étrangers qui plongent les rues dans la tourmente, qui courent les bars à tapas où des Belges viennent vomir des *patatas bravas* sur des Italiennes. Il n'y avait, ici, qu'un lieu où chacun use de la vie sans s'en apercevoir : un phénomène si discret qu'on l'entendait prendre chair dans les tintements de casseroles et de vaisselle qui s'élevaient depuis les fenêtres sur rue. Montessimo me semblait baigner dans cette moiteur un peu rassurante, je crois même qu'il en procédait et, rien qu'à ce détail, je sus qu'il serait, pour moi, l'homme de la situation. Dans aucun bar, dans aucune rue de la soif, je ne trouverais de camaraderie comparable à celle d'un vieil hirsute. Il fallait m'y résoudre. D'autant que toute la légèreté, tout le détachement et toute la coquetterie de la Brune s'étaient dissipés en quelques heures. Elle se moquait des tintements de la vaisselle dans la rue, elle se moquait que je pleurasse encore le Bleu, elle se fichait de ce qui disparaissait : station littorale, ville habitable, amitié pour la vie. Non, son intérêt se portait ailleurs : elle avait une pleine passion pour l'assistance aux causes perdues. J'aurais dû m'en apercevoir quand, m'encourageant pour la rédaction de ce livre touristique, elle avait voulu m'occuper, m'intégrer. Si je n'y prenais garde, elle me proposerait dans quelques jours de trouver un emploi et peut-être même de lui accorder que je ne m'appelais pas Costan. Qu'elle souhaitât que je quitte son appartement était finalement une bonne idée et là-dessus Montessimo avait vu juste. Il en allait de mon âme.

III

Sur les hauteurs du Poble Sec, nichés dans la colline voisine de l'appartement de Montessimo, se trouvent les gradins gris de la piscine municipale de Montjuïc. On peut les distinguer depuis le flanc, apparaissant entre les cimes des arbres et par-dessus les toits des habitations du quartier. Pareille à une structure soviétique que l'on aurait abandonnée aux tracasseries du moderne et à la précarité du climat, la piscine assoupie dans son béton résistait à son éboulement à venir avec une de ces paresses de reptile que rien ne saurait déranger. Le lendemain, j'y suis allé nager.

Une fois mon entrée réglée et la douche passée, je me suis rapidement rendu sur la terrasse d'où, comme le promettait l'emplacement, la ville offrait une vue panoramique. Derrière moi, l'infrastructure était une chapelle de béton dotée de deux baptistères de taille moyenne – le premier était sensiblement plus profond : y avaient eu lieu des plongeons olympiques. Par-delà les murs gris et les structures de métal qui semblaient soutenir tout le bâtiment, on trouvait les cimes des pins et, au-delà, l'horizon qui s'étendait de la mer aux confins de Barcelone, là où la ville semblait disparaître dans la confusion des habitations. Saisi par une telle apparition matinale, je me laissai perdre quelques minutes dans le paysage. Caressé par un vent marin, au sommet de la ville, face au vide exposé, je frissonnai.

Abandonnant mes affaires sur les gradins, j'ai rejoint le plus grand bassin pour y faire des longueurs. Afin de m'épuiser, j'ai donné des épaules et des cuisses dans un crawl rageur, ne reprenant que rarement mon souffle, avalant maladroitement un bol d'eau chlorée à chaque respiration. Après une dizaine de minutes de vivifiante souffrance, j'ai inspiré avec l'insistance et l'irrégularité d'un fumeur tout l'oxygène que je pouvais capturer dans mes poumons. En cet instant, j'avais perdu la sensation d'avoir un corps et, suspendu à une chaîne de flotteurs qui ne cessait de m'échapper, j'ai fixé le ciel. Par la nage, j'étais en train de conquérir un état que j'avais longtemps recherché : un abrutissement tel que rien n'aurait pu faire vaciller ma présence au monde. Il y avait quelque chose d'une vie à nue, comme débarrassée de la pensée et des souvenirs, dans le maintien hors de l'eau d'une tête lessivée par l'effort. La vie, songeais-je un peu amusé par mon étourdissement, pouvait ressembler à ça, à ce joli vide. Et, de toutes les inquiétudes qui ne m'abandonnaient pas d'habitude, chute, craintes, manques et disparitions, aucune ne parvint à émerger. Là, dans l'eau, je ne me sentais plus dépendant du Bleu pour me sortir de la nuit. C'était comme si, dans cet isolement qu'est celui de la nage, j'avais pu réécrire les mois écoulés. Cette force aurait pu suffire à me sortir des impasses du désir. Combien de morsures, alors, auraient été contrées par un cent mètres crawl ? J'étais porté à l'optimisme à force d'ingurgitations d'eau chlorée. Ça ne durait jamais…

Dans la ligne d'eau adjacente, un jeune homme attendait comme moi que l'oxygène lui revienne. Alors que je m'enfonçais dans mes tortueuses persuasions quant à la force et la vie, je ne me doutais pas que toutes mes théories s'envoleraient dès lors que je tournerais la tête vers lui. Car, et ce fut manifeste dès le premier regard, c'était un garçon résolument séduisant. Dépassant de son bonnet de bain, un anneau d'argent pas plus gros qu'une pupille pendait à son oreille. Au sommet de ses yeux aux courbes orientales, comme mi-clos d'ennui, les lignes de ses sourcils, tracées par l'humidité à la manière de ratures au fusain, se perdaient en humeurs hasardeuses. Sur son menton fendu, un grain de beauté pointait d'insolence. Alors que les flotteurs me fuyaient des mains, je fus subitement hypnotisé. Par la suite, sans cesse, une intranquillité hargneuse me rappellerait à lui. Et je continuais mon auscultation, ma dévoration : il avait des muscles majestueux aux lignes noueuses comme ceux du Colosse peint par cet élève de Goya qu'on expose au Prado. Combien ai-je pu aimer cette géante machine de chair dévoreuse d'hommes qui s'enfuit dans le crépuscule d'un massacre… Enfant, découvrant le tableau pour la première fois, j'avais emmêlé l'ardeur sexuelle qui semblait s'éteindre sous mes yeux à l'effroi du massacre qui y avait pris place. On m'avait expliqué qu'il s'agissait d'une transfiguration de la guerre, d'une peinture pleine d'engagements, de dénonciations. On m'avait sermonné pour faire disparaître cette soif qui me venait aux lèvres et on avait discouru infiniment sur le mal de la guerre mais, moi, je ne fixais que la dispersion du voile nuageux qui découvrait les fesses du titan. Je crois n'avoir jamais autant désiré être le martyr d'une guerre que ce jour-ci ; le corps arraché par une nécessité inconnue et immuable, écrasé dans la main monstrueuse du tyran. La ligne d'eau adverse me rappelait que ce genre de dévotion belliqueuse m'avait toujours habité, du plus loin que je me souvienne. La largeur envahissante des épaules du nageur était le produit d'un nombre d'or tenu secret depuis l'Antiquité. Il devait s'agir de ces épaules que les hoplites avaient pu juger sacrées : des masses oblongues aux renflements et aux ligaments étudiés pour porter javelots et femmes violées après le sac de Troie. La peau, devenue soie céladon sous les reflets pâlissants de l'eau, était torturée de torrents de suif qui s'écoulaient depuis ses aisselles en ondoyantes rivières broussailleuses. La forme de ces lacets était parfois calquée sur les danses des algues saumâtres du fond des affluents et parfois, à la croisée des muscles, elles se muaient en voûtes gothiques suspendues par la seule gravité. J'observai par la suite, dans l'excavation du nombril, une toison mince et noire, calcinée, pareille à un feu qui s'achève, où naissait le déclin de l'enfance. Mais il me fallait descendre plus bas encore dans les vallées de chair pour m'asseoir devant la plus méchante des visions : les fils élastiques de son maillot qui ployaient, distendus et harassés, sous le poids dédaigneux de la verge indolente. C'en fut trop. Imbue d'elle-même, rageuse et ignoble, flottait, dans l'eau chlorée pleine de pisses mêlées et de crachats perdus, pavillon d'or, chair claire et pivoine des peaux éraflées par les épines de roses, incendie de l'enfance retrouvée, l'effroyable vérité de la beauté. Je me rappelais, ainsi pris à partie par la brûlure de mes élans, le geste d'Érostrate, cet incendiaire qui semble porter le nom premier de l'Amour. Ardemment la beauté creuse nos tombes et le vieil Érostrate connaissait tout cela si bien : viendra le feu.

Ma sidération était si pleine que j'en oubliais la vie elle-même et cette pénible et pourtant impérative convention sociale : on ne fixe pas les jeunes hommes dans les piscines. Quand mon regard fut remarqué et gratifié – sommet de l'horreur – d'un calme et plat sourire de camaraderie, je détournai les yeux instantanément. J'aurais alors aimé pouvoir me raccrocher à mes espoirs qui avaient si peu duré : nager, perdre son corps, oublier le désir. Seulement, ce que je voulais, c'était effacer ce corps de colosse dont émanait une séduction mesquine, certaine et forcée, ce corps, enfin, qui provoquait les tremblements de ma volonté. Dans son bûcher fumant – celui que je comptais ériger ici même sur la dalle de la piscine municipale – j'irais jeter mes viscères en guise de rituel purificateur. Je serais alors débarrassé une fois pour toute de cette gluance obèse qui me ramenait toujours aux épaules et aux jambes fuselées, aux sexes bougons et aux aisselles ensauvagées, aux dos contractés de reliefs, en somme, à toutes les horreurs impavides de la seule beauté qui m'adressait la parole, celle de l'homme. Des miroitements bleutés du ciel dans la piscine lui glissèrent sur la joue, son regard sembla s'éblouir un instant.

Serrant plus encore l'élastique de mes lunettes, appuyant sur leurs verres pour qu'elles m'aspirent les yeux, j'ai replongé, accomplissant, sans égard pour ma respiration, de nouvelles longueurs. Je n'osais ressortir la tête de l'eau quand j'approchais de la paroi où il était resté agrippé, si bien qu'à chaque retour je perdais davantage de souffle. Sous la surface, là où il ne pouvait rencontrer mon regard, je restais fixement obsédé. J'aurais eu beau fermer les yeux, changer de bassin, ou m'enfermer dans les cabines, j'avais reçu la marque d'une dévoration ensevelie qui, malgré les coups de bras, les battements de jambes et l'épuisement, ne disparaissait pas. J'étais exténué. Seulement je sentais vivement, comme une blessure qu'il ne faudrait pas regarder saigner sous peine de s'évanouir, que si je m'arrêtais, je me tournerais encore vers lui. Il était impératif que je m'extraie des flux et reflux des pensées qui me ballottaient de l'envie et ses remords au dégoût et ses regrets. Aussi manifeste que fût mon désir, j'étais incapable de l'affronter et encore moins de prendre le risque qu'il soit partagé car je savais ce qu'il adviendrait si j'y cédais. Cependant, la question ne se posait même pas. Il ne s'agissait déjà plus d'un choix, avec ses alternatives dont la coquetterie se mêle. C'était, au contraire, une absence totale de libre arbitre : je chutais ou rien. C'était désormais impérieux, il fallait que la beauté me lamine les membres un par un ou que je la calcine immédiatement, là dans la piscine, et que la cendre avec le chlore ne fasse plus qu'une. Je ne connaissais d'érotique acceptable que celle du guerrier.

Finalement, il quitta l'eau sans même que je m'en aperçoive.

En rejoignant les gradins, je notai avec soulagement qu'il avait également quitté la terrasse. Le duel que j'avais mené sous les flots m'avait assommé. Je titubais. Le soleil s'était dressé au-dessus de mon crâne. Il avait dissous ce qu'il restait de zones ombragées sur la piscine, et sur tout mon corps je ressentis les irritations de ses rayons. Sous mon pied, du béton effrité collait à ma peau et, sur mes épaules, le chlore commençait à former une pellicule. Des perles de transpiration piquèrent mon torse et coulèrent sous mes bras alors que je cartographiais, du haut de la terrasse, les places et les rues comme une sorte de rappel à la vie qui ne viendrait plus. Les gouttes de sueur ne trompaient jamais sur les événements, à nouveau, j'avais échappé de peu à ce que je fuyais depuis Paris.

Dans le couloir qui menait aux cabines, entre le pédiluve et les douches, je me suis enfermé dans les toilettes. Puis, soulagé de quitter la pleine lumière, j'ai enlevé mon bonnet et mes lunettes. L'odeur de javel se mêlait à celle de l'urine et à celle, plus douce, de la moisissure. Dans le miroir au-dessus du lavabo, j'observai le long de mes paupières les marques de succion rouges qui s'étaient formées sous la pression des lunettes, pareilles à des blessures de guerre. Comme si, véritablement, on pouvait souffrir dans sa chair d'avoir regardé. J'ai retiré d'un doigt la sueur condensée dans mes sourcils et je me suis ausculté. J'ai contracté mes cuisses en me mettant sur la pointe des pieds et j'ai tenté de discerner, sous mon maillot de bain, si du haut de mes jambes à mon dos il y avait de cette beauté dont était chargé le Colosse. Puis j'ai glissé ma main sur le bas de mon ventre. Entre mes doigts, j'ai senti chatouiller la même langue de poils que j'avais vue chez l'autre. Sur moi, elle semblait plus douce et moins dense. Elle était décevante. J'ai voulu l'arracher. Mais, tandis que je gesticulais et que mon ventre rougissait, je sentis dans la tension du tissu que je commençais à bander. L'érection agissant comme une claque, j'ai repris mes esprits. Il fallait quitter cet endroit.

Considérablement sonné, je frappai chez Montessimo quelques dizaines de minutes plus tard. J'entendis son pas lourd derrière la porte. Il ouvrit, maugréant et rougeaud, et constata avec soulagement que ce n'était que moi. Il me fit entrer, je m'assis dans son salon où un verre d'ouzo mi-plein traînait à côté d'un vieux livre. Il semblait se réjouir d'avoir un peu de compagnie. Il releva légèrement les persiennes qui occultaient le plein soleil de la rue et la lumière, changeant de direction, allongea et tortura les ombres sur son visage durant un court instant. Il se lança alors dans une de ces litanies dont il avait le secret. Au cœur même de son discours, la toile de fond de son calvaire : pédés, connasses et millionnaires. Tous idiots, tous incultes, et lui, vieil homme, dernier défenseur de la civilisation européenne… Me tendant un verre blanchâtre, il déclama, pas vraiment à mon intention mais à celle d'un éventuel juge des peines, qu'il n'était pas homophobe mais… Je le repris : moi, je crois bien que je suis homophobe mais…

IV

L'Hôtel du Lac

Cet été-là, sur la terrasse de l'Hôtel du Lac, on contemplait des voiliers s'avancer en meute sur les flots, le drapeau rouge et blanc de la plage qui claquait dans l'air frais et Jacques Costan qui y lisait un journal parisien. À la lecture des pages grises du supplément littéraire, il s'exaspérait. Cette année-là, on ne parlait toujours pas suffisamment de son roman. Il blâma Paris – une ville où il n'était plus et où, répétait-il, se faisait le succès – mais aussi l'air du temps. On l'accusait d'être kitsch. Et pourquoi pas idiot tant qu'ils y sont ? Il reposa le journal sur le coin de la table, il termina son café et observa, surjouant le romancier à l'affût, un sapin dans le jardin de l'hôtel. À propos de ce jour d'été, il a écrit dans un journal qui s'étend de ses vingt-cinq à ses trente-deux ans : « À travers le ciel ondule une cime dans son carré de bleu pareille à la flamme de quelque amour, faisant, par son mouvement las, mûrir des pensées à ceux qui, rayonnant de jouvence, s'aiment d'un amour vrai. »

Jacques Costan se souvenait du jour où, à vingt-cinq ans, il avait traversé le jardin du Luxembourg, ses charmilles et ses courts de tennis peuplés d'enfances bourgeoises, le nez pointant vers le ciel, ravi derrière ses solaires : jamais la pente ne lui avait semblé si douce maintenant qu'il connaissait sa vocation. À tous les hommes qu'il alpaguerait dans les cafés, il raconterait le sacrifice, les études jamais terminées et les parents disparus, mais personne ne fuirait plus : il éloignait d'un geste du poignet, comme on le ferait d'un insecte, la ruine qui lui collait aux semelles.

Aucune de ses rencontres ne resterait suffisamment longtemps pour l'accompagner à ces étranges réunions où il devait séduire des libraires. Il s'y tiendrait seul, ses mains réunies dans le dos, dans un complet effilé. Il faudrait encore quelques années et autant de déceptions pour qu'il se laisse apprivoiser plus durablement. Ce fut François. Il était moins beau que les autres, moins jeune et plus discret mais, à l'heure où Costan allongeait des cognacs avant midi, il s'était tenu à son tour, les mains réunies dans le dos, debout, inamovible. Il habitait une mansarde au bord de la Bièvre où il laissa, pendant quatorze mois, Costan boire et écrire. Chaque soir, il rentrait inquiet du collège où il enseignait le latin : il ouvrait lentement sa porte et tentait, avant qu'il ne jaillisse, de deviner dans quel état il trouverait l'écrivain en jugeant d'après les effluves et le volume sonore de la télévision. Sous la pression amoureuse de François, Costan s'était calmé un temps. Mais après avoir chuté encore, et insulté, à nouveau, son compagnon un soir d'orage, il avait été mis à la porte pendant deux semaines. Il avait, après épuisement de sa colère, pressenti qu'il perdrait l'attachement de son seul ami s'il ne se ravisait. Alors, durant ces quinze jours, il laissa sur le téléphone à cadran d'interminables messages où il promettait qu'il connaissait maintenant la valeur de leur vie commune, qu'il avait compris dans la perte ce qu'il devait à son compagnon, enfin, tout ce charabia qui toujours tenterait de transformer la grise dépendance en amour. Il fut alors invité à revenir. Il n'était pas encore ce que François espérait qu'il serait – un homme rassasié et heureux – mais l'homme faisait des compromis et Costan des efforts. Dans son journal, il n'avait mentionné son nom qu'une seule fois : il avait écrit « F. est un moyen, mais les moyens, ça ne vous lâche pas. »

Un soir, à l'approche des vacances scolaires, François était monté dans sa chambre et y avait trouvé un grand désordre et un vide. Il était parti. Le soulagement de l'ancien amoureux fut tel que Costan l'imaginait : son charme reposait sur la rapidité avec laquelle il se déployait puis se dissipait. L'écrivain avait promis à un éditeur parisien une enquête sur l'entourage de Mitterrand – bien qu'il ne sache rien de la politique sinon qu'elle l'ennuyait – grâce à quoi il avait encaissé suffisamment d'argent pour se mettre au vert. Il rejoindrait la Suisse, attendant dans l'hôtel au bord de l'eau qu'un festival, consacré à la littérature, se tienne à Annecy.

Filant derrière les montagnes dès cinq heures, le soleil était toujours un peu bref en Suisse et les journées étaient d'autant plus courtes que le froid ne permettait pas d'étirer les balades après l'heure du dîner. Costan s'ennuyait beaucoup et, parfois, dans sa chambre, il riait seul, de ce rire grave et dément que lui avait accordé la désillusion.

Par une soirée fraîche et morne, il avait rejoint la bibliothèque de l'hôtel avant le dîner, espérant y rencontrer quelques curistes à qui il pourrait jouer son numéro un peu usé d'écrivain prometteur. La pièce était déserte – une affaire de tombola occupait les plaisanciers. Jetant un regard sur les dernières braises qui crépitaient péniblement dans la cheminée, un sourire discret aux lèvres, il lança alors à un groom que le feu réchauffait toutes les peines. Le gamin, avec un fort accent allemand, lui répondit qu'il allait demander à ce que l'on vienne entretenir le foyer, il ajouta que l'hôtel était désolé pour ce désagrément. L'écrivain se sentit excessivement vieilli de constater que ses sarcasmes ne faisaient plus mouche auprès des jeunes hommes. Il se laissa alors tomber dans un fauteuil capitonné attenant à la cheminée. Soutenant sa tête d'une main, il songea que son corps lui semblait plus lourd que jamais. Il sentit la paresse l'infecter encore d'avantage : cela lui coûtait tant de faire de l'esprit. Après le dîner, il alla chercher dans sa chambre un exemplaire de *Seule pleure la nuit*. Il y avait écrit une dédicace au feutre vert. Une absurde suite de mots qui prit la forme d'un message que lui adressait un inconnu – *Pour Costan, amitiés, Jacques.* Car voilà ce qu'était devenue sa propre jeunesse : une inconnue qui longe les ombres des statues du jardin du Luxembourg ; un jeune homme appelé Costan dont ne restaient que quelques ruines pour accompagner quelques nuits. Dans la lucarne de sa chambre, bourdonnait un vent mauvais. Quel triste hôtel, songea-t-il.

V

Le même hôtel…

Les flocons résistaient depuis maintenant trois heures sur les lattes brunes de la terrasse de l'Hôtel du Lac : ils commencèrent à former une épaisse couche de neige qui demain immobiliserait les véhicules. La tempête que l'on avait promise débutait et André s'était réfugié dans la bibliothèque en rentrant de ses soins. Le feu qui crépitait dans la cheminée était aussi vif que le froid extérieur avait été sec. La pièce était vide – les rares clients étaient au bar où une tombola était organisée. Il n'y paraissait rien d'abord, l'hôtel était bucolique, la cure était reposante, l'espoir veillait de-ci, de-là dans la paisible vallée suisse, mais ce séjour et sa tempête seraient plus graves, plus habités par les fantômes de l'hiver et plus visités par la peur que tous les autres séjours qu'il passerait dans ce même hôtel.

Sur le combiné de la réception, il avait entendu Philippe lui répéter, d'abord calme puis bientôt en sanglots, qu'il n'irait pas jusqu'au bout. Par-delà l'absence qui se profilait – André l'avait vue ramper sous leurs pieds – il resta un instant paralysé : Philippe était médecin. Il était son lien au vivant, son ombre sur le sillon de la mort. L'espoir qu'avait fait naître, parmi d'autres initiatives plus ou moins sérieuses, cette cure dont Philippe avait eu l'idée, ce même espoir dont Philippe maîtrisait le dosage quand il racontait les progrès réalisés par les Américains, s'évanouirait net quand, raccrochant, André se répéterait les paroles entendues.

Il arpenta la bibliothèque, passant et repassant devant le feu. Dans le jardin qui s'étendait au-delà de la terrasse, un vent furieux sifflait sur les monticules de neige qui s'étaient formés. Il en dispersait la couche qui n'était pas encore gelée et elle se perdait en nuées blanches. Il n'irait pas jusqu'au bout. Parmi les livres qui trônaient sur les étagères encadrant la cheminée, il observa une reliure verte. *Seule pleure la nuit.* Il passa le doigt sur la tranche encore rigide. Le livre semblait ne jamais avoir été ouvert. Il n'irait pas jusqu'au bout. Il n'avait jamais vraiment eu le goût de la littérature mais il sentit le besoin de s'occuper les mains. Il tira un coup sec sur le roman et l'ouvrit en son milieu. Il glissa sa main sur les pages. Il fit défiler les feuilles comme on compterait des petites coupures. Il constata que cela ne provoquait pas la moindre réaction en lui, qu'il était comme frappé de débilité et qu'il pourrait continuer ainsi, à faire des gestes mécaniques dont l'intention lui échappait, laissant son corps être gouverné par un instinct inconnu. Son esprit était resté suspendu sur le bip final de l'appel. Finalement, c'est la marque d'un feutre vert qui capta son attention. En lisant la dédicace sur la première page, *Pour Costan, amitiés, Jacques,* il aurait presque pu rire. Rire de façon absente et inhabitée – ainsi qu'il se tint dans les ténèbres.

*

Washington, janvier 1996. Des médecins annoncent qu'une antiprotéase donne de bons résultats chez les patients témoins. Philippe n'en saura rien, il a disparu il y a quatre ans. André, à qui incombe désormais la charge de suivre les moindres évolutions de la science, note la composition du nouveau cocktail d'AZT dans un carnet noir. Lui qui n'a cessé d'explorer tous les traitements arrive pourtant à lassitude. Sans effet, son infirmière lui répète qu'il faut faire confiance au progrès. Il s'est tant acharné à repousser la mort dans l'attente du jour du dénouement chimique qu'il ne parvient plus à croire qu'elle puisse battre en retraite. En lui, elle est sourde à l'actualité médicale. Et sous sa peau, elle ne compte que des succès. Elle fourmille et se multiplie, se projette dans son sang jusqu'à ses selles. Alors André ne reconnaît plus l'avenir. La pupille comme givrée par la maladie, il ne voit plus les jours passer. À peine son regard s'égare-t-il dans le vide. Chaque jour où il s'abandonne un peu plus le rappelle à cette tempête de neige de l'Hôtel du Lac. Il se souvient que là, près de ce lac argenté, il a perdu un peu de sa clarté. Cette dérive vers le passé s'amplifie en lui et, chaque nuit, comme un écho tardif, il songe à ces mots lointainement entendus : *je n'irai pas jusqu'au bout*. Et jusqu'à la fin, au rythme de cette lente mélopée, ses nuits s'enchaînent blanches comme des glaciers, battues quelquefois par des vents où volettent des flocons bleus.

*

Il était prévu qu'au printemps, peut-être le 14 ou le 16 avril, André soit intégré au processus de test de la trithérapie. Il est mort onze jours avant le début du traitement.

Dans une chambre de l'hôpital, l'un des survivants de l'hiver débute le traitement le 14 avril 1996 à la place d'André. À neuf heures du matin, le même jour, mes parents épellent mon prénom à la maternité. Je viens de pousser mon premier cri.

Longtemps dans la famille, on prend ce cri pour la naissance d'une victoire, pour une guérison collective qu'on fait circuler d'autant plus vite et plus fort qu'on ne s'est plus revus depuis les funérailles. Si souvent, les nourrissons se tiennent à la place des morts.

VI

La même chanson mais ailleurs…

Les balles de tennis rebondissaient contre un grillage voisin en faisant un tintement de clochettes. La rosée du matin portait des odeurs d'herbes coupées et assombrissait mon pantalon aux genoux. Le jardin de ma grand-tante Suzanne était bordé par des bosquets d'hortensias bleus et je m'étais promis de vérifier l'acidité du sol. Ma grand-mère m'avait expliqué qu'on avait déposé dans la terre des ardoises et d'autres substances pour changer la couleur des fleurs autrefois roses. Suzanne avait fait cela il y a des années et aujourd'hui nous ne savions plus où reposaient les morceaux d'acier. Je voulais creuser, vérifier.

On m'avait dit de faire attention au tétanos. J'aurais voulu gratter dans les racines des arbustes pour retrouver les vestiges métalliques que j'imaginais pareils aux obus qu'on trouve parfois en Normandie. De vrais gros morceaux de passé qui exigent pour se révéler l'ennui des enfants, leurs jeux imprévisibles et leurs crapahutages idiots. Mais on avait peur pour mon sang et on me disputerait si je revenais les mains écorchées. J'avais eu une enfance sans sorcières dans les placards, sans monstres sous les lits, sans dragons dans la nuit. Mes contes et légendes avaient des noms barbares de maladies et d'antibiotiques. Je n'avais connu ni prince, ni princesse, seulement des idées cruelles comme remède à la peur : mourir écrasé dans une main de colosse, se noyer dans le détroit de Messine. Plus il m'avait été interdit de me blesser, plus je m'étais enfoncé dans une noirceur qui me recouvrait comme un silence profond. En conséquence, je rêvais de faire des pactes de sang et aussi, parfois, de provoquer les foudres de mon professeur de natation.

Suzanne avait cuisiné un civet de lièvre au citron. On m'avait permis d'en reprendre et, quittant la table somnolent, on m'avait couché dans une chambre à l'étage. Le lit était une simple banquette recouverte de draps, de châles et de coussins brodés au crochet. Me réveillant au son d'une horloge comtoise qui sonnait quatre heures, j'ai descendu les escaliers, engourdi par le sommeil. La maison était vide et, sur la table, on avait changé la nappe sur laquelle j'avais renversé un verre. Le vide pesa soudainement une tonne. J'ai remonté l'escalier et, à l'étage, j'ai tenté d'ouvrir une à une toutes les portes. Dans le bureau où Suzanne accueillait des inconnus lorsqu'elle recevait, il n'y avait personne. Seul un filet de soleil venait chatouiller le sol à travers l'entrebâillement de la fenêtre. Sur la table ronde, il y avait un cadre en bois retourné à plat. Je l'ai soulevé et reposé droit sur son pied. C'était la photo de Roses. La même photo que celle qu'avait ma grand-mère sous la glace de son bureau. Je l'ai immédiatement remise dans sa position initiale, sentant qu'il reposait là une interdiction plus confuse et plus impérieuse que celle de marcher pieds nus. J'ai continué d'explorer l'étage, attisé par l'envie de trouver une chose qui tomberait sous le coup de l'interdit, le vrai, et qui dès lors le déssillerait. Les portes que j'ouvrais se chargeaient d'une délicieuse autorité : leurs grincements m'obligeaient à les pousser avec une infinie délicatesse, j'imaginais trouver derrière leurs battants un passage souterrain. Ce n'était finalement que des pièces banales : un cellier, la chambre parentale et une salle de bains. Seule une chambre, pareille à celle où j'avais dormi, m'invita à une inspection plus minutieuse. Peut-être était-ce à cause de ses volets rabattus, ou de l'odeur un peu aigre de renfermé qui s'en dégageait, j'avais senti, à la manière de sédiments qui indiqueraient un gouffre en formation, qu'il y avait là quelque chose d'enfoui. À son retour, quand ma grand-mère me trouva dans cette pièce et me réprimanda en me rappelant par des formules compliquées qu'il ne fallait pas fouiller chez Suzanne, qu'elle avait horreur de ça, je répliquai que la remontrance était injuste. Je n'avais rien dérangé. Et, plus encore, je n'avais aucunement voulu blesser ma grand-tante. C'était seulement, dis-je d'une voix étouffée par des larmes de comédien, que je cherchais un passage secret. Ça n'avait rien à voir avec Suzanne.

Bien sûr cela avait tout à voir avec elle. Cela avait à voir avec cette mélancolie qui la saisissait quand elle me voyait. Cette même mélancolie qui avait continué de torturer la maison de bas en haut, avait chargé les portes de mystères et le son de l'horloge d'une aura de décompte funeste. Ma grand-mère avait fermé la porte derrière moi et avait préféré ne rien dire à sa sœur de mes explorations.

Dans la chambre aux volets fermés, j'avais subtilisé un disque sur une étagère. J'avais dérobé ce bibelot pour me venger du silence de la maison et immédiatement je fis mien ce bout de vie arraché. La présence trouble de cet autre, de ce fils disparu, avait appliqué sur moi une ombre démesurée à laquelle je me rapportais inexorablement. Au fil de ma croissance, chaque année passant, plus je devenais chétif et faible, plus je cumulais les grippes et les allergies, plus je m'emmurais dans la solitude, plus je prenais de centimètres jusqu'à rentrer dans le pull jaune poussin, plus on avait peur, d'une peur totale, tyrannique et infernale, que je crève à mon tour. Je n'avais rien volé, j'avais retrouvé la raison enterrée de la couleur des hortensias. Dans une photographie, j'avais croisé le regard de mon double perdu. Car la peur – et cela comment auraient-ils pu s'en douter ? – m'engendra encore davantage que toutes les coïncidences qui avaient jalonné l'existence d'André et la mienne. Elle m'avait déjà vieilli de cent ans au moment du vol. Elle m'avait déjà enroulé dans le suaire du mort et repoussé dans les trappes du passé. On aurait dû s'en apercevoir quand, à dix ans, j'avais pour unique compagnie le disque volé à André. Un disque qui me faisait danser puis me morfondre, hurler d'une joie mauvaise puis me taire des heures. Un disque qui était la bande-son d'une boîte de nuit déserte sur une planète ravagée. Un disque froid comme un cristal d'ecstasy. Un disque, enfin, à la couverture grise et rainurée comme du métal sur laquelle était gravée une série de sigles cryptiques : TITAANZINK 0.50.

BROTHERHOOD. Le nom de l'album qui m'avait détourné du hit-machine, et peut-être même de l'enfance, était imprimé à l'arrière de la pochette en plastique. *Brotherhood*, New Order. C'était en lettres capitales sur fond blanc : fraternité. Et dire que l'on avait toujours cru que j'étais fils unique. Et dire aussi qu'on s'étonnait que je sois devenu dealer.

VII

L'Hôtel du Lac, suite et coda

Ça irait mieux. C'est ainsi que commençaient les vidéos éducatives destinées à la génération des invertis de l'an deux mille. On avait fait ça : des pastilles vidéos pour convaincre ce régiment qui poussait dans les champs et les villes que le futur était à eux. Ça irait mieux. Il faudrait se conformer au *mot* et à l'identité, disaient les aînés. Assurer nos arrières, rire et danser. Ça irait mieux. Bientôt on pourrait se marier. Bientôt on pourrait vaincre la mort et bientôt le vaccin. Bientôt, des mioches dans un pavillon de banlieue. Ça irait mieux.

Je n'ai jamais été mieux et le monde pas mieux. J'avais déjà cent ans quand les tapettes en avaient quinze. J'avais le souvenir du mort qui, à chaque anniversaire, semblait reculer dans le siècle ma naissance. Ça n'allait jamais mieux. Je m'enfonçais dans une Histoire plus vieille que la télévision et de celle-ci je n'extrayais qu'une seule liqueur : ça n'allait jamais mieux. On n'était jamais suffisamment triste pour que ça aille mieux. J'étais malheureux et l'inclinaison que je sentais grandir en moi me clouait les mains. Qu'importait que toutes les brûlures du désir me fussent si familières, ça n'allait jamais mieux.

Seul à la place du mort, j'avais refusé le mot que l'on aurait voulu m'imposer – mieux : de ma noirceur, je l'avais renié. Je ne serais pas pédé, non. Comme d'autres auparavant, j'avais fui le signifiant. Et, dès lors, je n'avais eu d'autre choix que de laisser le printemps me repousser à l'hiver et la nuit m'ensevelir.

*

Mais…

Finalement, je me serais repris : oui Mario, je suis homophobe mais, aussi, il faut bien l'admettre, je suis tout à fait pédé. Pédé exactement comme André, oui Mario, tu sais, le fils de mon grand-oncle… Celui qui est mort. On a eu peur pour mon sang, tu sais…

Aucune de ces paroles ne fut prononcée. Encore, je me taisais. Ce jour-là, dans le salon de Montessimo, j'ai préféré rire. Rire de façon absente et inhabitée.

Quel triste hôtel.

VIII

Dans un sable mouillé et gluant, celui qui remonte sur les doigts comme une pâte humide, nous avons plongé nos pieds nus. Sur ses solaires fumées, un ciel violacé se déployait, irradié par les néons roses d'un cône de verre posté sur l'avant-garde du port. Devant nous, dans les ressacs d'une mer sombre, un gamin a craché un mollard qu'il fit fuir entre ses dents.

En longeant la plage, nous avions observé des touristes réunis autour d'une sculpture en sable figurant un personnage de cartoon. Finalement assise sur cette plage clairsemée par la fin de journée, la Brune avait saisi un élastique à son poignet et l'avait fait coulisser dans ses cheveux pour les relever en inclinant légèrement la tête.

Elle fit glisser, à plusieurs reprises, du sable entre ses doigts mais celui-ci résistait. Elle le jeta en tapant dans ses mains pour décoller les derniers grains. Elle était surprise que je veuille m'installer chez Montessimo. Elle disait qu'il était un peu à côté de la plaque. Sans conviction, je m'expliquais. Mais en réalité, je n'étais pas très certain d'avoir un avis… Alors elle m'asséna que l'été était bien fini et qu'elle aurait voulu savoir ce que j'avais prévu ensuite…

Aussi, elle demanda s'il n'y avait personne qui m'attendait à Paris. Elle se souvenait avoir pensé que j'étais en vacances quand elle m'avait vu débarquer avec le Bleu à l'hôtel. Elle rigolait un peu en se remémorant les théories qu'elle avait échafaudées à notre propos. Elle s'était demandé si nous étions venus piller l'hôtel ou rejoindre de la famille. Elle n'avait pas vu beaucoup de jeunes hommes vivre ensemble – dans la même chambre, dit-elle. Je n'écoutais que distraitement ce qu'elle racontait : elle n'avait jamais rien compris et, en y songeant ainsi, j'étais même dépité d'avoir partagé quoi que ce soit du Bleu avec elle. J'aurais voulu qu'elle ne se souvienne plus de lui, qu'elle n'en dise même plus rien. Elle continuait pourtant : elle se moquait du Bleu en soulignant qu'il n'avait jamais su dire autre chose que *hola.* C'était quand même n'importe quoi cette affaire avec Rigas, remarqua-t-elle soudain, comment le vieux a-t-il pu imaginer qu'une racaille à peine capable de faire ses lacets puisse faire quoi que ce soit pour lui ? Les Arabes sont toujours comme ça, ajouta-t-elle. Je pris à mon tour du sable dans les mains et je l'écrasai doucement pour sentir sur mes doigts la pression de la matière qui s'effritait. Je lui demandai : comment *comme ça* ? Fuyants, siffla-t-elle enfin. J'aurais aimé lui livrer mon point de vue, ma version de cet été. Toutefois, rien ne me vint : plus la conversation avançait, plus ma vision des faits se brouillait. Il valait peut-être mieux que je rentre chez moi puisque mon livre n'avançait pas, jugea-t-elle. Puis, sans égard pour mon silence, elle me demanda ce que je comptais faire de ma vie. Un peu pour bouder, beaucoup parce que sa dernière phrase m'avait pétrifié, je me suis approché de l'eau et j'ai tenté d'envoyer un crachat aussi loin que le gamin l'avait fait avant moi. Quand je me suis retourné, elle était penchée sur son téléphone et avait perdu l'envie d'obtenir une réponse.

Au retour, nous longions le port, en silence. Elle avait passé un coup de fil à une jeune fille de son cours de gestion qu'elle devait retrouver dans un bar un peu plus tard. Elle ne m'avait même pas demandé si je souhaitais venir : elle devait penser que je ne refusais plus rien. Ce n'était pas inexact. Je retrouvais l'unique parti pris qui était le mien du temps de la bande du Grand Dhjou : ne rien refuser pour se tenir aussi longtemps que possible loin de la solitude et de mes désirs propres. La route qui nous séparait de nos bières était sans intérêt et je déportais mon regard vers la mer et les quelques visages menaçants que nous croisions. Laideur ordinaire du touriste débonnaire, etc. Sur un panneau publicitaire, je lus *nouveau décor* à propos d'un soda qui changeait d'étiquette. Le décor ne cessait d'être nouveau sans que rien ne change jamais, fis-je remarquer à la Brune, qui ne comprit pas. Elle dit que j'allais nous mettre en retard.

Arrivés au bar, malgré le dédain du serveur, nous nous sommes installés aux tables réservées pour les quinze gamins qui nous rejoindraient. Seule une fille prénommée Louisa était déjà là. Elle et la Brune se saluèrent chaleureusement, la jeune fille se tourna brièvement vers moi mais déjà son attention retournait sur sa copine. Devant moi, elles parlèrent de vêtements et des copains qui viendraient ce soir. Plus bas, j'entendis Louisa demander à la Brune si j'étais bien le garçon qui vivait chez elle. L'autre dut lui faire un signe de la tête et la copine pouffa dans sa main. Elle me scruta ensuite comme si j'étais un correspondant allemand. Sans savoir combien d'années réelles me séparaient de cette fille, j'avais le sentiment qu'on aurait pu les compter en décennies. Il y a plusieurs années, embarrassé de ma famille et de ma jeunesse, je croyais que j'étais toujours mal tombé, que les jeunes gens à qui je parlais étaient touchés par une certaine forme de débilité, que le vide qui pénétrait leur discussion était propre à notre condition sociale, et qu'ailleurs on trouvait d'autres gamins, assis en bout de table, qui attendaient une légère fébrilité dans la conversation pour parler du drôle de sentiment qu'ils avaient depuis quelques jours : l'envie de crever. Avec le temps, j'ai découvert que l'envie de crever ne serait jamais un sujet ravissant, alors je me suis reporté sur des corollaires : les jours sont toujours si longs, il fait froid quand on est seul, la vie est plus claire au cinéma. Mais encore une fois, même réduit à l'observation des symptômes les plus triviaux, mon goût pour l'intériorité restait dégueulasse et embarrassant. On disait dans un rire, tu as trop bu, ou encore, arrête de te plaindre et va baiser. Avec son ton péremptoire, le Grand Dhjou avait un jour prophétisé : je me ferais péter la gueule si je continuais de la ramener. Il est des statu quo dans la vie sociale qu'il ne faut pas perturber comme si, après tout, la parole était un lien si fragile qu'il faut la préserver de ce qui pourrait l'éprouver : la tristesse, l'enfance, la mort. Autour de moi, l'agitation montait des tables et se réverbérait sur le plafond pour emplir le bar. Une odeur de bouffe et de bières avait envahi les derniers recoins et des éclats de voix recouvraient tous les silences. Par de brefs instants, la porte qui s'ouvrait sur la rue laissait pénétrer un courant d'air qui venait ventiler l'aquarium dans lequel nous marinions. Louisa et la Brune s'étaient déjà éloignées de moi et les sièges vacants avaient été pris par leurs copains de classe. Un seul m'avait adressé la parole mais il avait fini par se détourner, consterné par mon air malade et endeuillé, mon manque d'entrain et d'avis sur le match de la soirée. À être ce que nous sommes dans de pareils moments, nous avons tout l'air d'un con.

J'en étais toujours à ma deuxième bière quand je surpris la consistance nouvelle du temps : dans cet ennui profond, il était en train de se déformer. Le temps n'était pas seulement plus long, il était aussi plus perméable. Touché par un même phénomène de silence, de résignation et de tristesse, des centaines de moments pareils à celui-là fusionnèrent et s'actualisèrent de manière à ce que l'on puisse les parcourir et mesurer leur profondeur à l'échelle des vies : ils remontaient aux premiers mots. J'ai alors été renvoyé vers l'enfance et toutes ces conversations qui nous entourent sans que l'on y accède, les rares banalités qu'on nous adresse, et les coins dans lesquels on nous laisse, *à moitié vivant*. Je me suis tourné vers la Brune. J'aurais aimé qu'elle se souvienne qu'un soir elle avait dit que j'étais séduisant, que quelque chose de ces jours passés ensemble l'incite à me retenir. Elle a chuchoté à l'oreille d'un camarade de classe hilare. Peut-être racontait-elle, les lèvres chargées d'un ton narquois, que je me croyais écrivain et que je mentais sur mon nom. Dans un silence de contrition, je me suis levé et me suis avancé, tête baissée, vers la porte à battant.

Enfin, la rue. Le soir était encore d'un bleu lumineux. La ruelle était traversée par des vents chauds et les pavés vidaient la canicule du jour dans l'air saturé. J'ai allumé une cigarette. Je marchais droit vers le port en esquivant les passants dont les pas semblaient tanguer. Je me suis souvenu de cette formule : à moitié vivant. C'était mon prof de natation qui l'avait prononcée pour la première fois. Il avait dit ça à ma grand-mère quand on m'avait retrouvé enfermé dans une cabine de douche, le pied ensanglanté d'avoir trébuché sur une dalle de la piscine. J'avais pleuré jusqu'à ce que ma morve remplisse mes sinus et que ma bouche se désarticule d'angoisse. J'avais pleuré jusqu'au seuil de l'asphyxie. J'avais voulu mourir immédiatement. Mon sang avait coulé dans les rigoles du bassin et s'était mêlé à toutes les bactéries et à tous les virus que l'on avait toujours craint que je contracte. Je savais, dès lors que mes pas tamponnaient sur le sol des marques rouges et baveuses, que c'en était fini. J'avais fait le pas de trop. Il fallait mourir immédiatement. J'avais rejoint une cabine pour m'enfermer et attendre la fin. Mais je n'avais aucune idée de comment me suicider, j'avais huit ans.

Le prof avait ouvert le loquet d'un coup sec de l'épaule. D'abord, je ne l'avais pas reconnu, mes yeux étaient trop embués de larmes. Je me sentais déjà partir tant mon corps me semblait lourd et creux. Il me souleva, mon sang coula tout le long de ses bras et tacha de pourpre le tee-shirt du club municipal. Son cœur, aux pulsations lentes, me berça jusqu'à ce que je retrouve mon calme. Il me semblait encore aujourd'hui que son cœur battait plus lentement que le mien n'avait jamais battu. Je m'abandonnai à lui. Le maître-nageur me serra soudainement plus fort, pour m'empêcher de glisser de ses bras. Je posai alors ma tête contre sa poitrine. J'arrêtai de pleurer.

Il m'avait trouvé à moitié vivant, dit-il à ma grand-mère. Il eut un sourire affligé en me regardant. Il assura que ce n'était rien, que j'allais m'en remettre. Quelques points de suture, au pire. Il posa tendrement une main sur mon pied et me demanda si ça faisait mal. Je tentai de lui sourire. Non, je n'ai pas mal. Tout va bien, monsieur.

Désormais, je croyais comprendre la formule. Il avait énoncé *à moitié vivant* en pensant qu'il me restait encore toute une vie. Il ne savait rien de la mort qui peut survivre dans les enfants mais il avait perçu pourtant, par un mot d'esprit irréfléchi mais qui durablement s'était logé en moi, qu'il allait falloir me convaincre de vivre. Sur le battant métallique de son casier, pendait le tee-shirt taché. Il l'avait enlevé devant moi aussitôt que ma plaie avait été pansée. Il avait pris le tee-shirt plein de mon sang et avait épongé ce qui en restait sur sa peau. Il tamponna, et je ne perdis pas une seconde de cette apparition phénoménale, une langue de poils bruns dégouttante de sang qui grimpait en direction de son nombril. Se rhabillant, il surprit mon regard qui s'attardait sur son corps maculé. Il était encore torse nu quand il se tourna vers moi, le lustre mat de son poitrail offert à mes yeux, et souriant d'un rictus complice il me dit : pas de problème p'tit gars, ce n'est rien qu'un peu de sang. Je sais avoir tout appris de la dévastation d'une joie en cet instant – en ce court embrasement de l'enfance où son corps m'avait promis, embrassées l'une dans l'autre, semblables aux rimes d'une même strophe, et la vie et la mort.

Ma cigarette s'était consumée et le filtre cramait entre mes dents. Je remontais désormais dans la ville. Elle grouillait de bruits, de voix et de musiques électroniques. Dans les rues s'étiraient et se croisaient des groupes désordonnés de jeunes gens. À l'angle d'une rue, on retenait les cheveux d'une blonde qui vomissait sur la chaussée. En quelques rares endroits, des ombres s'élevaient entre les bars et les clubs et c'était alors, pareils à des niches, des recoins où l'on venait s'embrasser en évitant, autant qu'on le pouvait, les clochards qui vous sifflaient. Les bâtiments défilaient sans que je m'en aperçoive.

J'ai patienté devant la porte quelques minutes. Puis un visage agacé a entrouvert : je reconnaissais là la désinvolture irritée d'une colocataire de la Brune. Je suis venu prendre mes affaires, lui ai-je dit. En plissant les yeux, elle a sans doute remis mon visage puis m'a ordonné d'attendre en fermant la porte. Elle est revenue avec mon sac bleu et un sac poubelle contenant tout le bazar qui me suivait depuis mon départ. En me les remettant, elle a bégayé bye-bye.

IX

Mario Montessimo m'avait laissé dormir chez lui et m'avait promis que je pourrais loger le temps qu'il faudrait pour me trouver une situation. Depuis, grâce à lui, j'avais le sentiment de maintenir autour de moi une stabilité qui, même si elle ne saurait durer, me retiendrait en Espagne encore quelque temps. Et ce matin, c'est presque paisible que je m'étais réveillé dans son canapé. Pour autant, je n'avais pas abandonné le Bleu et je remarquais chaque jour combien il avait été plus simple de prétendre être un autre lorsqu'il était encore à mes côtés. Souvent, profitant de ma solitude chez Montessimo, je fixais la rue qui se livrait devant ses fenêtres et, mentalement, je remontais les jours passés comme si, dans un de leurs replis, se cachait un indice sur sa disparition. Enfoui dans le déroulement de ces journées d'été, je tentais de comprendre à quel moment il avait décidé de me laisser en plan pour dix mille balles… Je ne trouvais rien, à peine pouvais-je reconsidérer ma place dérisoire dans sa fuite. Et je voyais à nouveau combien, à Paris comme en Espagne, je n'avais jamais été en mesure de m'imposer face à lui. Je n'étais pas de sa nature. J'étais resté un suiveur. Et à cette heure, j'aurais dû déjà être chez moi, peut-être pour m'excuser platement auprès de Marc et ses semblables, ou peut-être pour reprendre des études, enfin, quelque chose de cet ordre-là. De l'ordre d'un retour lâche et entendu. Cependant je voulais lutter encore. J'allais continuer ma cavale sans lui car moi aussi, j'avais à *décrocher*. Un jour, peut-être, je comprendrais ce qui s'était passé durant son trajet vers la France mais, en attendant, je devais être à la hauteur de mon départ et être, ainsi, un peu de sa trempe. Alors, plutôt que de songer à un retour, je me suis abandonné à mon nouvel hôte dont j'apprenais chaque jour un peu plus.

Un jour, Montessimo m'a demandé si je connaissais la *Valse triste* de Franz von Vecsey alors que je promenais mon regard sur sa rue. Il admirait, m'a-t-il dit depuis le salon, l'interprétation de Grumiaux. Il s'est approché de la fenêtre à son tour. Il a fait des gestes lents et, croisant son regard, je n'ai pu m'empêcher de ressentir à son égard cette sympathie que je lui garderais jusqu'à la fin. Montessimo, cet homme que plus rien ne secouait sinon la scansion des microsillons, avait parfois, comme les acteurs du muet, une de ces brumes qui s'attardent sur les visages telle la marque resurgissante d'une émotivité évanouie. Et cette obsédante nostalgie, je la comprenais. J'ai observé Montessimo gesticuler péniblement un doigt dans l'air pour suivre le fil de la musique. Je lui ai dit, d'une voix plate, peu fier de la bêtise de ma plaisanterie, qu'elle était un peu triste sa valse. Il a pouffé. Je sentais qu'il évoluait dans une dimension si lointaine de tout ce que j'avais connu jusqu'ici qu'il me proposait à sa manière une fuite dans l'esprit. Ce même matin, il me raconta qu'il avait lu l'essai d'un chef d'orchestre suisse. Un homme qui avait tenté d'établir une théorie totale sur la musique, la philosophie et l'Europe. C'était un ouvrage colossal qui tenait lieu de grande aventure toujours inachevée pour celui qui l'avait commencée, et qui, à l'image des apories et contradictions que présentaient ses thèses, consumait intérieurement son auteur. Montessimo m'en parlait avec passion et imprécision. Il n'avait pas exactement tout compris à l'essai, il en restituait donc les thèses sur un mode impressionniste, se livrant à des explications et des interprétations fluctuantes, aléatoires. Il semblait trouver un précieux secours dans l'œuvre inaboutie de ce vieil essayiste et dans la folie qui dévorait lentement l'ouvrage. La réception faible, sinon désastreuse, du travail d'une vie entière prolongeait et accompagnait Montessimo dans son sentiment confus d'une injustice implacable. L'essayiste avait été quitté par ses amis après qu'il eut jugé décadente la musique de son temps. Ce que Mario avait retenu c'était ça : la décadence et les amis qui vous quittent. Et dès lors, aussi loin de moi que fussent ce vieil Espagnol et son chef d'orchestre, il me semblait que nous avions quelques traits communs.

Un soir, il me fit venir dans sa chambre. Il se tenait assis dans son lit comme un roi carolingien. Toutes les lampes avaient été éteintes et seule perçait, par les replis des rideaux occultants, une lumière bleuâtre. Un rayon s'attardait sur une tomette et j'avançais dans la chambre en suivant cette faible lueur. Mes yeux s'accoutumèrent doucement à la pénombre. La tête du lit était encadrée de deux haut-parleurs stéréophoniques qui projetaient, d'un bout à l'autre de la chambre, une chorale qui s'épanouissait dans l'air, pile au-dessus du corps immobile de Montessimo. Il me demanda d'avancer encore et de m'asseoir sur le lit. Il chuchotait. Il me fit signe de me taire et d'écouter. Au-dessus de nous flottaient des voix qui se désaccordaient puis s'assemblaient, se répondaient puis se dispersaient en une cascade de chants. À la manière de vagues qui empliraient la cabine d'un navire dérivant vers le naufrage, la composition gagnait en ampleur et, progressivement, emplissait la pièce tout entière. Sans savoir ce que j'écoutais, je devinais des présences spectrales, sans doute des fantômes qui revenaient des vies antérieures de Montessimo. C'était peut-être même la folie de l'essayiste qui musardait dans la chambre. J'entendais le souffle de Montessimo. Dans une longue plainte, la dernière voix s'évanouit. Toute l'eau qui avait envahi la chambre reflua et, à nouveau, nous nous retrouvâmes dans le silence. Alors, solennel, il m'expliqua : tu sais, la musique en fin de compte, ce n'est jamais que l'emmêlement du temps et du destin des hommes. L'écoulement du temps est le motif même de la beauté bien sûr, mais la partition que chaque homme a à jouer, c'est là le secret de l'émotion. Tout est emmêlé, tous les contrepoints jouent leur destin, et pris ensemble, c'est un absolu... Une grande montagne vers le ciel, faite de toutes petites mains tremblantes... Et quand la coda vient, nous apprenons ce que nous voulions ignorer : la vie a une valeur ridicule quand le silence se fait. À nouveau, le temps s'écoule, mais c'est *pour rien*. Rien, reprit-il, grave. Et toi, *cabezón*, tu es comme moi, tu es un témoin de cette beauté, et c'est cela qui nous rend si... si... Il buta, soupira et finit par conclure : je ne sais pas, je ne saurais pas te l'expliquer. Écoute la musique, tu verras par toi-même... Un souffle léger de la fenêtre souleva le rideau et le rayon se déplaça à travers la pièce jusqu'à s'immobiliser sur un coin de mur. Je tendis la main vers Montessimo. Il me rabroua. Il m'ordonna de le laisser seul et d'appuyer sur le bouton de la platine laser en partant. Je m'exécutai et les voix reprirent.

Je m'éloignai pour rejoindre le patio. Je ne cherchais déjà plus à comprendre ce qu'il avait tenté de me dire, je mesurais seulement combien la vie, plus encore qu'à moi, lui était devenue une maladie. Mais, pourtant, sa façon de n'être préoccupé que de son passé et d'avoir le plus grand mépris du présent semblait mystérieusement me consoler. Et si je ne comprenais pas encore à quel point ces discussions que nous avions sur la musique, entre autres choses, me faisaient approcher une certitude qui ensuite ne ferait que croître en moi – la parole est une chose trop dangereuse pour être épuisée ailleurs que dans l'obscurité des objets sans langue attribuée, la musique étant le premier de ceux-là –, je savais déjà qu'il y avait là, dans cette rencontre même avec Montessimo, peut-être la première conversation de ma vie depuis des mois, sinon des années. Quelqu'un, enfin, parut me répondre. Alors, en cela, demeurer à ses côtés me libérait progressivement d'un poids. Et, lorsque je le quittais et me retrouvais seul, c'était toujours, par son entremise, avec un peu plus d'abandon. Je le sentais, quelque chose s'apprêtait à éclore en moi. Ce serait un bref intermède de clarté dans le flou qui m'entourait tandis que j'avançais dans mon voyage. J'approchais, doucement, d'une pente, d'une direction.

Dans le salon où je dormais désormais, je trouvai le vieux short de sport du Bleu délaissé sur une chaise. Il semblait luire sous l'effet de l'éclairage et ses fibres synthétiques formaient une sorte de pâle scintillement. Je m'enfonçai dans le canapé et, m'assoupissant lentement sur le fil de la musique qui continuait de jouer dans la chambre de Montessimo, je me laissai cueillir par des souvenirs.

X

C'était deux jours après notre arrivée sur la côte.

Et déjà le Bleu avait le regard ailleurs – ou plutôt dédoublé. Après avoir tant désiré le rejoindre, tant voulu vivre auprès de lui, je ne m'en étais pas aperçu. Il me faudrait attendre de me trouver seul chez Montessimo pour enfin me souvenir d'un détail dont, peut-être, tout mon été avait dépendu.

À l'hôtel, seize heures étaient passées et la journée aurait pu s'en aller sans que nous n'en ayons rien fait. Suspendus aux joints dans nos lits, flottant insouciants dans notre ennui ensoleillé, tous les deux éberlués par la gentillesse du repos, nous vivions sur un mode mineur. Un engourdissement particulier m'avait gagné. Il m'avait donc ordonné de me joindre à lui pour faire de l'exercice. Il a débarrassé les affaires qui traînaient par terre et nous a aménagé une place au sol, près de la baie vitrée. Il s'est assis en tailleur et m'a invité à prendre la même position face à lui. Parce que j'avais somnolé ou parce qu'il faisait encore chaud, j'ai observé un léger temps comme pour saisir son intention. Il a répété, je me suis tendu, puis exécuté.

Une fois à ses côtés sur le sol, lancé dans l'exercice, je me suis intéressé à son corps contracté par l'effort. Il me semblait, et ce sentiment avait été la cause de mon trouble à son égard, qu'il avait toujours eu un corps trop grand pour lui. Dès notre première rencontre, j'avais eu la vague intuition qu'il flottait à la surface de lui-même. Je n'aurais su dire quel geste hésitant avait trahi ce bégaiement qui était le sien, mais cela m'était apparu, et depuis, je ne l'avais plus regardé qu'ainsi. Dans les réfléchissements de son short de sport où se perdaient des rayons de la fin d'après-midi, je ne faisais toujours qu'entrapercevoir la même image. Je m'en tenais à la matière : l'émergence de la chair dans l'air libre, son érection dans l'univers où elle cohabitait avec la mer, le soleil et la sueur. Une chair comme inhabitée, ou, du moins, vidée d'une volonté d'homme.

Le souffle seul de la climatisation semblait veiller sur mon désir. Au fil de l'exercice, la concentration du Bleu se dispersait dans les égarements de ses lèvres qui se pinçaient, dans les pulsations de ses tempes, dans l'animalité de son regard, dans le râle qui s'échappait du fond de sa gorge ; dans, enfin, les trahissements du plaisir qui se révèle à l'effort, comme autant de ricochets. Et, quelque peu ahuri par cette force qui sortait de sa torpeur sous mes yeux, j'avais résumé ce qui m'était montré de lui à l'éternel discours qui, dans le désir, remplace l'intelligence.

J'aurais pourtant dû m'attarder sur la taille de ses mains qui indiquaient cette trop grande prise sur le monde. Seulement, j'en étais encore réduit à des regards volés sur ses phalanges où j'allais contempler le terrible pouvoir qu'il avait sur moi : la loi d'airain du cerveau reptilien, le souvenir fantasmé d'un étranglement qui marque notre cou d'hématomes invisibles. Alors, en ce jour-là, je crus son corps se balançant en un mouvement perpétuel et je voulus voir une machine comme lancée à la recherche abstraite de sa propre expansion... Comme le désir attaque la compréhension, la clarté, l'amitié même. J'avais tenu le Bleu pour l'image de lui-même. Dans cette dévotion à l'effort, combien de déchirements antérieurs venaient s'évanouir ? Ce que je prenais comme le lot de la vie, ce grand corps, ne m'était jamais apparu comme le produit de la résistance qu'il pouvait opérer. Et je feignis d'ignorer qu'on ne se muscle jamais que pour retrancher quelque chose d'ancien : les petits bras, le cœur qui bat trop vite, le sang qui coule, l'enfant qui n'a pas su – il suffit d'une fois – se défendre.

Comment n'avais-je su voir ce destin qui se cachait sous la vie ? Le destin d'un homme qui fuit car rien ne l'empêche de se souvenir. Le destin d'un traître. Oui, on l'avait appelé le Bleu parce qu'on n'avait pas eu le courage de dire ça : le traître.

*

La musique est assourdissante et je traîne dans l'angle de la piste de danse, là où personne ne vient s'agiter. Je suis posté contre une colonne qui tremble au rythme des ultrabasses et dans ma poche, par la pointe du doigt, je tente de compter et recompter mes billets et les perles de papier. Entre deux transactions, ahuri par le capharnaüm de la nuit, je répète ces gestes pour tenter d'accélérer le temps. Déjà à l'époque je ne cernais plus quels mouvements m'avaient conduit dans ces boîtes dont je ne supportais ni l'haleine, ni le bruit. Cela avait dû être une longue série d'échecs et de mauvais départs qui, comme les parois d'un entonnoir, avaient fini par m'attirer en leur unique point de sortie. De ces boîtes, je n'aimais pourtant rien. Seulement, n'ayant plus d'espoir de mener ma vie sans chuter, je trouvais là une voie de contournement : j'étais près de ce qui m'appelait tout en gardant mes distances. J'aimais alors penser que j'étais comme ces miséreux qui vendent des bouteilles d'eau à l'entrée des églises de Rome : ne poursuivant pas le miracle mais s'en tenant à courte à distance, au cas où. Il n'y eut pas de cas où. Tous les contacts physiques, toutes les musiques qui pénétrèrent mon crâne, tous les regards qui collèrent à ma peau, m'éloignèrent de la libération que je cherchais. La nuit, pas davantage que le jour, ne possédait d'onction salvatrice.

Je te paye un verre ? Je me retourne vers la voix qui vient de me surprendre dans ma comptabilité. Je reste alerte : sait-on jamais avec les mots de passe en vigueur dans les marchandages nocturnes. L'homme doit avoir mon âge, bien qu'il semble un peu plus jeune – sûrement la faute de la joie qu'il a d'être ici et qui se lit dans ses yeux écarquillés. Il répète. Il bégaie légèrement. Il s'emmêle les pinceaux. Sûrement une première fois. Il dit : non mais, je t'ai vu et tu dansais pas et en fait, je, …, fin… tu vois, moi non plus. J'ai pensé que… Non mais laisse, t'inquiète. Je n'avais même pas eu le temps de formuler une phrase qu'il avait déjà disparu dans la foule des danseurs. Les lumières faiblardes oscillaient et la piste ressemblait à une marée pétroleuse dont on n'aurait su extraire la moindre âme. En l'inspectant, j'ai cru recroiser son regard. Deux yeux ronds qui vous fixaient comme si vous aviez été reconnu. Ce n'était pourtant pas lui. Il suffisait de laisser traîner un œil pour qu'il soit rattrapé au vol. C'était comme avancer dans le royaume des morts, saisissant une âme en croyant prendre l'autre, et enfin les abandonnant toutes. J'ai rebroussé chemin et je suis remonté sur le pont de la péniche pour fumer une cigarette. J'essayais d'emprunter les pensées du garçon, de vivre cette nuit comme il devait la vivre. Tout semblait toujours très bien orchestré : avant les partiels, il fallait se détendre et, tu comprends, c'est pas à Tourcoing qu'on s'éclaterait comme ça, pas vrai ? Personne ne me parlait jamais quand je fumais sur le pont mais toutes les conversations qui s'y écoulaient chantaient cette même chanson trop connue. Ça a l'air super à les entendre : vraiment formidable, traîner là dans les vapeurs de pisse et de dope, le pied total, tiens, un corps qui s'approche, splendide, la nuit est jeune. Par chance, quelque chose doit paraître dans ma démarche, dans ma fumée même, qui repousse les curieux quand je suis au fumoir et j'y reste seul à écouter ces conversations toutes pareilles.

Il attrape ma main pourtant. C'est bien lui cette fois-ci. Le garçon qui bégaie. Il ne parle plus désormais. La timidité invente toujours des hommes d'action : il commence à me tâter le pantalon. Je me débats mollement mais il est déjà en train de se baisser pour mettre son nez sur ma bite. Mais putain, tu te crois où sale chien ? Il éloigne sa tête, coule son regard inquiet et excité sur moi. Je ne le vois déjà plus et je sens que j'alerte les autres gars du fumoir qui, de la scène, n'ont entendu que mes cris. La colère monte. Je fais du grabuge. Je risque de déconner sévère, faut que je me tire. Il me retient par le bras.

Les secondes s'entassent, les mots s'agglutinent. Je finis sur le quai. Une douleur épouvantable dans le ventre et les poches vides. C'est en boitant que je rejoins d'abord un banc, puis un petit porche à même le quai, où je me blottis quelques minutes ou quelques heures. Résonne dans mon crâne une musique plus tôt entendue, le coup dans mon ventre, le mélange de nausée et de mélancolie. Ce n'était qu'un énième épisode : les désirs contradictoires me jetaient dans des situations toujours pareilles de menaces, de violences et de souillures. Je n'avais pas failli, j'étais pris dans une spirale toujours recommencée. J'étais presque soulagé de me trouver là, dans l'urine et l'humidité du quai, à dessaouler ma haine. Je revivais mon sempiternel martyre dans la solitude, la contrition et la dégueulasserie des bas-fonds. Seulement, cette nuit-là, il avait passé la tête sous le porche et j'avais entendu : eh vieux, tout va bien ? Quelques minutes plus tard, il avait articulé, le regard perdu sur la Seine qui fuyait dans son lit emmuré, du haut de son corps immense : tu peux m'appeler le Bleu, c'est comme ça que tout le monde m'appelle t'façon.

Cela ne l'avait pas fait sourire de m'apprendre ce surnom. Tout, sous le règne de notre discussion trouée de silences, semblait infiniment sérieux, grave et inquiet. Rien ne le fit rire cette nuit. Pas même que je me sois fait dégager d'une boîte de pédés – j'avais pourtant tenté de raconter les événements en en optimisant le potentiel ridicule. Sans effet. Il restait de marbre, hochant à peine la tête, laissant la visière de sa casquette assombrir son regard. Dans cette placidité naturelle, dans la solidarité discrète qui l'avait conduit à me porter secours, j'ai cru discerner son incompétence à la joie frauduleuse qui s'étalait sur la péniche. Le prenant à témoin, j'ai même voulu penser que, à la lisière de la fête permanente, il demeurerait pareil à moi, triste. Triste et seul dans son grand corps magnifique.

Au-dessus de nos têtes s'écoulait lentement le bleu de la nuit comme une encre lumineuse qui annonçait l'aurore. Les vibrations lointaines des ultrabasses continuaient de faire trembler le sol sous mes pieds mais, nonobstant mes hoquettements qui se transformaient en une toute petite chanson, comme un ruisseau de larmes, dans ce calme soudain de la nuit, je me suis promis de ne plus le lâcher d'une semelle.

*

Alors comme ça, t'es un chanteur toi ? Le Petit Bleu, prenant le Vicomte et le Grand Dhjou à témoin, avait cherché à me faire cracher je ne sais quel morceau. Cela ne faisait que quelques jours que j'avais commencé à traîner avec eux et certains, surtout le Petit, tentaient de me percer à jour. Ne sachant pas ce qu'ils voulaient dénoncer, ils prenaient n'importe quels motifs pour lancer leur grand procès. J'avais bégayé, je ne savais pas de quoi ils pouvaient parler. Nous étions tous les trois dans la petite cuisine de la planque du boulevard Davout et nous fumions après une séance idiote de pompes où les uns défiaient les autres, se fixant à l'occasion des objectifs. J'avais été éliminé après le deuxième tour et maintenant, après les avoir piochées dans le frigo qui servait de placard depuis qu'il ne fonctionnait plus, je décapsulais des bouteilles de bière tiède que je leur tendais en guise de trophées.

Sur le rebord de la fenêtre, un cendrier dégueulait de mégots et, plutôt que de le vider, la bande avait tacitement décidé de balancer les clopes par la fenêtre. Nous tournions donc, l'un après l'autre, dans l'encadrement pour y cendrer les bouts consumés de nos cigarettes. Il a répété, en prenant ma place à la fenêtre : ouais, mon frère m'a raconté que quand il t'avait trouvé en train de chialer dans la rue, tu bredouillais une chanson en mode schizo. En le regardant, fier de son coup, sans doute étonné lui-même de s'être souvenu de ce détail, j'ai entraperçu ce que le Bleu devait penser de moi. J'en ai eu une sorte de frisson de honte. J'ai dit : ah, ouais, j'étais saoul. La ronde a continué : le Grand Dhjou a pris la place du Petit à la fenêtre. Le Grand Dhjou a poursuivi la discussion avec une forme de candeur étonnante de sa part. Il voulait savoir ce que je chantais. J'ai prétendu avoir tout oublié de cette soirée. Le Petit, abandonnant soudain son réquisitoire, a lâché : non mais ça va, je déconne. Sans me démonter, en poussant à mon tour le Grand Dhjou pour cendrer, et en visant vers la rue, j'ai essayé de comprendre pourquoi son frère avait pu être marqué par cette affaire de murmures, au point de la raconter ensuite. Le soir même où nous nous étions rencontrés, je n'avais pas eu l'impression qu'il m'avait entendu. Au fond, je n'avais pas le sentiment de chanter audiblement, je croyais que la musique tapait seulement dans mon crâne. Le Petit a rigolé. Il a dit : tu vas t'habituer, mon frère se souvient tout le temps de trucs pas possibles.

Plus tard, une fois que le Grand Dhjou eut quitté la cuisine, le cadet avait continué à déblatérer sur son frère et cette affaire de chanson. Il avait repris une bouteille dans le frigo et il m'avait interrogé : est-ce que je connaissais les émissions de télé où des inconnus venaient chanter des succès populaires ? Il dit : t'sais, le truc où tu peux gagner du blé si tu connais les paroles. Oui, je vois à peu près. Il dit : eh ben, le Bleu regarde ça tous les soirs mec. Et parfois, il chiale devant. J'en peux plus je t'assure. Un jour je crois qu'il va appeler Nagui pour faire l'émission ce crevard, faudra que vous y alliez tous les deux ! On va bien se foutre de votre gueule…, conclua-t-il, soudain aspiré par la scène qu'il imaginait.

J'ai mis quelques minutes à me souvenir exactement de la chanson que j'avais, cette nuit-là, sur le bout des lèvres. Ce n'était pas un grand mystère – c'était toujours la même chanson, un triangle bizarre – mais, par honte, ma mémoire avait recouvert l'épisode. Je n'arrivais pas à croire que je m'étais à ce point découvert. Puis, doucement, alors que le Petit sirotait sa bière en face de moi, calmement accoudé à la fenêtre où il laissait pendre sa clope, j'ai vu revenir tous les éclats de la soirée, l'odeur même qui m'accompagnait dans la niche du quai, et j'ai entendu. Ce serait toujours la même chanson. Le Bleu l'avait entendue. Il entendait toutes les chansons puisqu'il n'avait jamais été ce corps immense dans lequel flottait une jeunesse tellurique. Il était un homme dont j'ignorais la chanson, la destination, et, plus encore, la raison. Pendant tout ce temps, j'avais fait comme si je ne l'avais pas compris. Comme si, des individus hantés, je n'avais aucune connaissance. Que pouvais-je donc imaginer ? Il avait fallu qu'il disparaisse par deux fois pour qu'enfin, perçant le voile du désir, s'éveille ma lucidité.

Je compris pourquoi je ne pouvais croiser son regard quand nous étions sur le sol, face à face, à faire nos exercices, ou bien encore pourquoi il ne m'avait pas proposé de l'accompagner dans son départ. Il savait que, même si j'avais un jour murmuré une chanson dans la nuit, ma vie resterait toujours trop différente de la sienne pour que je comprenne ce qui allait le jeter lui, encore et toujours, plus en avant.

Il pleurait parfois en regardant des inconnus à la télé. Il pleurait parce qu'ils chantaient. Ce grand corps magnifique, ce grand corps dont le genou était percé, ce grand corps dont le poing m'avait cassé le nez, il pleurait. *Tutututu, tututu, I feel fine, I feel good, I feel like I never should.* Il m'avait entendu chanter cette chanson et il m'avait secouru.

XI

Le Bleu a claqué la portière derrière lui puis s'est dirigé vers la sortie du parking. Il avait décidé de rejoindre à pied l'entrée espagnole du Perthus. Plus tôt, durant les derniers kilomètres, il avait regardé d'un œil las les bordels, les centres commerciaux et les rares habitations qui s'alignaient le long de la route. Depuis La Jonquera, il avait eu le sentiment de glisser dans un monde un peu plus dévasté encore que celui dont il venait. Une dense pollution visuelle semblait avoir colonisé toutes les zones approchant la frontière et, de panneaux géants en débris de tôle, une sorte de cimetière sordide annonçait la France. Dans son humeur présente, il ne goûtait pas vraiment à cette accumulation de distractions et de commerces, il ne pensait qu'à la frontière, à comment la passer et où retrouver le flic. Il aurait préféré à cette vallée de tous les vices un calme col montagneux dont quelque traité aurait effacé les derniers checkpoints mais Rigas avait insisté pour qu'il passe par ici et, ne connaissant pas vraiment d'autres itinéraires, il avait suivi la route qu'il avait déjà prise pour se rendre en Espagne. Quand il y était arrivé au début de l'été, il s'était arrêté quelques heures pour mesurer par lui-même ce qu'il en était des contes et légendes dont l'endroit était chargé : putes, alcools, putes, et encore putes. Il avait cru ne pas être mûr pour la grande vie car il en était reparti quelques heures à peine après avoir fait halte, abasourdi par la foule et inquiet à cause du nombre de flics au mètre carré.

Cette fois, le soleil était plus net et, la saison touristique s'achevant, il y avait moins d'affluence dans l'étrange ville frontalière. Mais le Bleu n'y venait pas l'esprit plus apaisé. En atteignant la rue principale qui montait du bas de la vallée jusqu'au sommet de la ville, il fut derechef saisi par le même vertige que lors de sa première visite. Vertige qu'il m'avait par ailleurs décrit quand nous nous étions retrouvés, les yeux encore éclairés par son incrédulité face à un tel foutoir. Il m'avait alors dit qu'il fallait que j'aille voir de mes propres yeux ce *bordel à ciel ouvert*.

Devant lui se dressait un village dont les constructions témoignaient d'une identité pyrénéenne sans éclat qui avait précédé le devenir commercial du lieu : on aurait pu deviner où avaient habité les locaux avant que ne viennent les convulsions des zones détaxées. Et en effet le village avait été comme progressivement remplacé par une vaste galerie marchande licencieuse. Si bien que, à peine avait-il levé les yeux vers le haut de la rue, le Bleu s'était trouvé accablé par des informations visuelles et des signalétiques. Par terre, des vendeurs à la sauvette de contrefaçons, dans les vitrines, les mêmes contrefaçons qui jouxtaient des promotions affolantes pour de la vodka, et, surtout, du sexe, du sexe partout, du sexe dans toutes les langues, dans toutes les images, du sexe dans des sex-shops, du sexe dans des sexodromes, du sexe dans des sexes en plastique, et enfin, encore de l'alcool, des clopes et tous les logotypes du groupe LVMH peinturlurés sur toute la camelote du monde, et cela, sur une vallée de quelques dizaines de kilomètres à peine. Ça sentait la biture, le churro et le poppers, des gamins faisaient des caprices dans la rue, des pères croulaient sous les bouteilles de Jack, les mères mimaient la stupeur devant des bodys léopard, un éléphant géant crachait de la fumée incolore, et le monde entier ressemblait à une immense poubelle dégueulasse. Le Bleu pressa le pas. Il n'était pas venu en visiteur.

Où est la caisse ? Le type a peu changé depuis leur dernière entrevue. Toujours cette tête cabossée qui n'invite pas à la confiance, toujours le même accent du Sud, toujours la même veste de survêt et le même tatouage baveux dans le cou. Lorsque, plus jeune, le Bleu l'avait vu pour la première fois, il avait eu du mal à croire que le gars était de la police. Depuis, il avait compris dans quel drôle de monde il traînait : le policier flirtait toujours entre deux eaux avec une moralité de son invention qui avait dû lui valoir quelques succès de carrière auprès de sa hiérarchie, mais, on l'imaginait aussi, quelques cadavres dans les placards. Le Bleu raconta au flic qu'il avait laissé sa voiture sur le parking. Son interlocuteur n'en revint pas : n'importe qui pourrait voler la marchandise, tu y as pensé ? Le Bleu rigola nerveusement. Au fond, ça ne l'aurait pas dérangé tant que ça qu'on le débarrasse. Bon, reprit le flic, je suis pas venu faire la baby-sitter, qu'est-ce qui va pas dans ta petite tête pour te dénoncer toi-même, comme ça, avec dix plaques dans ta vago ? Tu sais ce que tu risques ? Je me doutais bien que t'étais détraqué depuis l'épisode avec ton daron mais là, tu m'en bouches un coin mon petit gars. C'est quoi la prochaine étape, hein, Hocine, dis-moi ? Tu te pointes chez nous avec ta dope ?

Messieurs les agents, arrêtez-moi car je suis une petite pute ? Le Bleu détestait qu'on l'appelle par son prénom mais il détestait encore plus quand le type se foutait de sa gueule en prenant une voix fluette. Depuis qu'ils se connaissaient, le policier finissait toutes leurs conversations en se lançant dans son imitation foireuse comme si cela participait de sa stratégie pour le faire plier. Mais, aujourd'hui, il n'avait plus rien à craindre de lui et il se rendait enfin compte que le flic n'était qu'un pauvre type qui devait faire le coup à tout le monde. T'es pas intéressé alors ? demanda le Bleu qui voulait en finir au plus vite. Si, bien sûr que si, c'est bon, te vexe pas, on va se rendre service ma poule. Mais, je dois te prévenir, continua le flic soudainement beaucoup plus mielleux, tu sais que tu n'as rien à gagner ? T'auras pas un rond et ça va être très compliqué de motiver un aménagement de peine pour ton daron… Comment t'expliquer… Le grand type réfléchissait péniblement en piochant dans la barquette de frites qu'il avait proposée au Bleu. En gros là, tu me fais un cadeau, moi, c'est gratuit, je suis content, j'ai saisi dix plaques, voilà, tout le monde est content, mais vu que toi t'es pas dans nos fichiers, et que ton fournisseur là, le monsieur Fringas – Rigas, corrigea le Bleu – oui voilà, bref, bah personne n'a jamais entendu parler de lui à la maison donc, ce que j'essaye de te dire, c'est qu'on s'en bat les steaks. Alors, t'auras nada, peanut, wallouh, rien, quand ce sera fini. Tu comprends ça ? Le Bleu opina. Il savait très bien en appelant le flic comment cette affaire se terminerait, il ne s'était jamais fait d'illusions, s'il avait eu une autre solution, il l'aurait choisie. Mais il ne pouvait pas passer la frontière. Il n'y arriverait pas. Avec sa tête, avec son nom, avec son histoire, avec son angoisse même qui se verrait sur son visage comme un néon dans la nuit, il finirait par se faire choper. Il n'avait pas eu besoin de calculer les probabilités que cela se produise vraiment, de vérifier s'il y avait des douanes, il en était certain, certain comme on est certain que rien ne se passera jamais bien. Le flic voulait comprendre alors il lui demanda, pour vérifier ce qu'il avait su d'instinct, t'as pris peur, pas vrai ? Le Bleu ne répondit pas. Bon, écoute Hocine, on va faire comme je t'ai dit. Tu me laisses conduire, je gère, et on rentre chez moi. Tu connais Sète ? Je suis sûr que tu vas aimer, c'est pépère, y a du boulot et y a la mer. Laisse-moi juste deux heures pour régler quelques petits trucs et on décolle. On se retrouve devant le restau à vingt-deux heures. Allez. Et fais pas trop le con hein, tu sais pas quelles maladies elles ont ici, j'te jure ! Le flic partit alors dans un fou rire gras et dégoûtant, à la hauteur de ses blagues vaseuses et de ses imitations. Mais, malgré tout ce décorum piteux, malgré ce sale type, en laissant derrière lui son assiette de frites, le restaurant routier où ils s'étaient rejoints et sa peur panique de passer la douane, il se trouva comme plus léger en gagnant la rue. Il se baissa, ramassa une paire de solaires floquées d'un logo rutilant, jeta un billet de cinq au vendeur à la sauvette et disparut dans la foule des badauds. Il marcha au milieu des familles et des jeunes en goguette, anonyme, le nez au vent, ses nouvelles lunettes sur les yeux.

Le bar était logé au premier étage d'un de ces innombrables centres commerciaux qui parcourent le village. Il avait dû monter un petit escalier métallique et avait gagné l'entrée en suivant un panneau lumineux. Dans la rue, une hôtesse tentait d'attirer le chaland avec des bons pour une boisson gratuite et le Bleu, qui cherchait à tuer le temps, avait saisi sa chance. Il entra dans le bar et s'aperçut, à peine déçu, qu'il s'agissait en fait d'un magasin qui avait été plus ou moins décoré en cabaret. La lumière froide des néons ne trompait personne et l'endroit n'était pas encore complètement fidèle à la promesse imprimée sur papier glacé : *club privé, jazz et cocktails.* Une hôtesse l'installa à une des nombreuses tables vides et elle lui proposa la carte. Elle l'informa aussi que le coupon qu'il avait reçu n'était plus valide. Le Bleu protesta, il venait de le recevoir de la main d'une employée du bar, fit-il remarquer. La serveuse haussa les épaules. Désolée, nos coupons ne sont valables que le dimanche. Le Bleu pesta en comprenant l'arnaque et en se rappelant qu'ici tout ne serait jamais qu'embrouilles et coupons périmés. Il commanda tout de même une bière. Quand sa pinte fut terminée, il sortit sur le perron pour fumer une clope. Le soir était tombé sur Le Perthus et l'étrange village commençait à scintiller. Le bruit des passants et des boutiques s'élevait dans la vallée en une sorte de ronronnement. Au loin, pareil à un serpent, sur la route qui sillonnait le flanc de la montagne, s'écoulait le flux des camions et des autos qui traçaient des pistes de lumière à peine recouvertes par la fumée de leurs pots d'échappement.

Lorsqu'il revint dans le bar, les néons avaient été éteints et, au-devant des tables, un spot dessinait un rond bleuâtre sur le parquet blanc. Le spectacle allait commencer. Une hôtesse invitait les quelques curieux qui s'étaient égarés dans le cabaret à rejoindre leur place. Le Bleu, de plus en plus enchanté par l'invraisemblable bizarrerie de ce rade, se pressa pour retrouver sa chaise. Il ne comptait pas perdre une minute du spectacle qui, s'il était à la hauteur du lieu et de l'esprit de légère escroquerie dans lequel tout baignait au Perthus, promettait d'être aussi consternant que divertissant. Sous les applaudissements surjoués des hôtesses, sur la scène qui n'en avait jamais été une mais qui ressemblait à une série de tables rassemblées en podium, était alors survenue une apparition mi-grotesque, mi-divine. Une drag-queen dans une robe de sequins rouges avançait, un micro d'argent dans la main, et saluait la foule comme si le bar avait été plein à craquer. Elle remercia, d'une voix suave quoiqu'un peu robotique, son public et, appuyant sur le bouon d'une enceinte de karaoké qu'elle avait apportée avec elle, lança l'accompagnement de sa première chanson. Elle annonça alors : celle-ci, mes très chers amis, elle est pour tous mes fans qui sont venus jusqu'ici pour voir la seule, l'unique, l'exceptionnelle, Miss Chazouka ! Applaudissements s'il vous plaît ! Les quelques spectateurs qui n'étaient pas encore partis se regardèrent d'un œil mou et atterré. Nonobstant l'insuccès, la drag-queen débuta sa performance.

Depuis l'apparition sur scène de Miss Chazouka, le Bleu était resté mutique, un sourire incrédule plaqué au visage, sirotant à peine la deuxième bière qu'il avait commandée. Il ne parvenait pas à quitter des yeux la silhouette étincelante qui se dandinait en agitant d'un bras son micro argenté, et de l'autre le drapé de sa robe. Miss Chazouka faisait du play-back et le micro, dont le fil traînait sur le sol comme un reptile mort, ne dupait personne. Pourtant, et peut-être était-ce la bière, la journée, l'angoisse qui le quittait enfin, le Bleu, perdu dans ce bar bidon, face à cette chanteuse en carton-pâte qui grimaçait de ses lèvres écarlates pour suivre le rythme langoureux de la chanson – *Lloverá, y ya no seré tuya, seré la gata bajo la lluvia…* –, sentit se défaire dans son ventre une boule nouée depuis longtemps. Dans le même temps sa gorge se serrait, les larmes lui montaient et il souriait comme un enfant. Rigas avait eu raison de craindre Rocío Dúrcal, elle parvenait toujours, même dans quelque version play-back, même singée par une drag-queen dans le cabaret le plus grotesque de la région, à toucher sa cible. Le refrain reprenait ou plutôt semblait ne jamais s'arrêter. Et c'était cette sentence – *la vida es así* – chaque fois prononcée plus distinctement, plus définitivement, qui, par la force de la voix enregistrée, par le jeu du moment, par les entrechoquements des hasards, par l'envie qu'on a de vouloir croire au merveilleux quand on a vingt ans, par notre dévotion à un impossible recommencement du présent, par toutes ces fadaises qui appartiennent à ces instants où l'on prend une décision irrévocable, fut la plus belle chose que le Bleu avait jamais entendue. Il en pleurait. La diva faisait désormais étinceler ses mains pailletées en esquissant dans la lumière du projecteur quelques moulinets. Tandis que vinrent mourir les dernières notes, Miss Chazouka fredonna les paroles longuement, sans plus d'accompagnement, comme pour mieux les graver pour l'éternité : *Y maullaré por ti… Tu, tulutu, tulutu, tututu…*

Il quitta le bar en laissant Miss Chazouka à son public ingrat et retrouva le flic. Pour la première fois depuis son départ de l'hôtel, il se sentait parfaitement serein. Il lança les clefs de la Seat à son nouveau compagnon de route et prit place sur le fauteuil passager. Enfin, ce mauvais polar qu'avait été son adolescence se terminait et débutait une nouvelle ère dont il ne savait rien sinon qu'elle serait meilleure – le coup de fil à son petit frère puis l'entremise de Miss Chazouka l'en avaient définitivement persuadé. Car, comme l'avait prédit la chanson sans qu'il la comprenne vraiment, comme il le fredonnait depuis, en mélangeant la mélodie avec tant d'autres, en la mêlant avec toutes les pensées qui lui étaient venues dans le rade, en estimant que le futur avait, rien qu'une fois, attendu ses passagers : *ya lo ves, la vida es así…*

XII

Je suis resté chez Montessimo deux semaines entières. Rares avaient été nos visiteurs mais, chaque fois qu'il m'en présentait un, Montessimo reproduisait à l'identique une fierté forcée. Il tentait, depuis le soir où il avait décidé que je devais me trouver une situation, de me présenter toutes ses connaissances. Peut-être auraient-elles besoin de moi pour on ne sait quel travail. Il leur disait tant de bien de moi, avec tant d'enthousiasme, que je ne fus jamais le seul à me méfier. J'avais du plomb dans la tête, disait-il. C'était toujours le même genre de personnages un peu absents qui venaient dîner. Des hommes et des femmes de sa génération dont la jeunesse révolue ne voulait pas lâcher les mémoires : ainsi, tous semblaient assoiffés de rencontrer ce qui en moi respirait encore la vie. Souvent, ils finissaient un peu déçus et je les surprenais guettant la fin du dîner pour nous quitter.

Un après-midi, j'allai acheter des provisions pour préparer le dîner. En rentrant du magasin avec les sacs en plastique ballonnés de provisions, j'entendis dans l'enfoncement de la ruelle une musique résonner faiblement, s'y adjoignirent bientôt des rumeurs de moteur. En franchissant l'angle de la rue, j'aperçus finalement quatre jeunes hommes, portant des baskets immenses aux pieds, des marcels détendus sur le dos, des bobs sinon des casquettes vissés sur la tête, tibias encagoulés dans des chaussettes de sport et poses désarticulées par l'ennui. L'un d'entre eux tenait entre ses jambes un scooter dont le moteur pétaradait sur place. Il avait dans une main une bouteille de bière décapsulée et dans l'autre le guidon. Il avait posé l'enceinte portable sur l'avant du deux-roues et elle crachotait dans la rue un de ces raps espagnols pareils à de la trap, un rap qu'on croit saisi dans l'éther. La chanson se répétait infiniment, en se dissolvant presque sous l'effet de la voix éraillée et divagante du rappeur… Les jeunes se taisaient et hochaient vaguement la tête comme pour en suivre le rythme las. Par intermittence, celui qui avait enfourché le scooter faisait tourner la roue motrice dans le vide en provoquant un crépitement du pot d'échappement. Des fumerolles translucides voilaient alors la rue, troublant à peine la scène, se dissolvant autour d'eux en ne déposant rien qu'une vague odeur d'acier fondu et de pétrole. La musique qui semblait décélérer à chaque seconde, la voix du rappeur qui ne cherchait plus à articuler ses punchlines comme s'il baignait dans l'inconscience et le scooter qui tournait dans le vide comme un hamster en cage me paraissaient résulter d'un désespoir bien connu. Je suis passé silencieusement avec mes deux sacs de provisions en éprouvant une sympathie pour ce désespoir partout répliqué comme un pacte générationnel. Quelque chose de fumant comme de l'azote, d'aussi lent que leur rap, d'aussi flegmatique que la fin du monde, coulait dans les artères de toutes les villes. C'était presque rassurant. En ce temps présent, finalement, nous nous emmerdions tous plus que tout.

Et pourtant, je crois reconnaître dans cette jeunesse une force qui toujours s'est élevée, mais qui, cette fois-ci, se disperse aussitôt qu'elle se manifeste. Nous finissons, convulsant sous l'effet de cette force, par encaisser la frustration dans une léthargie croissante. Rien ne sera jamais vraiment possible et la dernière des racailles est la même à Barcelone et à Paris. Alors, cette génération nouvelle, la mienne, dissipe, dans des trafics merdiques et des pulsions éphémères, ce qu'il reste de feu dans un monde éteint. Et on s'étonne de notre lassitude, de la dérision qui nous habite, de la paresse de nos raps ? Peut-être que toutes les jeunesses ont ressenti ce désarroi, et que toujours les générations précédentes ont pris du sensible aux suivantes. Seulement, pour des raisons qui m'appartiennent, j'aurai toujours une difficulté à soutenir la vue de ce scandale répété et de sa conséquence immédiate : le rien, le néant, une fumée qui, à peine, trouble la vue, le corps juvénile de cette jeunesse comme offert à l'ennui, nu.

Une fois les escaliers gravis, je me suis retourné sur eux une dernière fois. Aucun n'avait bougé d'un centimètre. Ils s'étaient changés en statues de sel et seule continuait la musique qui tournait comme une roue dans le vide.

Chez Montessimo, un jeudi soir, était venu un certain Roberto. Des baskets de course aux pieds, des cheveux décolorés pour ne pas s'éclaircir au gré des années et une silhouette de tennisman. S'il n'en pipa mot devant moi, Roberto avait proposé à Mario de m'emmener avec lui à

Sitarraf, une station balnéaire, pour me présenter à des amis qui me trouveraient là-bas une occupation. C'est ce que Montessimo me raconta plus tard.

En fin de soirée, alors que j'étais posté dans le patio à attendre que se couche le voisin qui massacrait l'air de *Bella ciao*, Roberto m'avait rejoint. Il me dit : à très vite, j'ai été très heureux de te rencontrer. Il tremblait.

Il était le seul à avoir, semble-t-il, apprécié être venu jusqu'au Poble Sec pour passer la soirée. À sa manière d'être, malgré une légère fraîcheur de comportement, pleinement investi dans la conversation que nous avions eue tous les trois, il avait marqué sa distinction. Il ne fumait pas et m'avait conseillé avec insistance d'arrêter, ce que j'avais pris pour une marque d'intérêt véritable. Il avait voulu savoir combien de langues je parlais et quels sports j'avais pratiqués plus jeune. Il avait semblé apprécier chacune de mes réponses, qu'il accueillait avec un sourire de serpent. Il laissait, parfois, un léger silence s'installer à la fin de mes phrases, comme pour faire revenir le son de ma voix dans sa tête. Il avait été convenu qu'il viendrait me chercher trois jours plus tard pour me conduire sur la côte. Je me préparais à retrouver une ville déserte et glauque, pareille à celle que j'avais laissée en août, mais à la manière dont en parlaient Roberto et Mario, on pouvait imaginer tout autre chose. Roberto avait répété durant le dîner que jamais eux, à Sitarraf, n'accepteraient ce que l'on avait fait à Barcelone. Mario avait demandé si les affaires tournaient toujours aussi bien. L'autre avait répondu, mystérieusement, que de nouveaux investisseurs avaient encore rejoint le projet.

À la fin du repas, tandis que Mario parlait sur ce ton qui dénotait qu'il s'enivrait de lui même, Roberto tourna discrètement la tête vers moi, et, croisant mon regard, s'en détourna aussitôt. Il plongea un cure-dent dans un bol d'olives.

Lorsque je revis Roberto, trois jours plus tard, j'étais superficiellement transformé. Montessimo m'avait acheté une nouvelle chemise et avait fait cirer mes chaussures. Le matin précédent, il avait fait venir une coiffeuse qui avait installé son appareillage dans la salle de bains. Elle avait fini par marcher dans une foule de mèches blondes qu'elle repoussait de ses semelles en riant. Elle m'avait dit, en me fixant dans les yeux à travers le miroir, une main sur mon épaule, que j'avais toujours eu les cheveux blonds. Elle m'avait dit ça comme elle aurait dit que je ressemblais à un premier amour. Je l'aidai à balayer le sol et, quand elle quitta la salle de bains, je me douchai. Je les retrouvai ensuite, elle et le vieux, dans le patio, fumant et piaillant comme des adolescents. Elle devait être une ancienne conquête de Mario. Ils se montrèrent tout deux si sincèrement satisfaits de me voir peigné et endimanché que je fus ému. Le visage de Montessimo affichait une légèreté que je ne lui avais jamais connue. Ils me demandèrent d'une même voix de me joindre à eux et de prendre un verre d'ouzo. Pendant que je buvais sagement, portant à mes lèvres de courtes rasades d'alcool, ils projetaient autour de moi des rires et des anecdotes improbables qui commençaient toujours par : tu te rappelles quand ? Je faisais semblant de rire entre deux gorgées. La coiffeuse avait dit que je lui rappelais un garçon qui traînait avec eux en 1986. Un type qui avait perdu ses clefs de voiture et qui était rentré de la plage à dos d'âne. On l'avait appelé le Quijote de Las Ramblas. On avait bien rigolé cette année-là, surtout quand il avait fallu ramener l'âne au cirque auquel on l'avait volé. Elle glissa sa main dans mes cheveux qu'elle décoiffa nonchalamment et, en clignant d'un œil un peu désarticulé, elle me nomma Quijote de Las Ramblas à mon tour. Si j'avais prêté plus d'attention à cette joie qu'ils partageaient, j'aurais remarqué qu'en cet endroit, cerné par ces deux vieux amis, bercé par leurs souvenirs, enfumé par leurs clopes et leurs voix rauques, apprêté et soigné comme un veau, je leur appartenais déjà. Je n'avais plus aucune existence : je me résumais à cela, une coïncidence qui en rappelle une autre. Ce jour-là, je participais à un film qui ne cessait de se finir : l'étirement de leurs trente glorieuses. J'aperçus mon reflet dans la porte-fenêtre qui bâillait. Je me donnais vingt ans tout pile.

Roberto portait un short en lin blanc, une paire de tennis et une veste à fermeture éclair. Dans la teinte mauve du soir, il paraissait moins vieux que lors de notre précédente rencontre. Une légère brise me caressait le cou et je n'arrivais pas à me concentrer sur les dernières recommandations de Montessimo. Il faut que tu profites, rappelle-toi bien cela, tu as le droit de profiter. Si tu ne le fais pas maintenant, ce sera bientôt trop tard. Tu ne me crois peut-être pas, mais c'est le meilleur conseil que je puisse te donner. Et tu sais, admonesta-t-il, ton pote, tu le reverras bien un jour mais, d'abord, inquiète-toi de ce que tu vas faire cet hiver. Il me parlait en manipulant nerveusement un bouton de sa chemise. Je crois qu'il n'avait pas compris mon histoire et encore moins celle du Bleu. Il n'avait jamais vraiment écouté quand je lui avais raconté pourquoi j'étais parti, comment je l'avais suivi. Pour lui, j'étais simplement un gamin qui avait besoin de *rebondir* dans la vie. Rien ne l'offusquait vraiment dans ma relation avec le Bleu et, contrairement à la Brune, il ne cherchait pas à m'ouvrir les yeux, mais il ne croyait pas pour autant à l'importance du contrat imaginaire qui nous liait. Il répétait seulement : dans la vie, on cherche tous quelqu'un, *cabezón*.

Roberto se tenait un peu à l'écart et consultait son téléphone. Au loin, j'ai entendu le solo du trompettiste s'élever dans le soir. Il jouait le morceau de Miles Davis que Montessimo nous avait fait écouter le jour de ma venue avec la Brune : *It Never Entered My Mind.* Le vieux voisin reprenait le morceau pour, je l'imaginais, répondre à Mario et maintenir le dialogue qui devait durer depuis des décennies. En posant une main sur la carrosserie brûlante de la berline de Roberto, j'ai lancé une salutation brève et cryptique vers le ciel rougeoyant. Ce fut pour le voisin.

QUI S'ACCORDE À LEURS DÉSIRS

I

Près d'elle, le néant séjourne

Il faudrait désensevelir la langue. L'idée cognait sur le crâne suintant de Costan. Quand bien même le souffle lui manquait, il continua de monter une à une les marches de pierre du djebel. Il avait passé la journée dans les méandres de Pétra : ville abandonnée dont la superficie et la complexité le poussèrent vers la folie. En cette heure, il ne savait plus dire ce qui était pierre et ce qui était monument, ce qui était humain et ce qui était géologique. Peut-être était-ce aussi la solitude, la langue qu'il ne parlait plus, le soleil et la soif. À cet endroit, deux cents marches avant d'affronter le Deir, ultime monastère sur sa route, le soleil commençait à se voiler et les pierres friables gagnaient leurs couleurs du soir. Les ânes qui passaient à côté de lui puaient la merde, et le froid remontait par ses pieds jusque dans son dos perlé de sueur. L'effort le poussait à la réflexion mais les phrases qui lui vinrent furent curieuses : depuis qu'il n'écrivait plus, les mots tremblaient. Il avait pensé, plus tôt ce matin, au sommet d'une dune, que la langue était comme une photo surexposée : l'image qu'il en conservait était brûlée. C'était ce genre d'idées mauvaises qui assaillaient Costan maintenant qu'il avait fini de croire en la littérature. Le Deir ne lui rendrait pas la raison : le monastère, pas tout à fait sorti du sol par les archéologues, était d'une beauté irrationnelle, extraite d'un bloc de rêve.

Le jour précédent, il avait dormi dans sa voiture, non loin d'un verger de figuiers du wadi El Sir. Là encore, cueilli par la splendeur du soir dont l'ombre s'avance dès seize heures, il avait renoncé. Dans les plus bas sillons de la vallée verte, là où l'eau coulait dans des canalisations de bois en agitant le silence d'un clapotis vif, où l'odeur de la sauge et du thym émoussaient la sécheresse de l'air, il s'était encore trouvé à penser en mélodies plutôt qu'en phrases. Il restait muet, tendant l'oreille tour à tour vers l'Occident et l'Orient, guettant, comme on surveille la distance des orages, l'élévation à heure fixe des appels à la prière. Au zénith des psalmodies, il y avait peut-être cinquante voix qui couvraient la vallée de part en part et aucune parole n'absorbait vraiment l'autre, elles produisaient dans l'air, en fait, un florissant brouhaha. Lorsque la dernière syllabe vint s'évanouir dans la vallée, Costan resta quelques secondes étourdi avant de retrouver les échos du désert proche. Là, devant l'extravagante beauté du monde, les images – celles qu'il utilisait pour ses tableaux –, les musiques – celles qu'il écoutait pour écrire –, n'avaient pas davantage d'existence que les phrases. Il fut ivre d'une réalité qui trop longtemps lui avait échappé.

Et puis il y avait autre chose. Ces Arabes dont quelques minutes de parole suffisaient à faire peser leur drame plus lourd que le sien : en un instant ils parcouraient des centaines de kilomètres d'exil et de terres ravagées. Costan sentait bien qu'il y avait une dissonance. Une dissonance qu'il sentait s'accroître quand il était au contact de son hôte dans la région, Armand. En mission diplomatique depuis quelques mois, le fonctionnaire avec qui Costan avait été ami il y a quelques années – à une époque où nous pouvions encore estimer qu'il deviendrait un écrivain notable – était un hôte indélicat. Parfois, pour rire, Armand disait qu'il avait accepté la mission pour des raisons esthétiques. Il parlait des jeunes garçons.

Pour Armand, l'Orient semblait n'être qu'un écran de cinéma sur lequel, au fil des opportunités, il projetait toutes sortes de jouissances, de ravissements et de succès volés. En circulant autour de cette sensualité augmentée de fiction, Costan remarquait pourtant la faible intensité de ces toiles : nonobstant la misère et l'obscurité, Armand consommait sporadiquement ces corps comme s'ils n'avaient d'autres existences que celles du désir. Son imagination se substituant à tout : la différence sociale, les destins déjà marqués, l'âge, le viol jamais loin. Armand se défendait des inquisitions de Costan. Il ne niait guère mais il disait qu'il savait les repérer, eux : les miséreux qui en voulaient. Ils ont le regard fuyant, le corps sec comme du petit bois et un air de fauves déchus, expliquait-il. Tu ne connais pas l'Orient, s'élança-t-il un soir, il y a eu un avant, un monde de royaumes invertis, d'amours interdites, de cheiks rêveurs et de bédouins novices. Il y a un château du désert à l'ouest d'Al Azraq dont les fresques humides et à moitié effacées témoignent de ce monde-là : des ours sumériens y jouent de la cithare pour des femmes qui n'ont de voiles que sur le ventre, les parties de chasse s'y terminent sous les étoiles reproduites d'une carte céleste où les astres bourgeonnent pareils à des orchidées. On s'y baigne dans des thermes brumeux dont les Omeyyades ont ramené la technique de Rome. Il faudra que tu ailles voir ça, ils l'appellent le Qusair Amra et je crois qu'ils le détestent. Ils en ont honte. Seul le gardien du lieu semble être habité par cette vie-là. Je ne crois pas qu'il sache lire mais c'est contagieux, tu comprends, une telle beauté, c'est toujours contagieux… Costan, d'abord ému par le sort des jeunes garçons, le fut finalement autant par la folie de cet esprit : c'est là que sa raison se perdrait. Entre les fantasmes d'eunuques d'Armand et sa littérature, il voyait un même geste.

Par un soir pluvieux, alors que Costan s'était coupé en préparant des aubergines chez Armand, un garçon d'une quinzaine d'années déboula dans le salon attenant. Laissant pour quelques instants pisser sa coupure, Costan se tourna vers le jeune, déconcerté : il était nu et il avait les os saillants, des cheveux noirs qu'on n'aurait pu décoiffer tant ils étaient crépus et, sur le visage, un fugace air de détresse. Leurs regards se croisèrent, Costan baissa la tête. L'autre ne manifesta pas de gêne particulière à être ainsi surpris nu. Il s'avança droit vers l'écrivain. Costan crut qu'il allait le toucher, il recula immédiatement de peur d'abîmer une icône. Le garçon l'évita d'un geste assuré, prit une cigarette dans un paquet posé sur une commode.

L'écrivain se mit à scruter sa minuscule plaie pour éviter le regard du garçon. Le gamin alluma la cigarette, tira une bouffée et tendit le paquet à Costan. D'un air apeuré, ce dernier déclina aussitôt mais dut, pour cette manœuvre, regarder le garçon qui le fixait. Le garçon qui continuait à fumer dans une sorte de quiétude révoltante. Il aspirait, lorsqu'il tirait sur sa cigarette, un mince filet d'air que, dans le silence du malaise, Costan entendait siffler entre ses lèvres gercées. Il était dressé devant lui et la lumière du jour semblait aggraver les marques des os sur sa peau. Sa maigreur faisait fourmiller des angles sur ses épaules et ses côtes, dans le creux de son cou, pareille à une croûte de sel, se desquamait sa peau pelée par le soleil. Finalement, une voix distante, plaintive, rappela le garçon dans la chambre à coucher. Il éteignit sa cigarette en la pinçant du bout de ses doigts fins, la posa sur la table à côté de Costan, se retourna, le dos voûté, les mains posées sur ses cuisses malingres, et disparut. Costan s'assit, stupéfait. La maison se retrouva silencieuse. Il joua alors nerveusement avec la pulpe de son doigt qu'il pressait pour faire perler son sang.

Par la suite, il repenserait souvent à ce regard qui s'était posé sur lui, sans qu'il ne puisse y lire une plainte, une détresse, une émotion. Ce n'est pas lui, Jacques Costan, qui avait regardé le garçon nu sortant du lit d'un homme de deux fois son âge. C'est l'adolescent, la chair malaxée par le désir des adultes, l'orgueil bizarrement déplacé vers l'impudeur, qui l'avait fixé. Cela avait été un regard impénétrable. Et pour la première fois dans la littérature de Costan, la métaphore aurait été idoine.

Les aubergines avaient pris une couleur brune sur la planche à découper lorsque Armand, douché et habillé comme s'il partait à l'ambassade, le rejoignit. Il coupa le robinet qui avait continué de couler et demanda à Costan ce qui le retenait dans ses pensées. Leur amitié était trop légère pour prendre en charge la colère et l'intimité alors l'écrivain esquiva, parla de sa coupure et des aubergines. Ils dînèrent tardivement ce soir-là. Armand fut d'une humeur guillerette qui rendit Costan nauséeux. Et, dans son lit, il pensa qu'Armand était un salaud. Il l'écrirait dans les dernières pages connues de son journal. Ensuite lui viendraient d'autres idées plus méchantes qu'il garderait dissimulées. Il en voulait à l'autre de se permettre ce genre d'illusions afin d'obtenir des jeunes hommes ce qu'il voulait. Jacques Costan avait beau être l'écrivain d'amours homosexuelles flamboyantes où tous les désirs étaient félicités, pour lui-même il avait toujours joué au jeu selon les règles en vigueur. Et maintenant qu'il vieillissait, il n'y jouait plus tant que ça. Il voulait croire, avec une conviction injustifiée mais absolue, qu'il fallait vivre ainsi. Et ce discours, cette litanie qu'Armand professait quand il disait connaître *ces choses-là* et l'Orient, cette légende frauduleuse de l'homosexualité victorieuse qui avait été celle des milieux où il avait été lu, lui apparaissaient désormais comme des ruines de la pensée qui, à peine, venaient justifier une artificielle liberté au prix de toutes sortes d'abus. Il le sentait : un romantisme avait taché la pensée. Or, lui, l'écrivain, la cheville ouvrière de cette grande fresque du désir libéré qui avait nécessité de recouvrir le monde d'un langage facile, menteur, ravissant, enfin, il commençait à percevoir la fatuité du projet dans le regard d'un adolescent. En cette année, Jacques Costan reconnaissait autour de lui les pièges de la raison et les vices du romanesque. Il cessa d'écrire et mourut un an plus tard.

Longtemps, Armand se rappellerait sa visite. Le mystère de cette mort précoce suivant de peu leur dernière rencontre fut la première manifestation de la saison à venir. Il se formulait les choses de la sorte : maintenant qu'on ne mourait plus de baiser, on en revenait à mourir d'écrire. Il s'en félicitait. Écrire : elle était déjà ancienne cette idée-là. Elle pourrait échouer avant d'atteindre le nouveau millénaire, qui s'en apercevrait ? Alors que jouir après des siècles de refoulement, c'était la grande affaire du présent. Et bientôt, il en serait fini des moralisateurs et de leurs épidémies. L'hédonisme, enfin, triompherait de sa révolution. Le plaisir, disait-il parfois à ses amis, gouvernerait le monde. Et la génération du millénaire, celle qui vivrait dans un monde qui s'accorderait à ses désirs, les remercierait, eux, qui avaient forgé cet avenir-là. L'avenir, il le voyait clair comme un matin d'été, doux comme un roman de Costan. Lui qui se dressait, là, de toute son histoire, dans le soleil des déserts, un pied dans l'avenir, l'autre dans le plaisir, savait cela très bien.

Dans ce débat silencieux entre Costan et Armand, le monde avait tranché en faveur du second : le millénaire atteint, la langue fut encore plus ensevelie et, en conséquence, tout s'accorda à leurs désirs. Ce n'était pas tant une victoire homosexuelle que le mouvement naturel de la civilisation des hypermarchés qui, pour longtemps encore, préférerait la jouissance au martyre.

II

À Dellys, par un matin de mars où la rosée avait embrassé les plantes du jardin que cultivait sa grand-mère, levé avant que les autres ne se tirent des draps, le Bleu avait attendu le réveil du coq. C'était une bête crétine qui hurlait imprévisiblement au long de la journée comme si l'aube se profilait à chaque instant. Dès lors, attendre son réveil pour se lever était une promesse de grasse matinée, ce qui n'était pas pour déplaire au Bleu qui voulait profiter de la solitude. Dans les recoins du jardin, qu'il parcourait en traînant des pieds, ruisselait un tuyau de plomberie percé qui arrosait malhabilement le gazon à plusieurs endroits brûlés. Les thyms et les lauriers étaient tantôt souffreteux, tantôt d'une santé insolente en fonction du débit chaotique de l'installation. Dans la terre boueuse, le tuyau rainuré faisait apparaître le désossement de la maison familiale dont chaque fondation menaçait de s'effondrer. Le Bleu leva les yeux vers le toit. Dans une dentelle de parpaings et de carreaux de dallage, il y avait, insensiblement laissée à l'abandon, l'existence contrariée d'une famille tentée par l'exil et la fuite. Le Bleu se doutait que tant que la maison demeurerait dans cet état incertain d'achèvement, pèseraient sur les épaules des siens l'impératif de la réussite et la menace de sa redevabilité. Et en ce matin algérien, il aurait aimé savoir comment on s'extirpe d'une famille sans faire de bruit. Il pensait à sa mère qui, tous les jours, lui adressait un regard de mépris teinté de détresse. Jamais, pensait-il, elle ne comprendrait ce qu'il avait fait pour la famille et lui, jamais, il ne comprendrait comment, après tout ce qu'ils avaient vécu, elle pouvait encore défendre son père. Il s'est retourné, laissant dans son dos la maison au toit effondré, et a regardé droit devant lui, par-delà le jardin, les volutes claires qui s'échappaient de l'estuaire du fleuve déployé dans la mer.

La veille, ses oncles avaient rendu visite à la matriarche. Les hommes avaient joué aux dominos, les femmes étaient restées en cuisine. Quand ils avaient demandé au Bleu ce que son père faisait en ce moment, les oncles maternels avaient haussé les sourcils, s'échangeant des regards entendus. Chacun faisait comme s'il ne savait pas pour la prison. Ça pourrait excuser, un jour, l'absence de visites au parloir. Dans l'immédiat, feindre l'ignorance servait de remède aux disputes.

Le cousin Azzedine, de trois mois plus vieux que le Bleu, allait être médecin ; son frère, ingénieur. Le Bleu ne s'étonnait même plus qu'il n'existât pour ceux de sa famille d'autres professions : y en avait-il jamais eu ? Les pères avaient beau avoir été au mieux contremaîtres, les gamins ne pouvaient hésiter – personne n'avait jamais hésité – qu'entre la pratique de la médecine et celle de l'ingénierie. Lui, il s'était exclu de cet avenir binaire. Il pensait amèrement que si son père avait voulu faire de lui un énième *bon petit Arabe* il aurait pu à son tour griffonner sur les bancs d'une fac merdique. L'avenir, ça tient à pas grand-chose. Seulement il avait fallu que sa mère épouse un glandeur, un menteur et un petit profiteur qui tabassait son gosse. C'était tombé sur eux, sur lui.

Ce matin, il voudrait ricaner en repensant aux têtes un peu idiotes que tiraient les cousins la veille. Ingénieur mon cul. La belle vie qu'ils se préparent ces deux cons avec leur tronche de puceau, comme tous les crevards du bled, le regard gazeux et les chemises portées avec la même fierté que lorsque son père prenait son costard pour les enterrements. Saloperie de honte qui coule dans les veines des hommes d'une famille tout entière, qui file des boutons aux gamins, des crampes aux vieux et laisse les femmes silencieuses. Et putain, les gamines, pas mieux, rit-il enfin. La petite cousine, qui cire les pompes du moindre inconnu, du genre à vouloir être mariée à douze ans, voile bien serré, pas la bise aux cousins et tout le baratin. Il voudrait presque venger sa mère et son frère ou quelqu'un, n'importe qui, c'est sûr, mais y a rien à sauver ici. Le coq, même lui est complètement foutu. Le soleil commence à poindre mais, que voulez-vous, la bête chasse l'aube toute la journée, il est épuisé quand finalement elle vient.

De dette, il n'en avait plus, croyait-il. Le Bleu avait rempli son devoir, c'était derrière lui. Le souvenir ne durerait pas éternellement. Il avait fait ce qui était juste pour la famille. Il avait toujours voulu penser que le père n'était pas vraiment de leur sang. Maintenant, il pourrait s'élancer dans l'avenir la tête haute, l'esprit vicelard, aussitôt quitté le bled. Si, dans ce jardin plein d'eau, il avait eu raison, si vraiment la dette s'était envolée, alors peut-être, jamais nous ne nous serions rencontrés sur ce quai de la Seine, à voir passer les fêtards, défaits comme des légionnaires en cavale.

*

Ce qui compte, le Bleu ne s'est jamais senti la force de s'y intéresser. Il n'a jamais cherché sur Internet l'origine du mot *beur*. Il se souvient seulement – c'est vexant comme le bleu des uniformes lui rappelle ce jaune d'enfance – de ces fleurs qui au printemps colonisaient la misérable pelouse du centre aéré où il avait été inscrit. Les gamins arrachaient à la terre de frêles boutons d'or et les collaient au menton des copains : ils disaient toi, tu aimes le beurre. C'est son lien le plus intime, le plus doux, au mot. Plus tard, quand il glisserait ses narines sur le pot de beurre ouvert par sa mère, une image plus marquante serait saisie : jamais il n'avait senti une pareille puanteur. Les fleurs de la maison de l'enfance étaient loin, le beurre de la cantine était évanoui, il n'y avait plus que l'horreur de l'odeur du *smen*. Le beurre pue. Le beurre se conserve dans la chaleur des étagères, entre d'autres odeurs sur lesquelles il ne saurait plus mettre le doigt. Le beurre est rance, pourri, dégueulasse. Il vit dans les tours et s'emmerde. On se conforme au mot. Il avait été en colère contre le *smen*. Il avait usé de son tout petit pouvoir pour le bannir des étagères de sa mère, l'avait foutu à la poubelle en allant à l'école, avait crisé à l'épicerie pour qu'on ne l'achète plus. Il n'avait plus voulu que du beurre *doux*, celui des fleurs et des cantines.

C'était du temps où déjà sa mère s'était emmurée dans la tristesse, du temps où son père disparaissait de plus en plus souvent, de plus en plus longtemps, et où cette absence ne semblait jamais être qu'un répit entre deux crises. Il avait alors cru qu'en imaginant de nouvelles règles pour son foyer tout irait mieux, et que sa mère, comme dans ses souvenirs, redeviendrait une mère. Sur toute son enfance avait pesé l'image de cette femme peignant les cheveux de son frère en chantant du bout des lèvres une chanson du pays. C'était dans leur même petit appartement, le papier peint brunâtre n'avait pas changé depuis, mais peut-être était-il alors plus clair, ou peut-être que le soleil se penchait un peu plus sur leur vie dans ce temps d'avant, car dans ses souvenirs les murs, les visages semblaient irradiés de l'intérieur par la clarté d'une tendresse. Il se revoit tentant de chanter avec elle. Il revoit son frère qui babille en laissant de la bave tomber sur son maillot de corps. Les paroles de la chanson lui échappaient toujours un peu. Il n'avait jamais compris ni la langue kabyle ni la bousculade de syllabes qui se déversait des lèvres maternelles quand, la main dans les cheveux, la tête inclinée et les joues rosies, sa mère reprenait sa chanson…

Où avait pu disparaître cette femme-là ? Par quelle violence et par quelle négligence son père lui avait-il ravi la mère ? Pas plus qu'il n'avait réussi à chanter aussi bien qu'elle en ce jour lointain, il n'avait, par la suite, fait revenir le visage de cette mère peignant son fils. C'était pourtant à cette chanson qu'il avait pensé en appelant le flic pour balancer son père. Pourquoi sa mère ne le comprenait-elle pas ?

*

Ce soir d'octobre, marchant dans Sète, le Bleu pensait au *smen* en chantonnant. Il lui faudrait en trouver quand il aurait une poêle et une plaque électrique dans ce meublé qui n'en avait que le nom. Quand on y pense, le coq avait toujours eu raison, l'aube est à n'importe quelle heure.

III

Durant le trajet vers Sitarraf, Roberto se montra peu loquace. Je faisais un effort manifeste pour engager une discussion qui n'aurait pas uniquement été rythmée par mes questions mais toutes se heurtaient à son *ok*. Finalement, c'est lorsque je lui demandai comment il avait rencontré Montessimo qu'il se lança dans une longue tirade. Après m'avoir expliqué dans quelles circonstances il avait sympathisé avec le vieux – sur le bateau de Wiktor Auskota lors d'un cocktail à l'occasion d'un vernissage de la galerie Gia de Madrid… –, il enchaîna en me racontant d'étranges mondanités, dans lesquelles revenaient toujours les mêmes noms, spirale de silhouettes qui se répondaient dans la brume. Néanmoins, dans ses anecdotes, il ne trahissait pas le moindre sentiment. Si bien que je n'en apprenais pas davantage sur lui. À peine avais-je droit à une connaissance vague des milieux dans lesquels il évoluait. Il conservait une froide distance qui rendait la raison de ce voyage ainsi que son attention à mon égard implacablement marchandes.

Je me suis souvenu de la coiffeuse en baissant la vitre de la portière, le vent qui sifflait sur mes tempes rasées me faisait revenir le joli et misérable sourire qu'elle avait écrasé dans le miroir en me regardant. Ça me rappelait aussi cette affection étrange qu'avait eue à mon égard la petite bande de Mario. Affection mesquine et envieuse de ma jeunesse qui semblait signifier que, dans cette société, c'était là le seul bien dont on manquait vraiment. Il ne fallait pas être surpris qu'on finisse par le monnayer. S'il avait pu être évasif sur mon *travail*, je faisais malgré tout crédit à Mario d'avoir été sincère. Je crois qu'il n'avait véritablement rien d'autre à m'offrir que ce genre de gagne-pain. Profiter de ce que la jeunesse vaut dans le regard de ceux qui la cherchent, puisque rien d'autre ne semble exister encore.

Roberto me demanda si je m'étais endormi. Un peu, c'est vrai. On est arrivés, dit-il. Il m'ordonna de récupérer mes affaires sur la banquette arrière et je sortis du véhicule avec mon éternel sac de toile. Il ne flottait rien de bon dans l'air de Sitarraf. La nuit était bien avancée et pourtant la chaleur du jour ne s'était pas dissipée. Le tarmac du parking collait aux semelles. La respiration se faisait avec effort et le dos gouttait. Nous marchions côte à côte sur le chemin qui menait du parking aux premiers immeubles dressés dans la nuit. Par-delà la rue qui se dessinait devant nous, on distinguait une série de bâtiments aux pelouses agrémentées de palmiers encore jeunes. Un projecteur de chantier éclairait d'une lumière pâle une construction dont seuls les premiers étages avaient été sortis de terre. On pouvait, à la largeur des fondations, imaginer que la tour finirait par être un de ces buildings voguant dans le ciel à des dizaines de mètres. Aux alentours, des structures aux lignes claires et aux couleurs monotones s'enchaînaient, toutes comme encadrées par de larges axes en dalles de béton. Chaque angle du paysage semblait parfaitement droit et rien ne semblait avoir été laissé au hasard. Tout, du goudron aux arbres en passant par les enseignes publicitaires lumineuses, était neuf. Et à marcher ainsi dans une nuit si chaude le long de ces rues immaculées, on se serait cru dans une maquette de ville. De ces répliques pleines de poupées et de carton-pâte que les Américains ont pu construire à côté des centres d'essais nucléaires pour mesurer la portée réelle des bombes atomiques sur l'activité humaine. Passant devant quelque construction, Roberto me demanda si ça me plaisait. Il ajouta que je n'avais encore rien vu. Et en effet, à peine avions-nous contourné le premier chantier que j'aperçus, filant sur une même ligne d'horizon, une ribambelle de tours et d'ogives de verre du même genre qui, à leur sommet, accueillaient des enseignes et des projecteurs colorés. Tout ce fatras lumineux dans la nuit noire ressemblait à une fête foraine silencieuse. À peine entendait-on au loin le son des vagues s'écrasant sur le sable.

Roberto avait déjà les clefs de l'appartement. C'était un appart-hôtel mais il en était le propriétaire, m'expliqua-t-il sommairement. Une lumière bleue filtrait à travers les volets fermés de l'appartement et elle venait se refléter en étranges saccades de lueurs fades sur une table en acier. Il m'a servi un verre de whisky aussitôt nos sacs posés dans l'entrée. Il a précisé, cérémonieux, que c'était un grand cru japonais. La bouteille miroitait, constellée de toutes petites facettes de cristal qui projetaient des éclats dorés sur les murs. La lueur qui venait de l'extérieur s'accentua lorsque, sur son téléphone, il actionna l'ouverture des volets électriques. Je pus alors en déceler la source, une enseigne lumineuse qui scintillait, accrochée au mur du balcon. Il s'agissait d'un lettrage en néon où le mot *cool* venait palpiter dans la forme des conduits lumineux. L'enseigne oscillait entre ténèbres et bleu turquoise et, durant un instant, elle m'hypnotisa. Sur la porte de quel genre d'enfer écrit-on *cool*? Je terminai le verre et le posai sur la table. Il commanda, toujours sur son téléphone, une chaîne hi-fi qui combla le silence d'une froide techno de podium. Il se resservit un verre et dit : tu devrais peut-être en prendre un autre. J'avais peu bu ces dernières semaines et le japonais m'était vite monté à la tête. Après un verre, je n'étais déjà plus certain de pouvoir faire les gestes justes, alors j'en ai bu deux autres.

Dans la chambre, il a terminé de déballer ses affaires. J'ai laissé les miennes en plan et j'ai rejoint le canapé. J'ai posé ma tête sur l'accoudoir, enlevé mes chaussettes et me suis allongé, genoux remontés contre mon buste. J'ai senti la fatigue me piquer les yeux et je me suis laissé bercer par le néon qui clignotait toujours, sortant, par à-coups, le salon de la pénombre avant de l'y replonger deux secondes après.

Il m'a secoué sèchement l'épaule. Il m'a demandé de le rejoindre dans la chambre. Sous son regard, j'ai commencé à ôter mon jean avec difficultés. Mais très vite il m'a abandonné à ma tâche comme s'il n'éprouvait plus rien pour ce genre de cérémoniel. Il est resté allongé en boxer, pianotant sur un de ses trois téléphones, alors que je me déshabillais. J'entendais les battements de sa montre automatique alors que l'air semblait se faire plus rare. Lorsque enfin je m'apprêtais à me glisser sous la couette, il m'a lançé, sans détourner son regard de son écran : enlève ton tee-shirt aussi. Ce n'est qu'alors, quand j'ai senti le coton qui glissait sur ma peau, que j'ai finalement surpris son regard qui m'auscultait.

Je n'étais pas encore complètement allongé que, déjà, il tamisait la lumière. Le matelas s'affaissa sous le poids de son corps dès qu'il s'approcha de moi. Des doigts glacés glissèrent sur ma cuisse. Il saisit l'élastique de mon slip pour m'attirer à lui. Je pensais au néon qu'on pouvait encore voir clignoter par-delà le rideau. Un halo, comme une brume de photons perdue dans l'étoffe, entamait la pénombre du soir. Son torse fut soudainement au contact de mon dos. Je fermai les yeux. Il m'attrapa ensuite le cou et me tira davantage vers lui. Je restai silencieux, les paupières closes, seulement éveillé à la tension de sa peau contre la mienne et aux sons, étouffés par le matelas, d'un froissement contre mon corps. Il fit des gestes de plus en plus brusques et son cœur s'accéléra progressivement. Il se mit à se masturber en étranglant mon sexe. Dans mon cou, il déposait des dizaines de baisers maladroits et humides qui paraissaient engluer ma nuque. À mon soulagement, je finis par bander. Alors même que la panique m'envahissait, mon sexe s'emballa et je m'abandonnai. Je tentais de penser à des images simples pour tenir loin de moi la peur. Ainsi, dans mon esprit, j'essayais de dessiner un rond dans l'eau – de l'eau très calme, huileuse et brillante, et un rond tout pareil, s'estompant doucement sur la surface. La main toujours autour de mon cou, il me fit basculer. J'étais maintenant sur le ventre. Il glissa entre mes cuisses. Il me martela curieusement le dos. Il martela, agrippa, frappa, étira et brutalisa. Encore. Il me mordit parfois. Je ne coopérais en rien, il s'en foutait. Enfin, il cessa. Il avait joui. Après quelques secondes d'égarement, je me retrouvai. J'ouvris les yeux. Battait encore par la fenêtre la même lumière bleuâtre, le temps, à peine, avait passé dans la chambre. Un oiseau peut-être avait traversé la nuit, ou bien une voiture aux phares allumés y avait découpé un carré d'or… Il se leva. J'eus le sentiment étrange d'avoir fait de la figuration dans un fantasme que je n'avais saisi que par bribes et que j'eus été en peine de déchiffrer tant il s'adressait à son intimité la plus secrète. J'avais glissé dans son sanctuaire telle une ombre et, sur les draps blancs, ses fantasmes s'étaient mus comme sur quelque grand écran, sans plus de conversations.

Tandis que coulait sur mes cuisses un mélange de sueur et de sperme, il me demanda d'aller dormir sur le canapé. Il me parlait désormais comme à un gamin. Je ne me sentais même pas l'envie de le frapper. Le geste aurait été trop engageant et j'étais trop effondré. Qu'il paye pour ça, pour se toucher en me touchant, me semblait établir une frontière ; qu'il se trouve ensuite à dormir seul dans son lit trop neuf, ajoutait aussi une distance supplémentaire. Peut-être même la première que je découvrais en matière d'inclinaison. Alors, j'ai voulu feindre de m'y habituer et j'ai rejoint le salon.

Sur la baie vitrée, là où le néon bleu se perdait en reflets, je me suis observé. Depuis le début de l'été, j'avais un peu perdu mes abdominaux mais pas les reliefs qui du menton aux côtes avaient définitivement recouvert l'enfance. Me toisant, je cherchais celui qui avait quitté Paris. Il ne restait rien des *coups de la gare de l'Est* et de la détermination qui en avait résulté. Ce qu'il me restait d'inquiétude et de dégoût de cet épisode, je le sentais tempéré par le fric qui trônait sur la table. Souhaitant m'abrutir, je pris mon téléphone pour parcourir quelques pages Internet en cascade. Je connus alors cet état d'égarement où l'esprit s'emmure dans l'information, pourvu qu'elle soit excessive et inutile. Je cherchai le nom du disque qu'écoutait Mario dans sa chambre le soir où il avait pleuré. Après quelques minutes, je trouvai sur l'encyclopédie en ligne une entrée dédiée à un enregistrement de 1991 de la *Missa Papae Marcelli* de Palestrina. La page précisait le lieu de la prise, le Palais de la musique à Barcelone, et fournissait une notice des crédits qui se terminait ainsi : chef de chœur – Mario Montessimo. Son nom était en lettres rouges et le lien accolé à son patronyme renvoyait vers le rien. Sa carrière semblait avoir été courte et l'oubli machinal en avait triomphé sans mal. Je le comprenais désormais de mieux en mieux. Je me suis souvenu de ces oiseaux qui chantaient parfois le soir à l'unisson quand Mario s'approchait d'eux. Les paradisiers avaient de ces ululements un peu heurtés dont on craint l'effondrement. Il n'y avait jamais eu que des spectres et des voix dans cette vie, et l'idée, folle, inadmissible, que cela pouvait être une poétique. Il terminerait entouré d'oiseaux comme d'autres finissent entourés de livres. Le fameux ouvrage dont il parlait tant, celui d'Ernest Ansermet – à présent, j'avais sa page biographique sous les yeux –, lui offrait, plus encore que l'amical exemple d'un homme réprouvé pour sa pensée, une sorte de sublimation de la polyphonie : la psalmodie à plusieurs voix, croyait le chef d'orchestre, telle que l'avaient imaginée les moines médiévaux, était l'invention de l'Europe. Quelques voix dissonantes, parfois unies, une multitude de ponts jetés de l'un à l'autre des hommes, un réseau qui se fait puis se déprend : Mario, en ayant été chef de chœur, avait fait plus que fréquenter la beauté, il avait construit un monde infini où les individualités formaient des capitales. Beauté écoulée – comme l'espoir un peu vain de lutter contre soi-même, contre le rythme même du désir. Le néon s'est éteint. La mer est apparue au loin dans quelques nuances de gris et de sons faibles et parasites. J'ai essuyé avec ma chemise neuve le bouillon gluant qui était resté collé sur mon ventre. La lune est sortie d'un nuage et, sur la surface de la mer, a répandu une pâleur d'aube.

IV

La lumière du matin baignait la baie vitrée. Je me suis réveillé, le corps chauffé par les premiers rayons et je transpirais déjà lorsque j'ai ouvert les yeux. Sans tarder, j'ai ramassé l'argent que Roberto m'avait accordé et un paquet de clopes. J'ai enfilé des vêtements du Bleu jetés en boule dans mon sac et je suis sorti de la résidence par la voie que nous avions empruntée la veille. Je suis allé jusqu'à la mer. En approchant de la plage, j'ai aperçu, dressée sur un terre-plein gagnant son droit sur le sable, une cahute bétonnée. Sur la terrasse de celle-ci avaient été disposés une douzaine de tables rondes et des sièges en osier synthétique. Dans le grain de sable gros de rosée, j'ai gagné le bar dont le nom était inscrit à l'encre turquoise sur une large pancarte, L'Azuria.

Une trentaine de minutes plus tard, un garçon de café, bousculé dans son sommeil, la tignasse mal coiffée et les yeux boursouflés, m'a salué et a procédé à l'ouverture du rideau métallique. Puis il s'est mis à activement balayer la terrasse. Je suis resté posté sur le muret, hagard, à l'observer. Il devait faire une taille assez proche de la mienne. Il portait des sandales aux pieds et avait une allure un peu négligée. Il semblait avoir à peu près mon âge et, avec ses cheveux châtains en bataille, il avait un air de double, à la façon d'un frère égaré dans la généalogie européenne. Alors que je songeais à cela, il s'est approché de moi. Je me suis contenté de lui sourire bêtement. Il m'a fait remarquer qu'il souhaitait balayer sous le muret. Je me suis excusé et j'ai rejoint la plage. De là, je l'ai observé s'attelant à son travail avec une application douteuse. Par-delà l'enseigne L'Azuria qui couronnait la cahute, la rangée d'immeubles accolée à la ligne d'horizon commençait à refléter dans de vastes verrières des tons d'or et de bleu. Ils fracturaient, au fil des balcons et de leurs formes d'ondines et de cubes, des morceaux de soleil qui se divisaient sur le verre. Un immeuble de faible hauteur se tenait à l'avant de la rangée. Le matin faisait briller sa façade décorée sur toute sa largeur de pans de verre aux couleurs de l'arc-en-ciel. Une légère brise agitait les dattiers nains qui longeaient les rues et, dans le vent, leurs palmes semblaient se mouvoir avec la régularité un peu lasse d'un éventail.

Une fois son ménage fini, j'ai interrogé du regard le jeune serveur. D'une voix joviale, il m'a prévenu qu'il faudrait le suivre à l'intérieur. Je me suis installé au comptoir quand l'autre a mis en marche, dans un tonnerre de vapeurs et de cris métalliques, un percolateur argenté. À côté de mon coude se trouvait un carton jauni indiquant le prix d'un vase. Le vase en question, je le devinais, était posé sur une étagère au-dessus du comptoir. C'était une sculpture étrange, un peu difforme et qui semblait avoir été composée de rajouts successifs de matière. Des différentes couches de céramique, il demeurait comme des traces de doigts imprimées dans la matière. Le long de l'évasement supérieur, une sorte de laque rouge dégoulinait comme d'une plaie. La chose était laide et même gênante dans son échec à atteindre sa fonction. Elle renvoyait à quelque sentiment d'angoisse, comme la déception morbide qu'on peut ressentir en auscultant un empaillement raté. En me servant un expresso, le garçon de café m'a demandé si je m'y connaissais en sculpture : j'avais pris l'étiquette jaunie dans la main. Je ne savais pas trop quoi lui répondre sinon que *c'était pas mal.* Pour couper court à la phrase que je ne réussissais pas à terminer, il m'a raconté que c'était lors d'une soirée qu'il en avait eu l'idée. Il a ensuite poursuivi son explication trop longuement. De la même manière qu'il m'aurait appris que la terre était ronde, il m'a informé que, de nos jours, les vases étaient tous un peu les mêmes. Il a posé le vase sur le comptoir devant moi et a repris son balai. J'étais déconcerté par son énergie, moi qui avais, ce matin, du mal à reprendre pied dans les événements. Cependant, et probablement parce que c'était la première personne de mon âge avec qui j'avais l'occasion d'échanger depuis la Brune, j'étais attendri et attentif. Il ne me faisait pas l'effet glacial des jeunes de Barcelone et il avait, par négligence, gagné un peu de ma confiance. J'ai ausculté à nouveau le vase qui béait à côté de mes mains. La sculpture était indubitablement affreuse mais je l'écoutais m'en parler sans perdre un mot de son charabia. Il m'expliquait qu'à une des soirées du patron de L'Azuria, il n'avait pu détacher son regard d'un vase posé sur une console. Et, lorsqu'il s'était approché suffisamment près de celui-ci, il s'était aperçu qu'il était moulé dans du plastique. Accroupi sur le sol du bar, en utilisant son balai de la plus improbable des manières pour chasser la poussière, il a continué, d'une voix enjouée, à déplier son histoire : il avait eu le sentiment d'entrapercevoir un monde dévasté dans la courbe du vase en plastique. Il m'a affirmé, pointant le balai vers moi, que les sites Internet ne prenaient plus autant de photos qu'avant pour illustrer leurs pages mais qu'ils reconstituaient, par ordinateur, des visuels qui étaient en fait plus séduisants que la réalité. Il a conclu : c'est génial, tu ne trouves pas ? Nous vivons dans un monde qui préfère toujours le faux. On dit que tout est en haute définition de nos jours, mais la vraie haute définition, c'est la réalité et tous les impacts de la matière. Le reste c'est de la pensée, de la 3D. Et c'est ça que les gens imaginent être de la haute définition... Tu comprends ?

Il s'est relevé brusquement, a continué sa litanie. Mon incompréhension le mettait hors de lui, je le voyais à son visage qui s'assombrissait. Il s'est tu et est allé ranger son balai dans la cuisine. J'ai enfin pu terminer mon café. Il m'avait épuisé. J'ai passé en revue l'intérieur du bar. Les murs étaient lambrissés de panneaux de bois clair et des guirlandes de fleurs en tissu pendaient d'un bout à l'autre de la salle. Peut-être, vaguement, pouvais-je imaginer ce que le serveur voulait dire avec son histoire de visuels reconstitués par ordinateur. Sitarraf, en soi, ressemblait à une simulation. Il est revenu de la cuisine. Il avait peigné ses cheveux et avait enfilé une chemise mais, même ainsi, il semblait encore un peu en décalage avec le bar en carton-pâte. En fin de compte, ce n'est pas tant une ressemblance physique que je partageais avec lui, mais plutôt une sorte de solitude que je devinais à sa façon de me regarder. Il posait sur moi un regard désabusé comme si, déjà, il se reconnaissait trop en moi pour m'apprécier vraiment. À la manière d'une gémellité dans l'isolement, nos solitudes se jugeaient l'une et l'autre et, de loin, tentaient de se saluer. Il m'a demandé si je voulais un autre café. Il a relancé la machine en sifflotant. Lorsqu'il m'a apporté la nouvelle tasse, après l'avoir posée sur le comptoir en en renversant la moitié sur la soucoupe, il a tendu ses deux mains vers moi. Je l'ai fixé déconcerté et il m'a fait signe de les scruter. Il avait les mains blanchies par des crevasses, croûtées ici et là et recouvertes sinon de gerçures d'alpiniste. Sur ses longs doigts clairs, on apercevait des blessures rougeoyantes qui grignotaient ses phalanges. Du sang séché s'était logé dans une croûte sur le haut de son pouce. J'ai été traversé d'un frisson. Il a explosé de rire. Il est reparti vers la cuisine en fanfaronnant : c'est ça la haute définition, la matière, ça fait mal. Le réel, c'est ce qui cogne, mon vieux. J'ai essayé de lui sourire, sans y parvenir. Il ne tenait pas en place. Il devait se sentir seul ici. Je me suis demandé s'il allait passer tout l'automne et l'hiver dans cette cahute. Il faisait encore chaud et beau mais que ferait-il quand viendrait le froid ? Sitarraf continuait-elle d'exister l'hiver ou s'immobilisait-elle jusqu'au prochain été, comme la partie sauvegardée d'un jeu vidéo ? Au-dehors, le soleil prenait forme. J'ai touché, dans le fond de ma poche, le paquet de billets. J'essayais de me convaincre que je n'avais pas eu le choix. Si j'étais là, ce n'était pas de ma responsabilité. J'ai posé sur le zinc un billet de cinquante pour les consommations. J'aurais pu lui laisser tout le fric de Roberto : il me brûlait les mains. J'avais mis tant de kilomètres entre mes nuits parisiennes et le présent, sans que jamais, au fond, ne se soit éloignée la marque têtue d'un destin. Ici comme là-bas, j'étais pareil à la mouche attirée par le sucre. Tout m'apparaissait sur un air trop familier : je faisais un peu de fric, je ne savais pas quoi en faire, je voulais arrêter, j'y retournais et, enfin, plus vite que je ne pouvais l'imaginer, j'allais me retrouver dans une partouze ou similaire.

Durant la matinée, j'ai pris possession de la ville. En marchant dans les rues, j'ai découvert qu'ici comme ailleurs, on avait tracé des passages piétons *arc-en-ciel.* J'avais remarqué à Paris cette même nouveauté, à une petite centaine de mètres de mon appartement, deux ou trois mois avant les coups de la gare de l'Est. Ces passages bariolés m'avaient procuré un drôle et désagréable vertige quand j'y étais passé pour la première fois. Puis je m'étais habitué. De toute manière, je n'aurais trouvé personne à qui expliquer que je me sentais pris au piège par un passage piéton. Cependant, à Sitarraf plus encore qu'à Paris, la ghettoïsation était délibérée. Au moins, songeai-je en parcourant les rues qui s'étendaient en dédales bétonnés par-delà L'Azuria, il n'y avait plus aucune hypocrisie à sortir de terre un bunker pour pédés. Car, si Mario ne me l'avait pas dit ainsi, c'est ce qu'était Sitarraf. Une recherche sur Internet l'indiquait sans vergogne : *Sitarraf, la première ville totalement gay friendly*. Ce n'était pas même une ville, c'était un concept marketing.

Les magazines que j'avais pu consulter la veille étaient venus documenter la paix de la vie inclusive à Sitarraf. Ils ne manquaient jamais de noter, comme un supplément d'âme au projet déjà constellé de superlatifs, qu'une bonne part de ceux qui travaillaient dans les boutiques et dans les bars étaient soulagés d'avoir trouvé ici un refuge loin des villes brutales pour des garçons comme eux. Aucun reporter n'avait jamais songé que ces jeunes-là subissaient, peut-être sans même s'en apercevoir, une assignation à demeurer, jusqu'à ce que jeunesse s'estompe, dans les limites de ce minuscule territoire suspendu à la plage et au mot. La fausseté grandiloquente du *resort*, avec ses tours de verre, sa rivière turquoise de piscines, ses boutiques qui dégueulaient de couleurs, sa végétation plus soigneusement entretenue que les jardins de Versailles, sa propreté implacable de village témoin, faisait illusion. Tout ce qui était faux à Sitarraf était finalement ce qui rendait Sitarraf vraie. Les inventions architecturales et commerciales dignes d'un hôtel cinq étoiles du tiers-monde – c'est-à-dire celles qui contribuent à l'effacement méthodique dudit tiers-monde – étaient toutes mises à profit. Vue de la station où j'avais rencontré la Brune en août, Sitarraf était une sorte de version deux : une reprogrammation du logiciel encore plus ingénieuse et encore plus délirante. Montessimo ne savait rien du tourisme en Espagne. Il n'avait pas encore vu Sitarraf. Le millénaire n'était pas fini. Encore, on avait prévu de construire partout sur la côte et de faire crever jusqu'au dernier centimètre de littoral ensauvagé, qu'on arroserait de béton et de fictions commerciales nés des illusions politiques du passé. Les trente glorieuses des promoteurs n'étaient pas closes : on inventait le tourisme identitaire.

Assis sur un banc, j'ai fixé le large. Dans le silence, des jet-skis striaient la surface bleue de la mer et laissaient derrière eux des voiles blancs qui s'évanouissaient lentement après leur passage. La sérénité était totale et même les vagues qui butaient sur le sable semblaient programmées par un microprocesseur. La beauté atteignait des firmaments synthétiques et la civilisation l'emportait en toutes choses sur la nature. Ne voir, au loin, dans l'eau, plus rien que la trace d'une main humaine empêchait toute hésitation : le monde suivait désormais un rythme qu'on avait conçu pour lui. Et plus jamais on n'échapperait à soi-même en regardant vers la mer.

Je suis retourné sur mes pas. L'Azuria était déjà très animé. La musique enveloppait toutes les conversations et le serveur semblait perdu et stressé par le service. Il tournait en bourrique, s'arrêtant là pour corriger une commande, s'attardant ici pour conseiller un plat du jour. Et autour de lui, une petite fréquentation masculine le malmenait avec plaisir. Je me suis avancé vers le comptoir et je l'ai attendu. À ma gauche, un couple d'hommes se moquait de lui et de sa maladresse. Le plus âgé des deux, un sourire sur le visage, a conclu leur conversation en jugeant que le serveur avait *vraiment* de la chance d'être séduisant… Il a finalement pu me rejoindre. Il s'est essuyé les mains sur sa chemise et m'a demandé si je voulais un autre café. Non, ai-je dit, je suis venu pour le vase. Je me suis approché de lui jusqu'à sentir son souffle contre mon cou et j'ai glissé dans la poche de sa chemise suffisamment de billets pour régler le prix qu'il en demandait. Puis je me suis écarté. Il est resté engourdi un instant. En guise de réponse à notre rencontre de la matinée, je lui ai lancé un coup de coude. Il a rigolé en se tortillant comme une marionnette et il s'est retourné pour attraper sa sculpture sur l'étagère. En me la donnant, il a eu un sourire d'enfant et je me suis senti désolé qu'il éprouve, ici et pour si peu, une joie si sincère. Il a posé une main sur mon avant-bras et a dit qu'il préférait ne pas savoir si c'était une blague ou un flirt. Je te le donne avant que tu changes d'avis. Tu en prendras soin n'est-ce pas ? Au fait, moi c'est Juan, a-t-il terminé, bousculant ses phrases comme autant de paniques et d'évidences. Il était extatique et, moi, je voulais croire que nous partagions désormais, scellée dans la céramique, une commune inquiétude.

V

Adulte, il m'est arrivé de croiser le visage de mon enfance dans des albums familiaux. J'en fus chaque fois bouleversé : avant que la vie ne s'incline, il y avait eu un temps où le sourire me venait aux lèvres. Sous la pulpe de mon doigt, là où les photos ondulaient le plastique glacé, je suivais un itinéraire qui s'était stoppé net. Il commence dans les sables clairs dans lesquels j'étends une satisfaction sotte. Je joue, âgé de trois ou quatre ans, dans les dunes, j'y jette le sable de ma main boudinée et pisse dans les buissons les yeux pleins d'une joie inouïe. Je continue dans des âges univoques où, main dans la main avec mon père agenouillé, je rigole endimanché dans un tout petit complet sous les branches d'un cerisier en fleur. Quelques années plus loin, me voilà endormi dans les bras de ma mère. Puis maternant une poupée blonde sur laquelle je veille avec jalousie et bonheur. Les photos s'espacent. Enfin, mon parcours en instantanés s'arrête. Je reste égaré dans les années où j'ai perdu ce sourire qui plus jamais n'apparaît.

Il y a ensuite les mariages des autres, les enfants des autres, les sourires des autres, mais de moi, plus une trace.

Sans que les parents l'admettent, les enfants tristes sont désinscrits du registre. À l'âge où les mentons sont définitifs, les maussades ne sont plus présents qu'au troisième plan des baptêmes avec leurs drôles de gueules de ratés.

*

Je fixais les flots par-delà les corps baignés de soleil, de sel et de crèmes anti-UV. Laquée d'or, la surface de la mer enflait sous l'effet de molles et larges vagues qui naissaient près de la plage et surprenaient paresseusement les baigneurs avant de se retirer dans un mouvement tout aussi las. Titubant à l'horizon, les derniers rayons du jour forçaient les ombres qui se projetaient sur le sable. La journée était condamnée à durer une éternité. Un peu plus haute, à peine plus énergique, une vague vint tenter sa chance contre le sable. Elle remonta légèrement plus loin que ses prédécesseuses, laissant une empreinte assombrie, puis battit en retraite, honteuse. Une sono crachait dans le vent une deep-house aseptisée et des chapeaux de paille siglés L'Azuria avaient été distribués aux baigneurs. Ainsi, dans la triste lutte des vagues, un ballet de couvre-chefs suivait le mouvement de la musique lointaine, s'autorisant quelques écarts au détour de bousculades et d'éclats de rires. Juan était assis non loin de moi, il avait été missionné pour prendre des photos. Lorsque le week-end finirait, le groupe agité par les flots serait remplacé par son pareil, qui serait indescriptiblement différent, autant dire exactement identique. Et l'entreprise du serveur était, chaque semaine, de prendre cette même photo encore et encore. On lui avait confié une dizaine de smartphones et, tour à tour, il fixait dans l'objectif numérique, cadrait sur les corps emmaillotés et les chapeaux L'Azuria, saisissait quelques clichés, prenait un autre appareil et recommençait. Il était impossible de compter combien de vacanciers se trouvaient dans son cadre tant les individus disparaissaient au profit d'un grand tout qui, dans l'écran du téléphone, se fondait dans un tout encore plus immense : celui des hommes qui avaient plongé avec leurs semblables, dans ce décor inchangé, pour le plaisir toujours renouvelé d'être parmi les mêmes. Il faisait, m'expliquerait Juan, cette photo depuis que la première ainsi cadrée avait été une publicité formidable pour le bar quand elle avait atteint le million de vues sur Internet. Pédagogique, il ajoutait que c'était devenu la signature de L'Azuria. Les clients, s'ils déjeunaient ici le vendredi, étaient invités à prendre part au rituel – certains refusaient, embonpoint oblige. Quelque chose me troublait et je n'osais lui en parler. J'avais la certitude qu'à Sitarraf on produisait plus d'images qu'on ne pouvait en voir. Et qu'ainsi on hélait toujours une sorte d'image séminale qui, à moi, me revenait en un déjà-vu : les instantanés du bonheur des vacanciers, avec leur corps cultivant la santé, retranchaient mal, refoulement toujours échoué, le souvenir d'une épidémie qui avait ruiné la chair d'ancêtres disparus. J'en savais quelque chose, moi qui avais tant fréquenté les haltères pour perdre mon corps de tapette et le remplacer par un corps qui me rapprochait du Bleu, d'une vie perçue comme indemne… Je laissai ces pensées là, sans autre développement que mon jugement silencieux, et, en apparence, je pris le parti de m'abandonner à la naïveté infinie de la modernité touristique en coulant un regard amusé vers Juan. Quand le serveur annonça que toutes les prises avaient été réalisées, quelques-uns sortirent de l'eau pour regagner leurs sièges.

D'autres restèrent encore quelques minutes à patauger et je crus reconnaître des visages, des types que j'avais croisés cette semaine ou peut-être même à Paris, mais les ressemblances entre les uns et les autres étaient tellement forcées que les pistes étaient toujours un peu fausses.

Une main dégoulinante d'eau de mer me surprit en glissant dans mon cou, c'était Roberto. Tout en se séchant et en posant sur le sable son chapeau de paille, il me demanda si j'avais passé une bonne journée. Je ne me retournai pas. Je cherchais le regard de Juan qui déjà était parti. Je soupirai. Roberto me sermonna d'un ton pincé. Il m'avait cherché. Il m'avait appelé plusieurs fois. Je lui fis remarquer que je ne pouvais pas m'envoler. J'avais laissé mon sac chez lui. Il dit qu'il ne me payait pas pour que je disparaisse. Ce soir, tu viendras à un dîner avec moi. Tu as intérêt à te changer et à ressembler à quelque chose. J'acquiesçai. Je voulus savoir où nous dînerions. Il répondit : ici même, à L'Azuria. Et je t'en prie, termina-t-il, essaie de sourire un peu.

Je savais, maintenant que Roberto me faisait face sur le sable, dans un maillot saumon et des solaires collées au front, qu'il ne fallait pas qu'il s'approche de trop près, qu'il ne fallait pas qu'il remette sa main dans mon cou, ou même qu'il me frôle la cuisse, sans quoi je flancherais. En regardant cet homme court sur pattes et trapu, aux yeux fatigués et aux traits tirés, je me suis demandé comment mon corps pouvait adhérer à des pulsions si machinales. Le désir des hommes, je ne savais ni pourquoi, ni comment, réduisait invariablement mon libre arbitre à néant. J'en avais acquis la certitude : qu'importent la haine et le dégoût, la honte et la nausée, je banderais si on me touchait, je banderais si on me payait. Certains diraient qu'on n'habite pas son corps. Même en essayant de m'en persuader – la veille, j'avais prononcé la phrase pour moi-même en faisant attention à ne pas bouger les lèvres en imaginant le rond dans l'eau – je n'y croyais pas tant la marque d'un plaisir étrange demeurait de la nuit passée : ses mains serrant mon cou jusqu'à l'asphyxie. L'épisode me rappelait les fables que j'avais pu me raconter dans la piscine de Montjuïc. Qu'importerait l'effort, jamais je ne pourrais échapper à la tentation et à sa morsure.

Durant tout le dîner, je n'avais pas quitté Juan des yeux. Dès que la conversation autour de moi s'enlisait dans des banalités, je me demandais ce qu'il faisait et le cherchais du regard dans le bar. Le plus souvent, il discutait avec des clients qu'il semblait tous connaître comme des habitués. En un sens, quelque chose de cette familiarité qu'il avait avec chacun me dégoûtait. Il semblait, bien que maladroit et embarrassé, s'accoutumer aux manières qu'avaient envers lui les vacanciers. Et même en surprenant un de ses mouvements désordonnés qui trahissaient sa gêne à jouer l'employé modèle, j'éprouvais une sorte de colère. J'aurais voulu qu'il se révolte. Mais en attendant il signait tous ses gestes de ce drôle d'esprit de maladresse. Il me semblait pourtant qu'il n'était pas vraiment gauche, ni même gaillard. En fait, je crois qu'il était exactement le contraire de ce qu'il faisait paraître et je crois même qu'avant cette cahute en carton-pâte il y avait eu un garçon intelligent et déterminé à la place du gamin que j'avais devant moi. Seulement, sans goût pour le tragique, il parvenait à faire cohabiter ces deux réalités sans même songer à s'en plaindre. Ce n'était pas, de sa part, snobisme que de se réjouir du délabrement de la réalité, c'était un véritable plaisir de l'évidence. Si bien que quelque chose m'échappait toujours un peu à son propos. Si, comme je l'envisageais, je lui proposais de quitter la ville, accepterait-il ? Au fond, il tenait ici sur ses deux jambes mieux que je n'y parviendrais jamais.

Ce n'est qu'après le dîner avec Roberto et ses connaissances que je retrouvai le serveur. Derrière le comptoir, il astiquait des verres. Levant les yeux vers moi, il me sécha en lâchant que nous étions tous *un peu à vendre*. Juan souriait paisiblement et continuait, comme après avoir lancé une banalité, à s'occuper des verres qu'il pêchait sur le zinc. Il dit que les types comme Roberto, il les connaissait ; les types comme moi, idem. Il croyait savoir que ceux de notre génération n'avaient de toute manière pas grand-chose d'autre à faire quand ils n'avaient pas un rond dans ce coin de l'Espagne. Ce n'est pas qu'on aime ça, dit-il, ce n'est pas qu'on refuse, c'est entre les deux. Juan chercha alors mon regard nerveusement, il paraissait s'inquiéter de l'effet de ses paroles sur moi. Il reprit un verre tandis que je faisais jouer dans ma main un paquet de Marlboro. Finalement, j'ai allumé une clope et j'ai laissé passer quelques taffes autant pour le torturer que pour y voir plus clair. Je devais, ai-je pensé, lui expliquer mon plan et le renseigner sur moi-même pour qu'il ne se fasse pas d'idées fausses. Il fallait qu'il sache que je n'avais pas l'intention de suivre Roberto toute ma vie, et surtout, que je n'étais pas comme *eux*... Alors, en comptant sur mes doigts parce que j'avais peur de me perdre dans mon raisonnement, j'ai expliqué à Juan lentement, épuisé par avance, que depuis toujours nous avions été condamnés à faire la chose la plus humaine que l'humanité puisse inventer : des hommes baisant d'autres hommes sans autre prétexte que le désir. Puis, et vraiment tout avait déconné à ce moment précis, les Allemands avaient inventé un mot pour ceux qui ne voulaient pas des femmes, j'avais lu ça dans des essais des années 1980. Ils avaient créé, ai-je continué, une nouvelle étiquette médicale. Et à la fin du dix-neuvième siècle, quand l'Europe semblait suffoquer, quelques-uns avaient vraiment cru qu'un pareil mot allait révolutionner le monde et qu'on allait enfin s'aimer comme on le voulait, etc. Pour ce qui est des Allemands, on connaissait la suite : ils avaient récupéré leur mot nouveau, *homo*, et ils avaient déporté tous ceux qui semblaient de près ou de loin s'y conformer. Après quoi – j'ai posé ma cigarette pour continuer car j'arrivais au moment de la réflexion où je n'étais plus vraiment sûr de moi – était réapparu le mot allemand que personne, ni les Grecs, ni les Arabes, n'avait eu besoin de porter durant des millénaires. Or personne n'avait jamais questionné l'utilité de ce mot, ni même sa responsabilité dans le drame. Car tous étaient frappés d'oubli. Puis, quand est venue l'épidémie, ce fut le même piège... Et maintenant, eux, les autres, tous, se croient dépositaires d'une révolution parce qu'il leur semble que le monde saurait être différent une fois à genoux pour sucer. Quelle blague. Juan s'était assis sur le comptoir et il commençait à s'ennuyer. Il tapait machinalement dans un tabouret. Mais j'ai continué en sachant que l'incompréhension m'était promise, comme toujours. Moi, ai-je dit, je ne crois pas que je suis comme eux, je ne crois pas que je suis attaché par les pieds à leur identité. Pour tout te dire, les hommes, je les désire autant qu'ils me dégoûtent. Voilà. En ce moment, j'ai trop de problèmes pour m'occuper de ça alors je préfère juste tirer un trait et me casser d'ici. Car si je suis là aujourd'hui, c'est que je n'ai pas un rond, ne va pas penser autre chose…

Il sembla mollement convaincu. Je n'avais jamais, je crois, exprimé à haute voix ce qu'il en était de mon rapport à *cela*. Tout, depuis longtemps, s'était joué à l'intérieur de mon esprit sans que j'aie à en passer par la parole. J'étais resté, en vérité, l'adversaire de toute clarification. Depuis que les événements et les gouttes de sueur avaient mis fin à mes coquetteries – celles qui me faisaient avancer dans un milieu sans jamais prétendre en être, refusant de le quitter tout en refusant d'y appartenir, tenant à égale distance les brutes de la bande du Grand Dhjou et les partouzeurs – je devais tout rejouer. Et maintenant, après avoir dévalé tant d'étapes en quelques semaines, j'arrivais plus nettement que jamais à mes premières conclusions. Je voyais combien il était urgent d'éteindre la colère qui bouillonnait en moi et, pour cela, je devais au moins tenter de rationaliser ce qui se mêlait dans mes désirs de chair et de mort. Pour autant, rien ne calmait mes inquiétudes et la connaissance comme les théories que j'élaborais sur tout n'avaient pas soulagé le mystère qui demeurait et revenait. Je désirais les hommes et je préférais mourir que les embrasser. Je ne me sentais aucunement soulagé de le lui avoir expliqué. À peine, songeais-je, déclarer la raison de ma présence ici me permettrait plus tard de justifier mon départ. Soudain, je me suis souvenu du vase et je lui ai dit, pour soulager toute attente d'une réponse de sa part à ce trop long monologue, qu'il y avait un peu de ce genre d'idées dans sa pratique… J'ai ajouté : toute création n'est jamais qu'un combat pour s'éloigner d'un cliché, pas vrai ? Il a vaguement opiné de la tête… Certainement, a-t-il marmonné, pensif et obscur. Je sentais l'avoir perdu, presque déçu et je m'en voulais. Après tout, je ne savais rien, je ne savais jamais rien. Mais, sans transition, il m'a tendu son téléphone en précisant qu'il était relié au système son du bar et que je pouvais mettre la musique que je voulais. Qu'il faisait ça le soir avant de partir, pour effacer de sa mémoire toutes les musiques de soft-jazz pourries qu'il devait se coltiner dans la journée. Il a ajouté qu'il était trop tard pour continuer cette conversation et que je ne parlais de toute façon pas assez bien espagnol pour qu'il comprenne vraiment ce que je racontais. Instantanément, je me suis senti soulagé. Il n'avait pas compris grand-chose à mes théories, sans doute en avait-il seulement saisi le potentiel charlatanesque et désespéré, mais il avait ce tact discret des gens qui vous veulent du bien et vous évitent de gâcher votre salive. Je lui ai souri sans effort et j'ai tapoté sur l'écran de son téléphone. Je n'ai pas hésité un instant : nous allions écouter « fraternité ».

Le son dans le bar était impressionnant : des enceintes semblaient couvrir tous les coins de la salle et dès la première note de *Paradise* – le jeu du batteur impeccablement clair – j'ai senti trembler tous les verres sur le zinc. Il m'a regardé intrigué et s'est adressé à moi, mais, dès la première ligne de la chanson, j'ai recouvert mentalement sa voix. Je n'avais jamais prêté attention à ce couplet et, soudain, il me semblait parfait : *if we left this town, we could walk the Earth together*. Il devenait urgent de préparer ce départ, mais en attendant, j'ai voulu danser avant que l'instant ne s'estompe dans la nuit. Je me suis dirigé vers le milieu du bar. Afin qu'il m'entende distinctement malgré la musique, je lui ai hurlé qu'on allait quitter cette ville. J'avais parlé en français sans même m'en apercevoir alors il a répété sans comprendre, comme si c'était le refrain de la chanson. On va la quitter cette ville, s'est-il esclaffé. Et puis, tout en le regardant rire et agiter ses bras, j'ai dansé comme si j'avais attendu toute mon enfance de ne plus danser seul sur ce morceau, j'ai dansé comme je n'avais pas su le faire, il y a quelques semaines encore, quand je me terrais dans les angles morts des boîtes de nuit. Il a éteint les néons blancs qui avaient empêché la nuit de pénétrer tout à fait dans le bar et nous fûmes enfin perdus dans la pénombre du son. Les lumières des enseignes du littoral qui perçaient les fenêtres de L'Azuria semblèrent se métamorphoser en un long tunnel de lueurs mélangées, roses, jaunes, vertes, alors que j'agitais la tête. Le bar lui-même paraissait se dissoudre tant, sous mes pas, j'en faisais tournoyer le sol. Je pensais me tenir dans un de ces instants qui précèdent un plongeon. Je quittais enfin la rive, j'étais en pleine mer. Et le chanteur continuait sans s'arrêter : *There's no place we can't go, sha-la-la-la*, chantait-il, tout contre nos deux corps. Les arrangements changèrent, nous arrivions sur le dernier pont. Le solo de guitare m'électrisait comme un dément et lui, droit devant moi, perclus de soubresauts, faisait semblant d'en jouer. Soudain, le fade-out interrompit le voyage. Le silence se fit et j'arrêtai de tournoyer sur moi-même. J'aperçus à nouveau les logos et les néons de l'extérieur, le sable qui luisait sous l'effet de projecteurs, les quelques verres sur le zinc qui étincelaient faiblement. J'entendis la mer, la nuit, le silence et je me sentis pendre dans le vide au bout d'un élastique. Je faillis trébucher. Juan m'avait embrassé.

VI

Capitale ardeur

Par un soir frais où je me promenais aux abords sordides de la gare du Nord, j'ai entraperçu une brèche dans le temps. Pris d'une envie pressante, j'avais dû me réfugier dans un troquet miteux. De l'extérieur, on aurait cru un bar abandonné, à l'intérieur, c'était pire encore. Des hommes décharnés et croûlant sous le poids d'un alcool qui ronge jusqu'aux os se tenaient malhabiles aux tables. Un téléviseur éteint semblait capter l'attention de tout ce monde égaré. J'avais profité de pareille stupeur, celle des hommes perdus dans un quartier de gare, tous prêts à s'ensevelir dans le goudron ou à disparaître dans le premier wagon, pour descendre l'escalier en colimaçon qui menait aux toilettes. Ouvrant la porte dégueulasse d'une cabine, j'avais découvert une série d'inscriptions qui, aux codes et aux sigles laissés, devaient remonter aux années 1980. J'en ai oublié de pisser. Je me suis accroupi par terre et j'ai lu et relu chacune des inscriptions. Et tout, tout de l'hiver qui s'était abattu sur la ville au siècle dernier, est revenu.

*

André avait passé deux années dans la capitale. C'était pendant cet hiver qui s'attarda sur l'Europe comme une ère glacière. Il y connut cette nuit de mort qui sembla ne concerner que Paris et ses garçons exilés. C'était une époque interdite que l'on oubliait gentiment de mentionner chez moi et qui, par sa fureur et ses grâces, semblait hors de portée des esprits refroidis de la famille. On préfère, encore aujourd'hui, revenir sur les années qui précédèrent et, éventuellement, si j'insiste, sur celles qui suivirent. Mais de Paris et ses nuits, on ne me dit rien. Un peu parce que la capitale renferme dans son étrangeté et ses indéchiffrables manies des souvenirs qui ne sont lisibles que par ceux qui ont connu son rythme et sa désinvolture, un peu aussi – surtout – parce qu'on n'a, du jour de son départ à aujourd'hui, cessé de faire peser sur cette époque la faute originelle d'un libertinage infectieux. Avant de rencontrer Philippe, de rentrer en province et de choisir une forme plus acceptable de conjugalité, André avait décidé – deux ans après avoir annulé son mariage avec Maryline – de laisser derrière lui ce qui, en ces temps anciens de religions, de devoirs et de commérages, retenait son inclinaison. Il se lança donc dans cette transhumance coutumière, entreprise mille fois, par tant d'autres, qui, en cette fin de siècle, rendait Paris folle et l'emplissait des désirs enfin défaits. Il l'avait fait avec, chevillées à l'âme, la soif et l'envie d'en découdre avec son destin et de prendre, là, dans une ville malade et exultante, son risque. Si la famille avait fini par admettre que la mort avait été cueillie dans des draps et des embrassades, si elle avait sorti le mot de son linceul, ultime et inutile prudence, elle avait enseveli les années parisiennes. J'insiste : jamais elles ne me furent racontées. On avait voulu débarrasser sa tombe du spectre des New Order, des tee-shirts en vinyle, de la moustache qu'il entretenait alors, du petit appartement de la rue Charlot, et de tous les cris et les flashs qui parvenaient tachés de scandale jusqu'en province.

Il faut imaginer la porte des toilettes d'une civette de la gare du Nord où l'on inscrit comme on peut des annonces expéditives et définitives : *bon suceur, reçois P15, 48288221 ; TU ES SOUMIS 42536789 ; Étienne pour salope (16 cm) 47976928.* Même si le voile du présent recouvre le verbiage d'antan, il faut se souvenir qu'on baisait à côté des loubards, dans la pisse et le froid, et qu'on procédait, au moins jusqu'au millénaire, de la marge des morts et des lumpenprols, des recoins des jardins qu'on a gazonnés et que, dans le ventre fumant de Paris, on se tenait à la droite de Baldwin cherchant sa pute. Il faut entendre encore les regards qui nous couvrent quand on traverse du zinc jusqu'au disque-jockey des bars enfumés où l'on parle tantôt anglais, tantôt français, tantôt AZT. Il faut sortir de la torpeur cette lueur qui étreint les provinciaux frais et beaux quand résonne *When Doves Cry* et qu'on retrouve des visages déjà croisés mais qui, ce soir tout particulièrement, semblent mieux disposés. Il faut, enfin, reconstituer ce Paris disparu dans lequel la baise recouvrait chaque porte, chaque nuit, chaque vie déjà morte.

Je pense plus nettement à ce jour où André était allé tournoyer comme un illuminé au centre d'une piste de danse frappée par des projecteurs rouges de la rue de la Verrerie. À peine avait-il pris le temps de saluer quelques garçons familiers qu'il rejoignait le plancher collant de sucre d'alcool où il sembla, pour une vingtaine de minutes seulement, appartenir à une éternité passagère. Puis, sans même finir son cocktail au Get dont tous s'entichaient alors, il avait quitté, triomphal, le bar sur les dernières notes des New Order. Il s'était alors trouvé projeté dans la moiteur de l'artère, sifflotant la mélodie du *Bizarre Love Triangle* au nez des rares passants qui, emmitouflés pour survivre à l'hiver, ne lui accordaient pas un regard. Ainsi, il était rentré à pied à sa studette.

J'ai souvent refait ce trajet mais, qu'importaient l'heure et le jour, la saison et la température, je n'ai pu retrouver ce sifflotement flottant dans l'air. Les saisons suivantes avaient recouvert l'hiver d'un voile. La topographie même de sa vie, telle qu'elle m'était revenue, m'était apparue comme la grille dans le viseur d'un appareil photo : persistance de quelques proportions dans une réalité qui fuit perpétuellement. La rue Charlot, la rue de la Verrerie, la gare du Nord, l'Hôtel du Lac : ces noms étaient autant d'indicatifs derrière lesquels un monde, d'un nouvel hiver à un autre printemps, s'était évanoui.

En rentrant dans son studio, André s'était déshabillé et avait abandonné, à côté d'un cendrier et au milieu des magazines qui tapissaient le sol, ses habits de soirée. Nu, il avait pioché dans un paquet de mentholées sa dernière cigarette. Il s'était ensuite approché, d'un pas chaloupé, d'une pile d'albums et y avait trouvé un ami. Il entrouvrit péniblement la pochette rigide et en sortit le disque. Il le glissa dans le lecteur et, immédiatement, il choisit la piste cinq. Les claviers rugirent, il fut en terrain connu. Il alluma sa clope. Déjà, il savait que quelques mesures plus tard il serait tout entier saisi par la splendeur de cette sauvagerie de fin de siècle : la promesse que fait dans les tympans la pop musique, *Bizarre Love Triangle*.

En cette nuit, il connut la valeur de chaque seconde d'ardeur et d'exaltation et apprit combien, il est vrai, l'écoulement du temps était le véritable motif de la beauté. Il mesura ce que la rançon, connue et inéluctable, accordait de valeur à ces ravissements, ces verres, ces peaux. Oh, il ne peut pas l'ignorer. Elle a commencé à changer la langue et à envahir les magazines dès le début de la décennie. On sait que toutes les musiques se terminent et qu'on meurt du désir. Il appuya sur le bouton répétition. *Every time I see you falling*… En entendant le refrain, en relâchant son bassin, en claquant des doigts, en songeant que le break ne devrait pas s'arrêter tant qu'il nous reste la force de taper des pieds, en scandant les paroles disparues lorsque s'imposa le synthétiseur final qui, d'une succession d'accords, fit revenir les clavecins des ères anciennes, de la musique vraie, du baroque, il pensa : c'est parce que c'est beau que ça ne saurait durer. En ces années d'hiver où tout n'avait été que sexe et chimie, qui d'autre que la pop musique avait donné un sens aux vies placées chaque seconde sous pareille menace ? Et cette inquiétude, ce cri, cette mélodie même qui sort d'une jeunesse vivant sous l'empire de la fin, celle qu'a enfantée l'apocalypse qui fixe une génération de ses yeux blancs, elle est tout entière dans la musique. Ce soir-là, André pensa encore : que l'on me crève d'avoir été vivant. Au loin, une épidémie se lève. L'hiver.

La beauté creuse une tombe dans la mer. Majuscule fragilité, capitale ardeur – minuscule HIV.

Si souvent, je voudrais qu'il soit là près de moi : lui, le passé qui fulgure et qui rayonne, lui dont la trace s'estompe sans annonce. Que serais-je devenu si André avait été là quand j'écoutais le cédé que j'avais trouvé dans sa chambre, errant dans Paris, à la recherche de son ombre ? Tout aurait été changé, je le sentais. De venger l'oubli, je me serais acquitté sans que j'aie à avancer dans des champs du souvenir où tout avait été moissonné. Mais il ne restait guère du Marais que des épaves. Et peut-être ai-je tout inventé de ces années disparues : je n'avais pour indices que les New Order, une vague toponymie et une épidémie. Je n'avais pour certitude que la mort qui était venue prendre son dû. Et, résistant par la chimie du feutre indélébile dans les bas-fonds parisiens, une vague idée du monde dans lequel s'était épanouie cette jeunesse brève comme une nuit.

Une fois la dépouille d'André récupérée par ses parents, on effacerait cette vie. On écouterait religieusement Ferrat et Brel aux funérailles et on irait disperser son corps dans la mer. Tous les hommes recueillis par la mer, magnifiques dans leurs corps déchiquetés par l'eau salée et dévorés ça et là par les planctons, lui ont fait une haie d'honneur dans le bain des morts.

Pour la justice, la bienveillance et le progrès, entre autres idées sottes, enfin, pour ce qu'on croyait vérité et qui était faux, on dira le *mot*. On dira : André était cela. Il est mort du sida.

Des années après, sans y prêter attention, quelques minutes avant le déjeuner, dans un jardin plein d'hortensias bleus, en connaissant la fin et le début, en sachant qu'on n'échappe pas à la mort dans le mot, en pensant qu'il ne faudrait pas écouter de pop musique, en posant une main sur mon épaule, on dira encore : tu lui ressembles tellement.

VII

J'avais quitté le bar dans la précipitation tant je tenais à faire disparaître dans la pénombre le néon étincelant de L'Azuria, laisser à la nuit les vagues, les chansons, les élans, Juan. Je suis finalement arrivé dans la rue de l'appartement de Roberto. Je suis resté un moment à l'extérieur avant de me résoudre à l'appeler via l'interphone. Roberto n'était pas seul et, lorsqu'il répondit, manifestement ivre et hilare, ce fut pour m'ordonner de trouver un autre endroit où dormir. Il m'engueula à moitié en proférant des menaces. Il dit que je n'avais qu'à dormir chez le serveur. Il me demanda si j'avais passé la soirée avec lui. Il dit qu'il m'avait vu le regarder. Je n'eus pas la force de lui répondre. Il coupa l'appel sèchement. Je me retrouvai alors à la rue, incrédule. Je laissai mes pas et le vent me mener vers la plage et je m'y endormis.

Au matin, j'ai senti une détermination qui grandissait en moi. Tout, depuis le départ du Bleu, n'avait été qu'une suite d'erreurs, d'affaiblissements de ma volonté. Trop longtemps je m'étais laissé bercer par les événements. Qu'importait aujourd'hui ce qu'il adviendrait, je devais reprendre les choses en main. Il faudrait quitter l'Espagne.

Je le pourrais, sans l'aide de personne, dès que j'aurais trouvé un peu d'argent. Après la soirée que nous venions de passer, j'avais la certitude que je ne pouvais plus rien pour Juan. Je n'avais pas besoin de plus de confusion. Il me faut éloigner les hommes qui me désirent, songeai-je. Ce fut ma seule certitude.

J'ai sonné à l'interphone de Roberto. À plusieurs reprises. La nuit, le baiser, le soleil du matin, le sifflotement du système d'irrigation qui répandait dans Sitarraf un fleuve indien, la quiétude cruelle du luxe, tout m'avait sorti de ma résignation. Mes vêtements me grattaient et puaient la sueur et la marée basse. J'avais besoin d'une douche, je devais prendre mes affaires et me casser d'ici le plus vite possible. Il a répondu et a ouvert.

Quand je suis arrivé sur le palier, sa porte était déjà entrouverte. J'ai senti une odeur d'alcool et de tabac froid. Dans l'appartement, il était à nouveau seul, le salon était vide. Il était retourné dans son lit. Il m'a demandé d'une voix enrouée de refermer la porte derrière moi et de ne pas faire trop de bruit. J'ai avancé à tâtons. Sur le canapé, j'ai vu que la couverture en laine dans laquelle j'avais dormi était toujours posée sur les coussins. À côté se trouvait encore mon sac de toile bleu et le vase de Juan que j'avais déposé ici la veille. Sur la table basse, la bouteille de whisky japonais étendait ses miroitements sur des coupures éparpillées tout autour. Au milieu des billets, j'ai distingué une carte de crédit et un pochon gonflé de poudre blanche. Il avait dû passer une soirée tout à fait agréable sans moi, il se remettrait sans mal de mon départ. Le remarquerait-il même ? Sans réfléchir, j'ai ramassé tout le fric et je l'ai mis dans mon sac. Puis je me suis mis à inspecter tous les recoins de la pièce. Son jean pendait sur un tabouret. J'y ai récupéré son portefeuille, d'où j'ai tiré des billets verts. Combien de centaines d'euros pouvait-il encore avoir sur lui ? Quel genre d'activités peuvent conduire un homme de son âge à avoir autant de fric sur lui ? À vrai dire, je m'en foutais. Quelque chose de sa nature et de son tempérament, du mépris que j'avais accumulé à son égard me donnait une force que j'avais rarement eue. Je sentais en moi cette puissance profonde et colérique qui une seule fois m'avait servi : la nuit où j'avais dégommé le Dindon sans penser à quoi que ce soit sinon à la revanche que j'avais besoin de prendre. J'allais voler sa bagnole. J'avais juste besoin de trouver les clefs.

J'ai rangé le fric dans mon sac. J'ai scruté la route par la baie vitrée : personne n'avait encore rejoint le front de mer. Il devait être trop tôt pour que les premiers véhicules arrivent jusqu'au centre de la station. Mon plan me sembla alors d'autant plus parfait que le vol de la voiture était inopiné. Ce serait probablement le premier que connaîtrait Sitarraf. Avec un peu de chance, j'en inspirerais d'autres et ce serait alors toute l'infrastructure d'une pareille industrie qui s'envolerait. On n'avait jamais été en sécurité dans un bunker touristique et on ne serait jamais en sécurité en maintenant loin de nous tout ce qui nous regarde et nous inquiète. Alors peut-être, après tous les vols, on laisserait la nature et la civilité reprendre leurs droits... Enfin, je n'en savais rien mais je devais me justifier de commettre mon premier vol de bagnole, moi qui, jusque-là, n'avais jamais eu d'autre courage que celui de louer des 206 à Orly. Je me suis relevé, j'ai passé la main sur mon visage pour nettoyer grossièrement la sueur qui me collait aux joues et je me suis dirigé vers sa chambre. La porte bâillait. J'ai vu sa veste pendre dans le fond de la pièce. Je m'en suis approché sur la pointe des pieds. Elle était si souple que j'ai pu la retirer du dossier de la chaise d'un seul mouvement. J'y ai récupéré les clefs dans la première poche. Puis, inquiet, je me suis retourné vers le lit. Il somnolait en boxer la bouche grande ouverte, étendu de tout son long sur le drap blanc. J'ai observé dans son cou une légère pulsation et, pendant un instant, sa pomme d'Adam qui oscillait alors qu'il déglutissait. Sans bouger, il a marmonné. Il m'a demandé ce que je faisais là. Pris de panique, je n'ai pas su répondre. J'ai bafouillé une explication : je croyais avoir laissé un slip dans sa chambre. Il a alors ouvert les yeux et m'a regardé. Il avait les traits tirés et les yeux gonflés. Je peinais à remettre l'homme aux manières de reptile et nappé de mystère que j'avais rencontré chez Montessimo. Il m'a demandé pourquoi je lui mentais. Puis, sans même que j'aie le temps de formuler une réponse, il m'a sèchement ordonné de remettre les clefs de sa voiture dans sa veste. J'ai pris le parti de feindre l'ignorance, ce qui l'a énervé encore davantage. Il a attrapé mon poignet pour me tirer vers lui. Il a planté son regard dans le mien tout en répétant, plus fort : remets les putains de clefs là où tu les as trouvées. J'ai tenté de sourire, tout en touchant du bout des doigts les clefs dans ma poche, pour me décider sur la conduite à tenir. Saisissant à mon tour son bras pour qu'il lâche mon poignet, je l'ai repoussé violemment et, projeté, il s'est cogné à la tête de lit. Sans attendre sa réaction, j'ai fondu dans le salon, paniqué. J'ai saisi mon sac au vol et tenté d'ouvrir la porte avant qu'il n'arrive, mais j'ai été stoppé net dans ma course.

Il avait un flingue dans la main et il avait tiré contre le mur du salon en guise de sommation. Il le pointait maintenant vers moi. J'ai senti mes vêtements se rétrécir autour de mon corps. La lumière du matin avait jauni et je l'ai vu soudainement tout entier devant moi, baigné par les rayons, le corps tremblant de rage, avec dans sa main droite un Beretta que le soleil lustrait. Tu fais moins le malin maintenant hein, sale pute. Jette immédiatement les clefs par terre. Je me suis exécuté. Il s'est approché en gardant le flingue rivé vers mon crâne et, du pied, a fait glisser les clefs vers lui. Il a ajouté qu'on n'en avait pas fini. Il a hurlé : avance, avance salope, je vais te faire bouffer ta merde. Arrivant à proximité de la baie vitrée, je me suis trouvé bloqué, le flingue toujours pointé vers moi. De sa main libre, il m'a soulevé par le cou et m'a plaqué contre la vitre. Il s'était mis à exulter pendant que je me décomposais en obéissant à ses ordres, et maintenant, la gorge entre ses mains, je ne pouvais m'empêcher de penser à la part de désir qui motivait sa violence. Quelque chose ne collait pas vraiment dans sa réaction disproportionnée, cela n'était déjà plus un règlement de comptes. Du plaisir alimentait ses mouvements, je le sentais. Ma nuque était caressée de soleil alors qu'il y coulait de lourdes gouttes de sueur froide. Mon souffle s'accélérait au fur et à mesure que l'air venait à me manquer. Il fallait que sa violence participe d'un jeu avec lui-même pour qu'il se montre aussi complaisant avec la perversité qui l'accompagnait. En sentant le Beretta posé contre mon front, dont je distinguais mal la crosse dans l'éblouissement du jour, j'ai repensé aux ombres que dessinaient sur ses draps nos corps nus quand il se tenait dans mon dos pour me prendre. Ces ombres qui, je crois, plus encore que l'acte lui-même, avaient été le motif de son plaisir, comme une image lointaine qu'il aurait hélée sans la retrouver jamais. Ainsi, une fois usé, le désir s'écoule sur ce mode de la fin recommencée et l'on devient tour à tour une brute, un saint, ou que sais-je encore, pour, à peine, de loin, vivre encore un peu. Et le temps passe, la vie ne surprend jamais plus, et on se retrouve finalement, âgé de quarante ans, à dégommer un gamin. Sa main qui entourait ma gorge ne tremblait pas. Au contraire, elle pressait graduellement et sans faiblir contre ma peau et lui se tenait devant moi, pareil à un enfant écrasant lentement une phalène sur un mur. Mes jambes tentaient coûte que coûte de lui mettre un coup de pied. Il en a évité un et a eu un rire atroce. À travers la vitre, le matin lustrait la mer d'un voile crépitant.

Finalement, j'ai senti tous les osselets de mon visage s'écraser quand s'est abattu sur ma gueule un coup de crosse. Je me suis fracassé sur le sol. D'instinct, j'avais envoyé mes mains dans le vide pour me rattraper dans ma chute. Une fois affalé, j'ai reconnu dans ma bouche endolorie, instantanément, le goût du sang. J'ai senti ma gorge se serrer et, toussant, j'ai craché une lampée de sang. Il a lancé, en me fixant toujours, hypnotisé par sa propre violence, une série de coups de pied dans mes côtes. Puis, satisfait, il s'est reculé et a ouvert la porte. Allez barre-toi maintenant, fils de pute. J'ai poussé la porte d'une épaule, je n'avais pas le courage de me retourner vers lui mais je devinais la satisfaction, l'assouvissement et l'excitation qui l'avaient traversé. En descendant l'escalier, le corps parcouru de secousses qui venaient après les coups rappeler leur empreinte, je hoquetais. C'en était vraiment fini cette fois. Le Grand Dhjou l'avait dit : un jour, je me ferais vraiment péter la gueule. Ce n'est rien que du sang, avait dit le maître-nageur. Tout se répétait toujours.

J'ai marché seul dans la rue qui menait à L'Azuria. Alors que je tentais de mettre un pied devant l'autre, mon ombre, si longue dans le soleil du matin, semblait suivre mon pas en chancelant sur le trottoir. J'espérais arrêter une voiture et que l'on me conduise à l'hôpital. J'avais le sentiment d'être pris dans les flashs d'un stroboscope tant ma vision se décomposait en saccades : chaque seconde persistait dans mes yeux quelques instants de trop.

VIII

Il avait couru vers moi. Il avait d'abord essayé de distinguer la forme qui s'élevait sur la route. De loin, dit-il, on aurait cru voir un guépard. Il se moquait. J'avais terminé à genoux sur la route. Ce n'est qu'en approchant de L'Azuria que j'avais tenté, une dernière fois, de me lever pour le héler. Juan avait posé sa main en visière, ensuite il avait couru. Il m'avait trouvé pareil à un mannequin désarticulé. Il m'avait installé à l'arrière d'une voiture de golf et m'avait conduit loin du centre de Sitarraf. D'abord par les routes parfaitement goudronnées des résidences, puis par des chemins poussiéreux. Nous étions finalement passés entre les bosses de terre d'un terrain vague où s'effondraient des algecos et des monticules de matériaux de construction. Au bout du chemin, sous des pins parasols qui abritaient dans leurs ombres une clairière humide, il y avait le camping-car sans âge où il résidait.

J'avais eu besoin d'une bonne heure pour retrouver un peu mon ouïe endommagée par les coups de feu. Maintenant que j'étais allongé sur son lit, un œil à peine ouvert que je sentais gonfler, je l'observais. Il était vêtu d'un tee-shirt blanc que j'avais maculé de sang. Il avait, à côté de lui, une caisse en plastique remplie de compresses de gaze stérile et de flacons de désinfectant. Il me demandait de ne pas m'inquiéter. Il disait que ce serait bientôt fini. J'avais difficilement articulé en réponse : oui… je suis *à moitié vivant.* Après quoi, j'ai laissé mon crâne retomber dans un oreiller qu'il avait glissé sous ma tête. J'ai senti, dans le tissu, son odeur : la craie, un peu de sueur froide et quelque chose comme une empreinte de pin brûlé. C'était le parfum que j'avais découvert quand, la veille, il avait posé ses mains sur mes tempes et avait approché son visage du mien. Tout est toujours pareil. Maintenant mon cœur palpitait dans mon torse et je devinais déjà pourquoi. Pour autant, je n'osais même imaginer bouger un doigt. J'étais pétrifié dans cette terreur qui me recouvrait comme du béton coulé. Et, au-dessus de moi, ses genoux touchant les miens, je sentais sa présence pareille à une énigme.

N'y tenant plus, accablé par cette immobilité, je me suis subitement relevé et me suis entraperçu dans un miroir qui pendait sur le mur. J'avais le visage déformé par une protubérance violacée et mon œil droit était comme enterré dans cette boursouflure. Juan tentait un sourire en retroussant ses lèvres. Il n'y parvenait pas tout à fait. Il était un peu affligé. Il m'a alors pris la main gauche, et a commencé à l'enrouler dans une bande de gaze. Je l'ai arrêté. En tombant sur le goudron, j'avais dû érafler ma paume et elle était recouverte de plaies sanguinolentes. Là où le derme était dévoilé, grouillait une matière rose et visqueuse qui, comme un puits dans la terre marécageuse, se recouvrait de sang. Je la fixais en tremblant. Juan a murmuré : tu dois te calmer. J'avais commencé à pleurer et je ne pouvais même pas déglutir les larmes qui m'encombraient désormais la gorge. Le rythme de mon cœur n'avait pas faibli et je sentais se profiler en moi un effondrement brutal. Chacun de mes membres perdait sa connexion avec la direction de mes mouvements : je tremblais, je peinais à respirer, mon cerveau hurlait indistinctement des ordres et des détresses et, au centre, dans mon torse, toute ma conscience chutait dans un noir absolu où bouillonnaient des nœuds d'angoisse. Épuisé par la pensée, par le langage même, par la douleur et les milliers de souvenirs qui frappaient dans mon ventre comme des bagnards dans le fond d'une mine, arrivé au bord du précipice, comme on hurle de douleur, j'ai dirigé ma main ensanglantée vers son oreille où le duvet clair de son lobe semblait capter la lumière du jour. Je voyais dans cette chair tendre et duveteuse, baignée de soleil, l'unique possibilité d'une douceur dans le vacarme intérieur. Puis, de ma main, je l'ai enfin saisi au cou et je l'ai emporté contre mon corps.

Je l'ai déshabillé en tachant ses vêtements. Sans annonce ni délicatesse, suivant seulement, dans l'hystérie de la rage et de la peur, une loi ancienne que j'avais refoulée, j'ai collé mes lèvres aux siennes et j'ai cherché, pressé par le désespoir, où j'allais venir tarir toute ma détresse. Alors, j'ai voulu le prendre en lui faisant face. J'ai senti, dans mes jambes, la douleur se mêler à la force retrouvée et je me suis redressé. Reconnaissant en lui le désir qui m'appelait, j'ai gardé mes mains nouées autour de son cou et j'ai commencé à m'y confier. Ce fut alors comme un tremblement, une stupeur qui s'ouvrait entre nous. Le long de ses épaules gouttait du sang et, parce que l'ouïe m'était revenue partiellement, j'entendais maintenant ses gémissements se perdre dans la chambre du camping-car. Quelque part dans un jardin de mon enfance, des hortensias brûlèrent. J'avais cru retrouver une odeur de chlore dans sa bouche quand j'y avais craché mon sang. Ce ne fut que passager. Plongeant à nouveau entre ses lèvres, je sentais désormais combien son abandon me dirigeait et m'obligeait. Autant que ma colère, son relâchement m'appelait vers la puissance et, désormais, je frayais avec violence autant que je forçais avec beauté. Je serrai mes mains autour de son cou et je continuai, électrocuté par quelque pulsion de mort qui me subjuguait, à accélérer le mouvement. En lui, j'allais venir comme je n'étais jamais venu. Ce serait un feu immense, et je serais enfin l'incendiaire. En moi régnait cette joie suave de l'absolu, pareille à celle qui prend le pianiste devant la partition : dans une main, un bouquet d'accords hauts et beaux, ses cheveux, dans l'autre, une pluie d'arpèges en mineur, graves et sombres, ses lèvres. J'y posai un doigt et, d'un coup de bassin, j'avançai plus encore dans la mort. Ma conscience, comme un élastique, avait rompu.

Nous avons reposé abîmés, ensanglantés et étourdis, l'un sur l'autre. Les corps pleins du moment écoulé. Stupéfaits, l'un comme l'autre, d'avoir si brutalement cédé. J'ai senti la mélancolie m'immobiliser et envahir mon esprit. Je croyais reconnaître ce sentiment que j'avais découvert dans les partouzes, quand les individus se retenaient péniblement à la réalité alors qu'en eux tout repère était effondré. L'orgueil, le libre arbitre, la force et le refoulement avaient cédé plus simplement que personne ne l'aurait imaginé. Rien n'avait pu arrêter le désir de triompher dès lors que, tombé à terre, du sang plein la bouche, j'avais pris le parti de la mort. Il serra tendrement ma main dans la sienne et balaya mon visage d'un regard interrogateur, comme s'il y découvrait un chaos qui lui avait été jusque-là inconnu. J'ai détourné la tête et, dans la moustiquaire au-dessus de son lit, j'ai fixé une mouche piégée. Le cadavre de l'insecte était agité par le vent et semblait revivre fébrilement avant de s'immobiliser à nouveau, ses immondes pattes inertes tendues vers le ciel. La frondaison des pins que l'on devinait par la fenêtre était traversée de soleil et, sur nos deux peaux dénudées, leurs épines se tatouaient maintenant en griffes acérées. Nous n'avions pas échangé un mot depuis que nous étions retournés, essoufflés, sur la rive de la vie ordinaire. Brisant ce silence pesant, il m'a finalement demandé : et le vase ?

COMME DES SOUVENIRS D'ÉTÉ

I

Le soleil filtrait à travers les persiennes de la boutique. André allait terminer une journée qui avait été longue et chaude. Il lui tardait de rentrer. En ces années où Philippe était encore vivant, il tenait une boutique de photocopies dans le centre-ville. C'était une activité qui n'en était pas vraiment une : les employés se chargeaient de maintenir le stock de papier et d'encre quand lui n'avait qu'à veiller aux comptes de l'entreprise. À sa mère, il avait expliqué entretenir ainsi une rente facile qu'il pourrait lui léguer le jour où… Il n'en disait pas davantage. La répétitivité implacable de ses journées laissait toute la place à sa grande œuvre, la maladie.

Philippe, lui, n'exerçait plus. Les symptômes étaient devenus trop voyants. Il disait : qui accepterait d'être soigné par un cadavre ? Et depuis qu'ils vivaient ensemble, son état empirait chaque mois. André souhaitait ne pas s'en rendre compte. Or on ne voit pas davantage mourir un homme qu'on ne voit grandir un enfant. Parfois seulement, des souvenirs de leur rencontre revenaient en négatif : la mort s'était agenouillée dans leur appartement, elle vivait avec eux et elle prendrait bientôt un jeune homme. Pour Philippe, cet été serait le dernier. Et si André s'en était aperçu, il n'en aurait rien dit.

Le généraliste croyait savoir que, si André allait relativement bien, c'était parce que Philippe allait mal. Il expliquait que c'était souvent ainsi. Il disait : il faut bien qu'il y en ait un des deux qui tienne bon. Cet hiver, André irait en Suisse pour sa cure. Philippe ne ferait pas le déplacement. On pensait que ce serait trop risqué, le voyage, le train, l'hôtel... Ce serait le premier des voyages en solitaire d'André à l'Hôtel du Lac. Il y aurait une tempête de neige et un coup de fil. Il y aurait un destin noué et rien que la vie ensuite qui feindrait de continuer.

En rentrant chez eux ce soir-là, André surprit Philippe, comme à son habitude, perdu dans ses souvenirs. Écoutant des disques de sa jeunesse, se repassant au fil des chansons les détours de son adolescence. Philippe avait été malade avant d'être adulte et il avait été ainsi maintenu artificiellement sous l'eau de sa jeunesse. Il n'avait d'autres souvenirs de l'existence que ceux où il faisait de la guitare sur le bord des routes et où des gamins réchappés de la révolution sexuelle sifflotaient un été infini. Il avait été cueilli par les symptômes juste après la faculté. Et alors, d'un coup bref de ciseaux, la maladie avait forcé le destin. Quand la guerre fut déclarée, il était à peine sorti des internats. Il avait réécrit sa vie en une semaine : plus de mariages à enfants, plus rien que la mort en face. Comment vas-tu ce soir, demanda André. Philippe dit : ta mère a appelé.

Leur rencontre, ils le savaient tous les deux, devait assez peu au coup de foudre. Il y avait dans leur couple un fond de pragmatisme médical qui, par chance, était devenu une union profonde, tendre et obstinée. Par quelques instants, ils s'autorisaient une affection qui, bien qu'elle eût le goût amer de la solidarité, comblait ce qui en eux craignait inutilement de mourir. C'était comme tant d'autres, une union de contingence. Finalement, pour André qui avait toujours pensé qu'il mourrait dans la honte de sa propre faute, c'était un progrès : ils partageaient, eux aussi, une commune inquiétude saisie par le désœuvrement. La maladie leur faisait cela : l'humilité de deux amis chez qui la mort a érodé les velléités les plus légitimes d'amour, d'aventures et de bonheur.

Ta mère a dit qu'elle voulait que tu ailles la voir demain, dit Philippe. Tu crois qu'on peut sortir ce soir ? Je voudrais aller au restaurant. Tu as vu le journal ? Serge Daney est mort. Ils ont écrit qu'il était mort « des suites du sida ». C'est comme ça que l'on dit désormais.

André ne savait pas vraiment qui était Serge Daney. Philippe non plus d'ailleurs. Mais ils guettaient dans les journaux ceux qui tombaient. Ils auraient peut-être voulu que tous meurent d'un coup et que, dès lors, on creuse un tombeau pour six cent mille garçons. Ils auraient voulu que le pays tout entier soit habité par la blessure. Une plaie dans laquelle reposeraient tous ceux qui sont oubliés aussi vite qu'ils sont morts. Des hommes qui, comme Philippe, n'ont plus ni parent, ni avenir. Des hommes qui, comme André, mourront en ne laissant d'autres traces que celles du sang maculé, de la vie au rythme des cachets, de la sexualité sanctionnée – du fils aimé revenu près de sa mère pour mourir.

Autour d'eux dans le restaurant, une petite foule endimanchée se pressait. Le millénaire se terminait alors dans une certaine euphorie. L'Europe se préparait à une paisible sieste d'été. Une trêve forgée autant par les vaccins que par les accords commerciaux et les ordinateurs qui promettaient respectivement la santé, la paix et la prospérité. On avait parfois l'impression que le monde des autres – celui des familles, des hommes politiques, de la télévision – vivait là ses plus belles années, comme s'il était enfin débarrassé de l'encombrante décennie 1980 et que tous respiraient un air meilleur. Ils sentaient que se jouait loin d'eux le monde d'après et que leur présence même était un vestige gênant : il fallait faire place.

André commanda pour Philippe. Assis à quelques tables d'eux, une bande d'adolescents fêtaient un anniversaire à grand renfort de bière. Philippe louchait vers leur table. Cela frappait toujours André cette fébrilité de son compagnon à l'égard des jeunes. Lui avait perdu cette naïveté en rejoignant Paris. Là-bas, il avait connu tant de corps et de nuits qu'il avait épuisé quelque chose de cette immense illusion qu'est avoir vingt ans. Il était venu à bout de sa jeunesse et, quand bien même il en payait le prix, André, lui, se disait qu'il avait vécu. Et rien, pas même la maladie, ne lui aurait fait regretter ce choix de la fureur puis du calme qui en avait résulté. Toujours rivé à la table de jeunes, Philippe demanda à André s'il pensait que parmi les adolescents qui viendraient après eux il y en aurait quelques-uns qui pourraient vivre heureux en étant *comme eux*. André n'en savait trop rien. Il gardait une sorte de réserve sur cette question malgré les images, les discours et ces signes que l'on commençait à deviner partout et qui pavaient la voie vers un monde nouveau. André, en frôlant la cuisse de son compagnon sous la table, avec cette discrétion paranoïaque qui l'accompagnerait toute sa vie, lui dit tout bas, comme une prière : ça serait bien qu'on les laisse un peu vivre leur vie…

11

Entre nos deux ventres qui se touchaient coagulait du sperme. Chaque seconde, les douleurs lancinantes des coups et des plaies se ravivaient. Chaque seconde, revenait le si familier dégoût de soi. Bientôt, il faudrait se séparer mais, en attendant, je pensais à André et Philippe. Juan agita ses bras légèrement, se détachant de notre enlacement. Je lui ai dit, avant qu'il ne puisse formuler un quelconque commentaire sur ce qui venait de se produire : tu sais, quand j'étais enfant, on avait tout le temps peur pour mon sang, je crois que ça m'a détraqué. Il s'est levé, a haussé les épaules en souriant paisiblement, et puis s'est rhabillé. Posé dans un cendrier au bord de la fenêtre, le mégot de ma cigarette s'éteignait en exhalant quelques dernières volutes. Le soleil de l'après-midi qui rasait maintenant le camping-car tranchait dans la fumée un soupirail de lumière où tourbillonnait la poussière. Sur le lit, un rectangle opalescent se logea contre ma poitrine. Dans un même mouvement, la langue – il dit : si tu veux prendre une douche, faudra retourner là-bas – et le soleil qui pénétrait dans le secret refermaient derrière nous ce qui, dans une nuit en plein jour, avait été.

Quand je me suis finalement levé, depuis l'encadrement de la porte je l'ai vu s'installer à sa table de travail. J'ai hésité à le rejoindre pour improviser, comme je le pourrais, des adieux. Mais j'ai reculé en le voyant soudain inspiré par une étrange énergie. Habité par la forme à venir, il allait d'un point à l'autre de la table en recomposant la matière qu'il y avait déposée. Il semblait soulagé de retrouver sous ses doigts cette liberté de la matière en formation. Je devinais dans la création un secours qui m'était étranger et duquel je n'aurais su m'approcher. À cette distance qu'il y avait maintenant entre nous, j'ai compris que la pénétration, les baisers et la violence ne persisteraient pas en lui comme ils le feraient en moi. Il comptait reprendre sa vie là où il l'avait laissée et il sculptait désormais un vase dans lequel il s'abandonnerait. Si, moi, pour la première fois, j'avais cédé à la tentation qui ne m'avait jamais lâché, lui n'avait qu'ajouté une parenthèse à une litanie qu'il dominerait toujours. Il me sembla alors que pour Juan l'inclinaison ressemblait à ces matières accidentées autour desquelles circulaient ses mains. Les sinuosités et les reliefs, les craquellements et les blessures, le temps même qui passerait sur son corps, tenaient à une lente macération du désir dans la matière. C'était ainsi, je crois, qu'il s'était habitué à Sitarraf, et c'était ainsi, aussi, qu'il vivrait toujours plus aisément que moi la vie qui nous avait été destinée. Je ne pouvais plus le soupçonner de bêtise ou d'ignorance, ce n'était pas qu'il se fichait du passé, de la mort, de la laideur de tout, c'est qu'il vivait sa vie, et la vivait comme un cognement toujours recommencé. C'était la haute définition ; il souriait en pressant ses doigts dans la terre encore humide.

Mon problème n'avait jamais été celui des autres et aucun discours, aucune idéologie, aucune étymologie ne me sortirait du fond de ma solitude : j'étais lacéré par les filets d'une mémoire éblouissante, sans secours possible. Voilà qu'il sifflotait devant sa table et le soleil continuait de raser le camping-car en y dessinant des ombres claires : la sienne d'abord, celle de la forme qui s'élevait sous ses mains ensuite, et enfin quelques buissons qui frissonnaient sous le vent. Toute mon adoration de la violence et du sang, toute cette inquiétude de la sexualité, cela ne serait jamais que mon problème. Si d'autres apaisaient la brutalité de leurs vies par les moyens de l'image et de la fiction – dope, station balnéaire, musculation et toute cette pauvreté du conformisme présent –, ce n'était pas cela qui m'éloignait d'eux. C'était, plus encore qu'un jugement ou qu'une honte, une peur d'enfance qui remontait aux hortensias, au colosse, au sang. J'ai glissé hors du camping-car en récupérant mon sac et je suis parti par le chemin qui sillonnait la prairie. Avait-il même besoin de mes adieux pathétiques et contradictoires pour comprendre ?

III

De pareils après-midi, pleins de la lumière du midi, de la douceur d'un vent salé et de la légèreté d'une vie renouvelée, le Bleu en avait connu peu. Curieusement ces heures passées aux côtés des flics l'avaient lavé. De leurs voix graves, avec leur accent chantant la France éternelle et les hypermarchés, ils l'avaient plongé dans un baptistère et il en sortait sec, fringant et beau. Il vole au-dessus des rues sétoises et il n'en revient pas : comme il se tient le menton haut, comme il profite de chaque odeur, comme la vie est simple. Il n'a qu'une vague idée de la signification de tout cela mais putain quel triomphe.

Le Bleu est divin dans ces heures de gloire. Il traverse une rue dégueulasse et accidentée par des filets de pêche, des déchets et des cagettes, mais celle-ci, baignée d'un jour jaune à faire pâlir l'été algérien, l'émerveille. Jamais il n'a été aussi beau et, forcément, il le sent un peu. Quand ce genre d'information nous vient distincte et claire, nous savons que la vie s'intensifie. Il avait simplement dit aux collègues du flic : voilà, c'est dans le coffre de la caisse. Franchement méfiant, un grand gars lui avait demandé d'ouvrir, et lorsque les plaquettes étaient apparues, il avait lâché eh beh putain. Puis tout avait disparu : Rigas, la livraison, le fric, les histoires à n'en plus finir. Tout ce qu'il avait toujours cru inéluctable s'était dissipé. Il avait balancé. Encore. La suite avait été longue, des procédures, des répétitions et de la confusion, pourtant, c'était un souvenir qui déjà se rétractait dans sa mémoire. Ça n'avait duré que quelques minutes, et demain ça ne durerait que quelques secondes. Aucune poursuite n'avait été entamée, juste la saisie, un compte rendu des événements, les noms des concernés – qui déjà s'effaçaient – et puis l'air frais sur son visage. À peine avait-il insisté auprès du flic, un homme désormais plus inscrit dans sa vie que son propre père : avec ça, je suis lavé pour toujours pas vrai ? Le gars n'avait pas vraiment compris. Il se sentait un peu merdique de revoir ce gamin à qui il avait pourri la vie. Alors, du haut de sa maigre morale, il prononça avec componction ces quelques mots : comme un sou neuf, mon con, t'es frais comme un gardon.

Le Bleu n'avait pas pu se résoudre à dormir à nouveau dans un hôtel, il avait donc garé la voiture sur un parking du port des Quilles, avait abaissé le fauteuil passager et, la bouche en cœur, s'était assoupi en écoutant les piaillements lointains que dispersaient les mouettes dans le ciel rose. Au matin, il était fièrement parti se baigner dans les bras des digues. Il ne s'était jamais senti aussi seul qu'en riant aux éclats dans l'eau fraîche et en manquant à plusieurs reprises de tomber dans les flots huileux. Seul et bien. Il avait séché au soleil, grelottant mais indifférent. Tout serait si simple maintenant : il avait envie d'être barman.

En quatre semaines, il avait fini par passer derrière le comptoir dans un troquet du marché qui dominait le port.

C'était une guérison, une consécration. Il avait longtemps imaginé que ce passage vers la vie commencerait par la rédaction d'un curriculum vitae. Ce fut inutile. La lisière avait encore ici trouvé sa voie : il n'y avait pas de contrat de travail. Pas de nom. Ce n'était pas un temps plein, certes. Seulement, c'était déjà un job, un vrai. Les clients l'appelaient Hocine. Il fut enfin défait du Bleu. En quelques semaines de plus, il sautait des lycéennes : c'était moins un rêve qu'un soulagement. Dans le même temps, il adoptait le léger plaisir qu'offre la soumission aux règles établies : il découvrait le charme tranquille de la classe moyenne et pouvait se payer un meublé dans le port artificiel de la corniche. C'était ça *décrocher*.

Un matin, un Algérien d'une soixantaine d'années lui avait proposé de passer chez lui, de rencontrer la famille, de discuter, enfin, le baratin classique. Il avait poliment décliné mais avait demandé la recette des *sfiria*. Il fallait bien faire quelque chose du *smen*. La solitude bien sûr mordillait le quotidien par endroits et elle invitait à la table de son meublé ceux qu'il avait abandonnés. Devant son poste de télé où Nagui faisait chanter des inconnus, il mangeait, fumait un peu de shit, et les fantômes disparaissaient sur la pointe des pieds. Dans la confusion du moment, il se sentait finalement un peu moins responsable du petit frère, de la mère, des oncles et du reste. Lui, il avait voulu se laver auprès des flics, le reste, ça attendrait ou, avec un peu de ruse, ça s'oublierait. Il faudrait quand même venir le chercher jusqu'ici et se donner de la peine pour le retrouver. Il ne connaissait personne, pas même son frère, qui aurait fait un tel effort. Le visage de sa mère, parfois, s'éternisait un peu plus longtemps que les autres.

Il n'avait jamais choisi ce qui était advenu de ce lien et continuait secrètement d'en regretter la perte. Mais même ça, espérait-il, pouvait bien attendre. Là immédiatement, il avait à voir avec les cours de boxe, les poivrots du comptoir, le patron crétin et les filles qui envoyaient trop de messages. Elles insistaient, celles-ci. Mais il était doué. Comment pourraient-elles imaginer qu'il devait sa vie à la dissimulation, à la distance et au dédoublement ? Alors, pour qu'une fille parvienne à lui mettre la pression – on ne se voit pas assez et tu me laisses jamais dormir chez toi, marmonne-t-elle sur son téléphone –, il faudrait, et ça le faisait rire, qu'elle soit juge ou flic. En fait, plus rien n'avait d'importance. Le bonheur à l'état stable. Un goût que l'on trouve dans la bouche au matin et qui nous fait demander kick-boxing ou cross-fit ? Lorsqu'il avait balancé au commissariat les noms et les lieux, il avait bien senti qu'il le faisait pour ne jamais avoir à s'y confronter à nouveau. Il avait eu raison : sitôt fait, l'été s'estompait.

IV

Franchir la frontière, traverser les départementales signalées par les balises de la langue commune avait, autant que la crainte de mes souvenirs, repoussé l'Espagne dans un brouillard révolu. Il me fallut faire du stop, marcher, travailler dans les pires trous que comptait la côte pour me renflouer mais, je l'avais senti, le temps allait passer et j'allais finir par m'extraire de la poisseur qui me suivait depuis que j'avais abandonné le pays des déserts et des stations balnéaires. Et si ça ne passait pas, si par un matin je croyais apercevoir la silhouette de Juan, si un détail me rappelait à lui, à Barcelone ou à tous ces lieux que je maudissais, à toutes ces existences dont je pleurais la réalité même, je quittais immédiatement la ville pour une autre. Ainsi, j'ai roulé – des courtes, des longues, des quatre-voies et des marches arrière. Alors, j'ai connu bien des solitudes, des réveils froids dans les gares routières, des nuits à la lisière des chantiers, des balades enfumées dans les parages sinistrés des hôtels au rabais… J'ai salué le soleil qui jette une dernière lueur sur un monde si laid qu'on en viendrait à l'aimer, et, en tout instant, j'ai reconnu les ravages causés par l'isolement. Enfin, j'ai retrouvé la vie d'avant l'été et son éternel chancellement. J'ai rôdé sur les parkings des hypers, j'y ai écrasé des joints en guettant les crépuscules qui ne venaient que pour nettoyer le monde de sa journée. Je ne faisais pas plus d'argent qu'il n'en fallait pour me maintenir la tête dans la fumée. Je ne craignais plus aucune ruine puisqu'on ne décroche plus de rien quand on se tient déjà sur le macadam, allongé. Le crâne déposé sur ces goudrons chauds qui exhalaient la pisse et la civilisation, j'ai compté combien d'étoiles on distingue dans les constellations de signalétiques. Je n'avais jamais su vivre autrement qu'ainsi. Toutes les tentatives qui m'avaient détourné de cette hébétude n'avaient fait que conforter mon sentiment. Paris était loin et la vie, lâché dans la chute comme je l'étais, ne tenait plus à rien. Et ce rien, ce fut mon bien.

Par l'intermédiaire d'une quelconque société d'intérim, j'ai pu trouver un gagne-pain pour quelques jours. Toute la journée, je débranchais des ordinateurs dans un anonyme temple de tôle. Il s'était agi d'un centre d'appels pour une compagnie de téléphonie qui, cet été, avait été démantelé. Les appels avaient été renvoyés vers un ailleurs et des intérimaires furent commandés pour désosser l'open space. Il y avait cinq cents postes de travail séparés par des paravents de cellulose et nous devions passer de l'un à l'autre en répétant les mêmes gestes. Le lendemain nous ramasserions les câbles électriques ainsi débranchés, et le surlendemain nous réunirions finalement les tours d'ordinateur. En trois jours, ce serait fini. Et alors, les quelques détails perçant l'anonymat du lieu seraient dissipés à leur tour : une tache de café dans la moquette, un chewing-gum collé sous la table, une plante verte abandonnée et un dessin d'enfant. Nous travaillions, méthodiquement et sous les ordres d'une hiérarchie confuse, à fabriquer de l'oubli afin que disparaisse ce qui avait été. Que dans cinq ou six années les mêmes sociétés d'intérim me rappellent pour me proposer de flinguer des salariés à bout portant ne m'aurait guère étonné. En fait, je crois même que c'est ce qui nous attendait, nous autres.

Le dernier soir, j'étais resté dans les bureaux vidés auprès de camarades d'intérim qui m'y avaient invité. Celui qui m'avait convié parlait durant le jour avec une voix grave et angoissée mais il fut mielleux quand il s'agit de m'accueillir, au soir, dans le centre d'appels. Il était fait de cette beauté propre au dénuement. Avec des yeux vifs et un sourire roublard, il respirait une sorte de malice increvable. Sur sa tête reposait une casquette élimée et il gardait les mains plongées dans ses poches si bien qu'il n'avait, pour seule réaction, qu'un haussement d'épaules négligent. Il m'offrit une bière. Entre les travées de béton qui accueillaient les fenêtres reposaient les ombres grandissantes des bâtiments environnants et nous n'étions éclairés que par une lampe de poche. Bientôt, la nuit recouvrirait le hangar. J'ai joué du dossier de la chaise pour m'allonger à moitié et j'ai écouté la discussion entre mon camarade et un autre intérimaire emmitouflé dans un sac de couchage. Ils parlaient du manager et de nos collègues. Parce que les missions ne duraient jamais plus de quelques jours, ils se retrouvaient toujours renvoyés vers d'autres managers. Ils passaient leur temps à être bringuebalés d'une ville à l'autre, d'une charge à une autre avec, pour seule persistance, des managers. Si bien qu'en quelques mois ils avaient une expérience infinie de l'échec de la machine humaine sous le règne du management. Ils gloussaient en se moquant de tel job et de tel souvenir.

Ils s'étaient, m'expliquèrent-ils, toujours débrouillés pour rester ensemble au fil des missions. Dans ce manège toujours recommencé qui les affectait d'un bout à l'autre de la France, avec, chaque fois, une vie nouvelle, ils s'étaient mutuellement élus comme point de chute. Avec tendresse, j'ai repensé à la bande du Grand Dhjou qui, à sa manière, m'avait également offert la même survivance d'une société aux confins du monde. Et je me suis souvenu de ces conversations qui n'avaient jamais lieu que dans la planque, toutes ces conversations pour rien, sans fin, sinon celle d'accorder pendant un instant un rôle à tous ceux qui rejoignaient ce bref monde imaginaire. Toutes ces soirées où les uns parlaient des maisons qu'ils auraient, des voitures qu'ils conduiraient, de toutes ces choses qui inventaient du répit et qui devenaient non pas réelles mais vécues ensemble dans l'espace du langage. Il n'y avait, pour nous autres les pauvres et les dévastés, pas d'autres traces à poser sur le monde que celles qu'on maintient auprès d'une petite société de la dèche. En conséquence, il n'y avait pour moi, comme seule lueur sur terre, qu'un Algérien nerveux avec qui j'avais un jour vendu des taz sur les quais. Cela resterait pour toujours la seule vérité et mes camarades d'intérim m'y rappelaient enfin. Le temps était venu. J'avais épongé dans mes voyages ce qu'il restait de l'Espagne, des confusions passées et j'étais prêt.

Il fallait que je cherche le flic qui avait fait chanter le Bleu dans son adolescence. C'était la solution pour le retrouver. Plus j'y pensais, plus cela m'apparaissait comme une évidence : le type avait dû garder un œil sur le Bleu depuis toutes ces années. Par ailleurs, je crois que je commençais à le comprendre enfin : il n'aurait pas voulu vivre des petits expédients de Rigas sur la côte, avec la Brune et moi. Nous n'étions pas à la hauteur de cette soif de recommencement dont le Petit Bleu m'avait parlé. Il n'avait jamais voulu que durent les trafics. Ce n'était pas tant une permission, comme je l'avais cru, qu'un détour que nous avions chacun pris en laissant derrière nous la station. Et même si, en ce jour lointain, il avait voulu que *ça* ne s'arrête jamais – ce soleil irradiant nos défonces –, il avait fait une promesse comme on en fait pour les décevoir aussitôt en se sentant grandi. Il avait fallu que *ça* s'arrête pour qu'il trouve ce qu'il avait tant cherché.

Mon jeune collègue m'adressa la parole alors que je faisais lentement tourner ma chaise sur elle-même en élaborant mes théories. Et toi, tu restes avec nous la semaine prochaine ? Non, répondis-je, il y a quelqu'un qui m'attend. Il avait quitté la station, avait conduit en direction de la France. Ça, j'en étais certain. Quant au dénouement du trajet, l'opacité était nette. À quelle heure avait-il choisi de quitter la route ? Avait-il déjà tout prévu quand, dans le lit, il m'avait abandonné à la Brune ?

J'avais retrouvé la trace du flic qui avait arrêté le père du Bleu en faisant une simple recherche sur Internet. Considérant que l'arrestation de Rigas avait été chroniquée dans une gazette catalane et sachant qu'on avait noté dans l'article qu'il était tombé grâce à un tuyau de la police française, je fus désormais certain que le flic était la clef que je cherchais. Or, à l'époque, il avait donné un entretien pour le journal télévisé de la Trois à propos de l'arrestation du père du Bleu, un homme qui avait eu la peu commune idée de cultiver du cannabis dans un recoin de parc régional, là où plus aucun promeneur n'allait à cause du dénivelé. L'histoire, et c'est pour cela qu'elle avait trouvé sa place entre deux anecdotes qui faisaient le sommaire du journal télévisé, était tragique mais pittoresque. En voix off, le reporter expliquait que la plantation avait eu le mérite de faire venir de jeunes promeneurs dans un parc sinon délaissé. Il ajoutait, avant que la bobine ne s'achève sur une image des plants juchés sur une falaise de roches claires, qu'ils furent tous très respectueux de l'environnement. Le flic ne prenait la parole que quelques secondes pour donner à la pastille journalistique sa gravité : il faudrait encore remonter le circuit du réseau. Le nom du flic était dans le bandeau. Je l'ai retrouvé sur Facebook : il vivait à Sète. J'avais touché le fric de ma mission d'intérim le matin même et j'avais de quoi m'acheter une mobylette d'occasion. Je pouvais reprendre la route et fuir là où bon me semblait.

Le lendemain, le béton clair d'une départementale défilait sous mes roues. Je regardais au loin la colline de Sète se dessiner et l'étang de Thau, piégé dans le continent, qui dormait insensible aux mouvements du large. Dans le rétroviseur argenté du guidon piaffaient les fumerolles brunes que toussait le pot d'échappement de la mobylette. Sur la route qui sillonnait dans mon dos, elles se dissipaient comme des souvenirs d'été. Et, les baskets chauffées par le moteur qui pétaradait, la peau des bras noircie par le soleil, mes cheveux collant mes yeux, mon casque gouttant de sueur, je filais toujours plus avant.

V

Parfois, la plaie de la perceuse sur le genou du Bleu se mettait à perler de sang. Incicatrisable, le bouton brun laissait filer quelques gouttes accompagnées d'un peu de pus. Ainsi, pour une poignée de jours, il devait de nouveau porter un pansement et éviter de tendre sa jambe. De ces manifestations intempestives, il conserve l'angoisse que ne rougissent ses pantalons à l'improviste, comme on se pisserait dessus. Il a développé une sorte de vigilance systématique qui le pousse à vérifier, certains jours plus que d'autres, que la suture de chair tient son sang en dedans. Il fait pour cela un petit geste de la main visant à analyser l'humidité de son pantalon, et si, comme toujours, il n'est pas rassuré, il inspecte son genou plus attentivement. Il venait de reproduire ce geste quand il m'a vu avancer dans sa direction.

Le Bleu a bredouillé et son visage s'est trouvé comme dissimulé derrière un masque de confusion. Il a demandé, d'une voix éraillée, ce que je foutais là – bordel. Il m'a aussitôt pris par l'épaule et m'a conduit à l'extérieur du bar. Il m'a éloigné sèchement, comme si nous avions un compte à régler. J'avais fait mine de tomber sur lui par hasard. Je lui ai raconté que je me baladais dans la région à la recherche de petits boulots et que je ne savais pas trop ce que j'allais devenir. J'ai formulé cela d'un air aussi assuré que me le permettait la crainte de sa réaction. Je me suis donné des allures et des idées de vagabond : j'ai dit que je cherchais un petit taf. Il a hoché la tête sans y croire vraiment. Il m'a repris : et Rigas ? Tu es là pour lui pas vrai ? J'ai tenté de chasser la tension en rigolant. Rigas ? Rigas ? Mais je n'ai pas entendu parler de lui depuis qu'il a disparu le lendemain de ton départ ! Il a serré les poings, la panique ne le quittait pas.

Il m'a fait signe de m'asseoir sur un coin de muret proche du canal. Devant moi, il faisait les cent pas. Les reflets irisés de l'eau se dessinaient sur son visage inquiet. Il avait vraiment peur que je le bute en pleine journée. Il a dit : mais qu'est-ce que tu fous là putain ? J'ai bredouillé. Comment avais-je pu imaginer que nos retrouvailles se passeraient différemment ? J'ai tenté de m'expliquer mais il n'achetait pas mon histoire de vagabondage. Il m'a demandé si j'étais venu seul et je n'ai pas pu m'empêcher de pouffer. Il m'a fusillé du regard. Allez, ai-je-dit, arrête un peu, tu vois bien que je suis venu pour te retrouver parce que je suis dans la merde. C'est pas Rigas qui m'envoie, tu sais qu'il a été arrêté non ? Sans vraiment m'écouter, il semblait se refaire le film des derniers jours. Il a fini par m'interroger sur ce que j'avais pensé de lui quand j'avais appris qu'il avait balancé Rigas. Je n'en ai pas eu grand-chose à foutre tu sais, à ce moment-là, avec la Brune, on a surtout flippé. Le Bleu n'y croyait pas vraiment, il voulait comprendre mon intérêt là-dedans, ce que je cherchais à faire, dans quel camp j'étais. Je le mettais en difficulté par mon absence de raison valable, intelligible, d'être là. Pendant qu'il continuait à faire des allers-retours devant moi, j'ai, moi aussi, commencé à refaire le film des semaines pour m'inventer une meilleure excuse. J'ai dit : écoute, j'ai besoin de thune, je n'ai jamais rien su bicrave tout seul et je pensais que tu pourrais m'aider… Je croyais que tu avais récupéré le fric du shit de Rigas et que tu vivais la belle vie. Ok, j'avoue que j'ai pensé que tu pourrais me dépanner après tout ce qu'on a fait ensemble. Je me suis pas mal gouré on dirait, ai-je observé, narquois. Soudain, cela semblait enfin prendre sens : je ne voulais pas le buter, je voulais du fric. Il s'est arrêté, m'a toisé et a explosé de rire. Toute son angoisse accumulée avait disparu. J'ai tenté de l'imiter mais en vain, mon rire était étouffé par l'embarras. Il a dit, comme pour lui-même, qu'il avait été con de me croire capable de faire ça. Toi, a-t-il continué, t'es juste un gros baltringue. Il m'a tapé dans le dos. Et il a continué à m'insulter et, par là, à retrouver son calme. J'ai sorti un paquet de clopes. Tu en veux une ? Il a décliné.

Nous nous étions assis l'un à côté de l'autre et, parce qu'il s'en voulait d'avoir perdu son calme, il se donnait maintenant des airs de gros dur. Enfin, je retrouvais le garçon que j'avais connu et son éternel effort pour avoir l'air supérieur. Les minutes passant, après quelques assertions sur sa prétendue absence de craintes – si tu étais venu pour Rigas, t'façons, je t'aurais laminé –, frappé par un vide profond, il m'a dit : tu vois, le trou que j'ai sur la jambe là, c'est mon père qui me l'a fait. Tout le monde raconte que j'ai chopé ça avec des types de Paris mais rien du tout, mec, mon père m'a fait ça comme ça, sur un coup de tête, et tu crois que je sais pourquoi ? Son visage avait perdu sa substance et il divaguait subitement avec mélancolie. Tu savais pas, pas vrai ? Aujourd'hui, c'est fini tout ça. Moi, je suis peinard, je suis maqué. Ça fait du bien. Il ne s'adressait déjà plus à moi, il ruminait un vieux disque qu'il avait dû graver en lui à force de se répéter qu'il avait eu raison. Qu'il avait eu raison de foutre en l'air sa vie d'avant et de trahir la moindre existence qui s'était interposée entre lui et quelque chose qui semblait toujours lui échapper. Lézardant dans le sol sous son pied, il a vu une fissure et il m'a dit, toujours emporté par des associations d'idées indisciplinées : bref, tu vois y a genre un trou dans un mur dans la maison de ma grand-mère et j'ai toujours l'impression que nous les rebeus, on a des maisons trouées. Je te jure, si j'avais eu un petit pavillon propret quand j'étais gosse, j'aurais pas fait tout ce bordel. Puis, un silence. Tout était sorti malgré lui. Et il resta mutique, le regard hagard pendant quelques secondes avant de reprendre : pour le fric, mec, tu peux crever. J'ai pas un rond.

Les semaines avaient passé sur lui avec la délicatesse d'un tégévé et sa jeunesse avait été ramassée en plein vol comme les vaches asturiennes. Autour de lui, semblaient à peine flotter ses fureurs antérieures. À moi, il se justifiait de tout comme si j'étais son père. Il ne parvenait plus, je crois, à contenir toutes ses émotions, comme dans notre ancienne routine. Des mots jaillissaient sur tous les sujets qu'il avait jusqu'ici gardés pour lui. Ses cheveux étaient changés : il les avait laissés pousser et il les gominait. Ses joues avaient gagné en volume et de timides rondeurs se devinaient sous son maillot de foot. À présent, le procès de sa jeunesse s'était refermé et il ne resterait bientôt de lui que ce qui demeure de tous les hommes : un corps pris dans les mailles du filet, les pieds lacérés par les cordages de quelques culpabilités oubliées. Je l'ai laissé parler sans plus rien dire. Mieux, j'ai ajouté de l'eau à son moulin : ah ouais ? C'est quelle marque de scooter ? La classe ! Regardant la forêt des mâts du port troublée par des reflux du large, j'ai repensé à cette aristocrate japonaise qui envoyait des feuilles blanches à son amant. Elle remplissait une enveloppe d'autant de feuilles blanches que de pages qu'elle avait, sitôt noircies, sitôt brûlées. Non, c'est pas vrai ? ai-je articulé comme un robot quand il m'a dit qu'il avait prévu d'acheter la même Merco que le Grand Dhjou. J'ai voulu m'éclipser. En un voile lourd, la douleur m'a recouvert sans que je lui en donne un seul indice. Il n'aurait pas pu comprendre : j'étais en train de penser que l'attachement absurde que je lui avais porté s'était totalement dissipé au contact, brutal, de la réalité. Pendant tous ces mois, ce qui m'avait conduit vers lui tenait à ce secret dans lequel il baignait. Et maintenant qu'il apparaissait dans sa transparence, je n'avais plus rien à faire avec lui car, au fond, je n'étais qu'une composante de ce qu'il tenait tant à tenir à distance. Je me sentais encombrant. Comme j'aurais dû l'envisager, il était finalement devenu ce qui était convenu. Je reviens te voir demain, je suis pour quelque temps dans la région, ai-je dit. Il a dit : ok, pourquoi pas ! Si tu veux du shit, j'ai trouvé des contacts. J'ai dit : je savais que tu finirais par proposer. Il a sorti un bout de shit de sa poche. Des choses qui ne changent pas, a-t-il rigolé.

Je l'ai suivi dans l'arrière-cour de son bar et, tout comme avant, il a roulé méticuleusement un peu de tabac dans le papier à cigarette translucide. Il l'a porté à ses lèvres et l'a humidifié de sa langue rose. Il l'a craqué en sortant un briquet de sa poche. L'odeur qui nous a enveloppés comme un fantôme, soudain, m'a giflé. Je n'avais jamais remarqué combien elle était astringente et combien, dès la première vapeur, on devinait l'effet du produit. Il y avait déjà tout dans le paysage olfactif : les relents de pétrole, les effluves de sève, l'acidité mentholée et les aigreurs poivrées. Il y avait tout ce qui promettait l'amnésie et la paranoïa. J'ai tiré une barre en m'étouffant. Il a rigolé : toi, t'es vraiment un cas. Vraiment, si certaines choses avaient pu s'évanouir, il restait au moins cette étrange sensation qu'un pétard avec lui demeurait une sorte d'expérience unique : ce serait pour toujours son odeur, son monde, ses façons, notre contrat. Tu connaissais le cross-fit toi ? m'a-t-il demandé en tirant à son tour. Moi t'imagines ça, j'connaissais pas. J'ai tout appris y a cinq semaines en arrivant à Sète. J'ai eu une crampe soudaine, comme un mauvais déglutissement, il a fallu qu'il me tape dans le dos.

Il y a cinq semaines. Lui comme moi, en cinq semaines, nous avions perdu le peu qu'il nous restait à perdre. Qu'avait-on gagné dans le même temps ? Lui, un peu de calme, l'illusion de pouvoir tourner la page de sa jeunesse, et moi, moi je n'en savais rien. Je lui ai demandé si je pouvais le serrer dans mes bras. J'étais vraiment défoncé. Il l'était aussi puisqu'il a accepté mon accolade en me faisant promettre que c'était la dernière fois, parce que, a-t-il précisé, il n'était pas comme *ça*, lui. J'ai glissé à son oreille, m'enfonçant comme un enfant dans son épaule : t'as été comme un frère. De ses bras qui se retenaient de se refermer comme pour ne pas trahir une trop grande affectuosité, il m'a repoussé gentiment et a rigolé en disant : allez, suffit, les gens vont croire des choses après !

Il sentait une odeur de produit d'entretien et de cuisine. Il n'avait plus l'air de vouloir me péter le nez, mais je crois que pour la première fois depuis que je le connaissais il avait l'air stabilisé sur le sol. Il était résigné et prêt à s'engager dans une vie qui avait été taillée pour lui avant sa naissance par toute une société. Pendant quelques semaines, il avait cramé ses espoirs comme autant d'allumettes trop sèches : maintenant, il rentrait chez lui. Et de nous voir, tous les deux, nous tenant face à face après avoir quitté notre embrassade, fuyant du regard ce qu'il restait de nous-même, j'ai cru discerner le dernier coup de notre partie, un pion s'installant à la place d'un autre. En un été, il avait pris la place que j'aurais dû occuper, et moi, la sienne, une place dans le vide. Demain matin tu passes au bar et je te file un trente de shit alors ? Je lui ai souri. J'ai dit : bah ouais, à demain. Je me suis retourné en quittant l'arrière-cour. Il fixait, sur un pan de mur opposé, un impact qui laissait filer un lambeau de soleil. Dans les feuilles des figuiers, la lumière s'émiettait en guenilles orange sur la terre. Il a écrasé le pétard sous sa basket. La stridulation lancinante d'une cigale s'est perdue dans l'après-midi.

J'ai quitté le centre de Sète par la corniche et j'ai garé ma mobylette vers les plages. Puis, pour faire passer la défonce, j'ai décidé de longer l'étang. Dans un sillon creusé à même les hautes herbes du littoral, je marchais au fil de mes pensées. Il faisait frais. L'automne enfin s'annonçait. La chaleur de septembre s'était évaporée et on pouvait de nouveau songer à l'hiver. Le vent sifflait sur l'étang et se dispersait dans les lames des roseaux. Le soleil était pâle et lointain. Je ne comprenais plus très bien ce que j'avais ressenti pour le Bleu. Que la beauté s'éteigne, que les souvenirs se mélangent, allait encore, mais que la fascination même se dissipe ? Je me suis souvenu des chansons, de notre rencontre, de ce que le Petit disait sur ses pleurs, je m'étais toujours trompé sur lui, et cette tromperie avait été tellement volontaire qu'elle en était coupable. J'avais inventé ce qui m'était mystérieux pour plaire à mes idées du moment. Peut-être même avais-je créé le Bleu tel que je l'avais formulé, le pilier solide d'une nuit sombre, le meneur des bas-fonds, secret et tempétueux. C'était dans mon absence qu'il était advenu pour lui-même et qu'il était, au fond, le plus proche du bonheur. Notre relation connaissait une fin comme Costan refusait d'en écrire : une fin où la réalité défait ce que le désir nous a caché.

VI

Les eaux les plus proches du chemin étaient mangées par des algues verdâtres et nébuleuses. Sur l'eau croupissante s'avançaient des pontons de bois étroits sous lesquels pendaient parfois un filet de corde, parfois un coussin de coquillages, et parfois une barque amarrée dont les parois étaient colorées de mousse. Dans les bosquets, des mouches étaient restées tapies mais lorsqu'un fin nuage blanc entrava le soleil, elles se mirent à sillonner les roseaux et à s'élever en nuées. Elles émirent alors un bourdonnement persistant de ligne à haute tension qui m'arracha un frisson.

J'ai retrouvé ma mobylette. J'ai allumé mon téléphone. La batterie allait y passer mais c'était peut-être mon objectif désormais : tout épuiser et, demain, ne plus avoir d'autre option que le retour. Car je le sentais, je n'allais pas pouvoir rester à regarder le Bleu prendre sa liberté sur mon souvenir. Il faudrait rentrer seul à Paris. À mon retour, ce serait toujours la même chanson : l'inclinaison qui recommencerait, la drogue pour l'oublier, et, chaque jour, un peu plus chanceler. Alors, pour profiter de mes derniers moments de défonce, j'ai lancé à plein volume la chanson d'André.

Je me suis alors demandé combien de fois il avait pu, lui, écouter cette même piste ? Était-ce cela qu'ils écoutaient avec Philippe quand ils se promettaient de mourir ensemble ? Je tentais de les imaginer : je les voulais dansant infiniment sur la chanson qui jamais ne se terminerait... Après des décennies, je venais parcourir ce souvenir ainsi qu'on visiterait une vieille maison et j'y guettais des disparus dans les parpaings, des souvenirs sous les lambris, et la mort, patientant comme l'eau du bain tiédie – en sachant qu'une beauté réside toujours dans la fureur, qu'une éternité habite inlassablement le son. Je revenais à cette chanson et ce n'était, encore et encore, que les mêmes pièces dans lesquelles s'étaient étreintes les mêmes fulgurances : des existences clignotantes, des souvenirs anéantis et des inconnus évaporés qui la peuplaient comme un cimetière sur la mer. Et pourtant, une beauté : comme ce clavier qui revient sur le refrain, comme l'orgue qui se déploie sur le requiem ; une adoration même : la ponctuation électrisée du batteur qui frappe plus vite qu'un cœur foudroyé ; un envol : ce vent que l'on croit soudain entendre dans les arpèges du synthétiseur qui accélère et s'enflamme ; des ondées, des houles, le souffle qui vient gonfler nos voiles, une immense force : *Bizarre Love Triangle.* Et quelque part, là, avachi sur la bécane, encore anesthésié par le shit, je ne voyais pas ce qui, maintenant, m'exonérait d'être un de ces prisonniers du *Triangle* à mon tour. Après tout, n'avais-je pas moi aussi consumé en un été ce qu'il me restait de jeunesse ?

Le shit et le Bleu m'avaient accordé un répit temporaire dans l'inquiétude. L'un comme l'autre m'avaient fait oublier l'avenir en le diluant dans un présent absolu où j'avais vu disparaître toute mon existence sous l'effet de molécules inhalées et d'un quotidien désarticulé. Il s'était alors offert à moi une vie d'immédiateté qui, si elle ne me menait à rien, avait eu pour mérite de faire briller des milliers de pétards comme autant de jours retrouvés et m'avait donné tant de raisons de garder de la vie un souvenir halluciné. *All Day Long* : *I used to scream and shout all day long…* Cela avait été vivre au rythme palpitant des chansons, au battement effréné d'une pop plus rapide que l'écoulement des secondes. Combien de nuits à arpenter comme des forçats hilares les rues chaudes de Paris, combien de jours à tenir fermement la certitude que la dèche et la jeunesse sont éternelles, combien, enfin, de minutes passées sous le règne magnifique de ses certitudes à lui, lui qui m'a tout appris de la résistance aux assauts du jour et de la meilleure façon de cacher des pochons dans l'élasthanne d'un boxer? *Every Little Counts* : *every second counts when I am with you…* Dans ce retrait de la maturité avait logé une amitié à qui j'aurais tout cédé. Pendant un temps qui maintenant était derrière nous, le Bleu avait su me faire résister à toutes les tentations par l'entremise d'une vie au souffle court. *Broken Promise* : *there's a fire in life where we will burn…* Il m'avait tenu loin du temps qui s'écoule. Il m'avait promis, sans le savoir, qu'on ne deviendrait jamais adultes si on se tenait à carreau, si on faisait de la thune et si on partait suffisamment loin. Le Bleu – devrais-je désormais dire Hocine ? – avait accueilli ce qui en moi bouillonnait d'imaginaire, il avait été le dépositaire de toutes mes fictions. Jamais nous ne devrions confier pareille tâche à un homme. La règle de toute chose est la chute. *Angel Dust* : *you make me feel like a masked delusion.* Je n'avais plus l'âge pour mes conneries, plus l'âge pour fumer à ce point, plus l'âge de l'incertitude. Je n'aurais bientôt plus vingt ans. De mes mains, il faudrait saisir l'avenir et y fixer la grande image vide qui y patientait. Ça, cette solitude et cette obligation, c'était limpide depuis qu'il m'avait raconté les différents modèles de Mercedes d'occasion qu'on trouvait à Montpellier ; c'était limpide depuis que j'avais l'âge qu'avait André quand il a su qu'il allait crever. Il y avait un ultime solo sur *State of the Nation*, un déluge accidenté de guitares, une basse, un faux air de funk, qui s'écrase sur le métal froid de la boîte à rythmes et qui, finalement, s'ouvre comme une cathédrale de cristal. J'ai dansé. Seul, dans le soleil déclinant d'un été finissant, j'ai dansé sur le solo de *State of the Nation*. Et la vie été belle, même sans espoirs.

VII

Dans son bar, j'ai commandé un expresso et je me suis installé dans un coin à la droite de la caisse. Seuls les plafonniers éclairaient ma table. La lumière du jour était occultée par les enchevêtrements d'affiches et de cartes que l'on avait disposées contre les vitrines. De rares clients passaient pour remplir sur une borne informatique des grilles de paris équestres, quelques cafés furent servis sur le comptoir et laissés vidés une poignée de minutes plus tard par des types aux visages ingrats qui allaient essuyer des boulots au port. Des retraités entraient pour saluer le patron et sortaient aussitôt. Une vieille femme attacha un petit chien au cendrier géant qui trônait devant la porte vitrée, y écrasa une longue cigarette et fondit vers le comptoir pour commander un kir ; le jour devait, par-delà le bar, se lever plus précisément. Quand le patron m'avait expliqué que le Bleu ne s'était pas présenté, j'avais un peu paniqué. Maintenant que les heures passaient dans le bar, plus rien ne m'étonnait. Il n'y avait déjà plus rien à retrouver : hier, je l'avais déjà perdu. Laissant la vieille dame seule avec son deuxième kir, le patron s'approcha pour me demander de régler. Il me dit, d'un ton soudainement plus amical, que le Bleu reviendrait, qu'il ne fallait pas se faire de mauvais sang. Il ajouta, en direction de la vieille, que de nos jours on ne disparaissait pas quand on avait un boulot qui payait. Elle opina. Dehors son chien tirait sur la laisse qui l'étranglait et on entendait presque ses aboiements. Faut pas se faire du mouron à votre âge, elle reviendra sinon c'était pas la bonne, admonesta-t-elle en hochant une tête désarticulée. Le gérant pouffa en tapant sur l'épaule décharnée de la vieille. Il l'appela Sylviane et il lui dit qu'elle n'avait rien compris. La vieille se tourna vers moi et je lui souris bêtement. J'expliquai que j'étais venu pour un copain. Elle haussa les épaules. De nos jours, nous dit-elle, on voit de tout. Elle quitta le bar en laissant sur sa table quelques pièces. Même après son départ, je ne me départis pas du sourire qu'elle avait provoqué : il venait de si loin. C'était un sourire plein du souvenir des jours anciens où j'aurais voulu la rectifier et lui péter le dentier. Maintenant, je n'en avais plus rien à faire.

Dans la rue s'effaçait doucement la petite ombre gigotante du chien tirant sur sa laisse. Je suis parti à mon tour. Puis je me suis laissé conduire sur les routes qui sillonnaient la colline de Sète. Prenant, sans m'en apercevoir, la direction du phare et du cimetière marin. Le long de la route, les figuiers côtoyaient les pins. Sur le phare que je devinais au loin, se découpait un morceau de soleil blanc. Au large, j'apercevais une digue de pierre qui scindait la mer en deux. Une fois le sommet atteint, je suis redescendu par une route du versant sud de la colline. Enserrée de lauriers grands comme des bâtisses et de murs de pierres à moitié éboulés où venaient croître des herbes sauvages, elle serpentait en boucles étroites. Au-dessus des murets baignaient deux paquebots mélancoliques. Des ferry-boats qui, comme ahuris, attendaient le départ prochain. Je ne me formulais aucune destination particulière, mais j'imaginais, au fil de mes pas, que peut-être, ici, j'aurais pu trouver la Seat abandonnée du Bleu... En une poignée de minutes, j'avais dévalé la route et je me trouvais maintenant face à la corniche. Le ciel était découvert et la mer pâle. Adossé à un rebord, je me suis laissé absorber par le souffle apaisé des vagues qui venait à moi en de longues résonances impassibles. Ainsi, c'est ici qu'était venu mourir notre contrat imaginaire.

Arrivant au bout de la jetée, je me suis enfoncé dans le ghetto touristique qui longe le port artificiel. Sous les arches de béton qui encadraient les quais, des petits commerces saisonniers avaient fermé pour l'hiver. Sur les façades des résidences s'alanguissaient des pancartes *à vendre* sinon des rideaux tirés pour se protéger du soleil. Sans plus d'espoir, j'ai jeté un regard aux véhicules garés sur le parking. Aucune trace de la Seat. Un bref instant, je crus apercevoir le Bleu traversant un pont au milieu de la marina. Je poursuivis une silhouette vêtue d'un sweat noir qui traînait à son bras une grande valise molle. J'accélérai le pas pour ne pas la laisser m'échapper mais à peine eus-je franchi les derniers mètres que le type traversa le pont et disparut derrière des bâtiments. Je tentai de l'y suivre mais le port artificiel était un tel labyrinthe de dalles reliant des appartements à des escaliers, eux-mêmes reliés à d'autres dalles par d'autres escaliers que, longeant les différents paliers, je n'ai rien trouvé sinon des pavés mangés par des herbes folles. En descendant un dernier escalier, j'ai finalement fait face à une piscine vidée de son eau. Au milieu d'un bloc de béton égaré entre deux résidences, elle avait été laissée béante et, sur le revêtement du sol, gerçaient des moisissures verdâtres.

Je suis resté seul au bord de la piscine. Je n'étais même pas déçu. Je ne l'avais pas vraiment reconnu. Ça aurait pu être lui. C'était peut-être lui mais hier : sa trace était restée suspendue. Au bord de la piscine vide, je pouvais déjà voir la Brune avachie, et lui, sur un transat, qui fumait. J'ai lancé un dernier coup d'œil autour du bassin : les bâtiments ressemblaient en tout point à ceux de la station où nous nous étions quittés. Au loin, on avait construit de pareilles résidences mais au goût de l'époque actuelle, similaires à celles de Sitarraf. On avait abandonné les formes triangulaires pour des blocs de verre et de bois. Mais déjà guettait la même menace d'effondrement et d'abandon. Rien ne changeait vraiment.

Le même sentier, les mêmes mouettes, les mêmes nuées de mouches, la même odeur de poissons macérés et de coquillages putrides, les mêmes eaux saumâtres, un temps à peine plus amer. Le soleil chauffait mes paupières. Il était presque dix-huit heures et j'ai voulu voir la mer.

VIII

Ce matin, Jacques Costan rase sa barbe sans se couper, il badigeonne ses vêtements et ses poignets d'un parfum de musc citronné, il passe dans ses cheveux un peigne, il lustre ses souliers et, comme on salue un vieil ami, il remonte le jardin du Luxembourg. Son passé s'éternise au détour des détails du ciel, des tennis, du chant timide de la fontaine Médicis, et, pareilles à une légère trame brodée dans la verdure et l'allégresse, sourdent des heures anciennes. Il pense alors que l'on quitte aisément les choses qu'enfin on aime sans espoir d'en triompher.

Il s'assoit, comme un spectre, face au Palais. Il croit revoir des cieux qu'il a croisés, des paysages et des lumières oubliés, enfin, tous ces moments qui disparaissent aussitôt qu'il veut les convoquer, maintenant que la pente, pour lui, est dévalée. Il lui revient, parce que le monde ne l'attend plus, qu'il avait cru ici qu'on pouvait modifier le cours du temps si l'on écrivait la beauté en la nettoyant de toutes vicissitudes, si de mots élégants on recouvrait ce qui nous faisait nous sentir inutiles. Ainsi, la joliesse des jardins, des après-midi d'été et des garçons, cela lui était apparu comme un défi qu'il fallait sans cesse emporter.

Tout était faux. Il a tout perdu. Tous les souvenirs qui lui reviennent chantent cette défaite. Et le jardin, immobile depuis deux décennies, s'en amuse. Il se tient désormais voûté dans les étendues de graviers qui couvrent le parc et il traverse péniblement le terre-plein. Le soleil se réfléchit des vitres du Palais jusqu'aux gravillons crayeux, de la fontaine jusqu'aux statues blanches des reines, et c'est toute cette lumière condensée qui se tourne vers lui. Il se sait observé par le rire du monde, un rire venu des confins des désert. Il se sent léger.

C'est au soir, quand l'air change et qu'un voile s'empare des derniers rayons du jour, que lui vient la détermination finale. Généralement, nous ne retenons de ce pénultième détour que l'état de sa voiture. La Renault qu'il a réussi à se payer en ces années maigres où il devait tout à la fois abandonner la littérature, l'alcool et la jeunesse, où venaient battre les vents mauvais de la ruine, de la calvitie et de la clochardise, est à peine en état de démarrer chaque matin. Par ce soir si frais, elle n'est pas davantage en état d'encaisser le dérapage que lui impose Costan à Vélizy.

L'injustice d'une mort si triviale, c'est que vingt ans plus tard, quelques idiots perpétuent la rumeur selon laquelle Costan aurait eu un accident, ainsi que le répétait le préfacier de son journal. L'universitaire vaguement informé avait employé les lourds mots de tragique et d'imprévisible sans s'apercevoir que Jacques Costan avait déjà dévalé la pente quand il monta dans sa voiture ce jour-là.

On savait pourtant ce que l'avenir lui réservait maintenant qu'il ne parvenait plus à écrire. Il aurait pris un poste dans un des dédales de placo et de faux plafonds qui font le monde moderne. Il aurait alors participé à des formations accélérées en marketing dans des salles de réunions jouxtant les tours de Tolbiac et il aurait écrit les annonces commerciales des radios privées. Du marketing, il avait eu la prescience littéraire. Quelles différences entre ses personnages et une publicité pour le fromage aux fines herbes ? Même sourire vendeur, même inexactitude des sentiments, même scandale de la société du cliché. Et c'est, depuis le regard de l'adolescent arabe, ce qui l'a consumé : cette sensation d'avoir participé au délitement du monde et à son inexorable mise en images. Des images toujours plus rayonnantes, toujours plus heureuses, toujours plus lointaines.

Je n'ai aucun doute sur la déception qu'a éprouvée Jacques Costan de ne pouvoir, par l'écriture, vivre dans le monde qu'il dressait pour ses lecteurs. Quand le réel l'a rattrapé, il a été le premier surpris. Il n'avait, je crois, pas eu l'intention de déguiser le monde, il s'était seulement trompé sur ce qu'il voyait, préférant, comme tant d'autres de sa génération, s'en tenir à une image qui s'accordait à ses désirs. En outre, je sais qu'il a cru forger un monde meilleur pour ceux qui viendraient après lui. Dans ses romans, Costan aurait voulu donner vie à la facilité des désirs qu'il ne trouvait pas dans sa vie. En offrant aux lecteurs ces décors de cinéma où faire reposer leurs illusions, il a voulu falsifier le monde pour le meilleur. Ils sont nombreux à avoir cru qu'à force de représentations le monde se plierait en deux. Maintenant, on sait ce qui est advenu de cet imaginaire de carte postale : un petit commerce qui, comme tous les commerces, n'a aucune prise sur le cours du monde et ne cherchera plus jamais à en avoir une. Autrement dit : *ça n'allait jamais mieux* et la littérature n'avait rien voulu en savoir.

Cette déception aurait pu l'avaler tout entier tant elle consumait sa vie. Et sans la mort, je ne sais ce qui aurait pu retenir la folie de le défigurer. Alors, de cet accident, je ne retiens pour ma part que ses carnets de journaux, méticuleusement réunis et numérotés, rangés pour l'occasion dans la boîte à gants, attendant d'être trouvés dans la carcasse d'un véhicule tiède. Nul autre que moi n'apporte le début d'un crédit à mon interprétation car, que je sache, nul autre que moi n'a songé à interpréter sa mort. Alors, seul, je porte cette parole : Jacques Costan s'est suicidé. Depuis la première ligne de *Seule pleure la nuit*, Jacques Costan avait choisi sa fin. Pour seule suite, le roman du jour de ses vingt ans ne pouvait connaître que la mort qui, elle, serait pour toujours son roman des jours suivants. À la dernière page de son journal, Jacques Costan jeta en hachures étranges une impossible épitaphe :

16 mai 1994

Et la vie – si sotte et si têtue – se décolla du jour.
Et moi – vieux moi – je fus l'interrompu.
Oh ! Ne plus jamais croire aux fulgurances de la joie, seulement espérer dans la paix – grande paix ! – qu'offriront tous les regrets.

IX

Sicut cervus desiderat ad fontes aquarum

Dans les dents des rochers, s'accroupissait un reflux du large. S'écrasant contre les falaises rouges d'une crique, des vagues bleu-noir terminaient leur course contre une fine bande de graviers. Depuis la corniche, je suis descendu le long d'un chemin formé par le passage des baigneurs et j'ai atteint la plage. À l'est s'avançait une péninsule sur laquelle trônait un monument aux morts. À l'ouest, exactement en face, une même péninsule rougissante, mais ici recouverte de vastes bâtiments. Pour les rendre résistants aux vents, on les avait construits en pente et, depuis la crique, ils ressemblaient à des vaisseaux spatiaux posés à même la falaise. Le soleil tombait derrière les lignes droites de leurs architectures et une auréole se découpait en fuyant entre les toits. J'ai posé mes vêtements sur un rocher. Sur ma peau nue, des billes d'eau venaient crépiter : elles prenaient leur envol lorsque les vagues éclataient contre la barre rocheuse. Elles m'ont fait frissonner. Mon corps me semblait désormais éveillé aux moindres tressaillements du monde, il paraissait vouloir tous les enregistrer.

Maintenant que le soleil déclinait derrière les bâtiments, il n'était plus qu'un lointain linceul dans le ciel et la nuit approchait sur la plage. Progressivement, la mer perdait sa couleur et, à sa surface, ne persistait que le reflet du crépuscule. Elle devenait un immense miroir que ne perturbaient que les vagues et l'écume tourbillonnante. Pendant quelques secondes, y ont giclé des gerbes de lumière affaiblies : le soir caché dans la tanière des immeubles qui peinait à faire régner son feu, ou un projecteur de la corniche qui dirigeait son halo vers la nuit. Dans toute cette nature brutale, parmi les immeubles abandonnés et les vagues inlassables, seuls le lointain ronron des voitures et ces lumières fragiles rappelaient un peu la vie. Sinon, tout n'était que règne sans partage du dernier ensauvagement connu : l'éclat sans cesse répété des vagues contre la terre sans cesse rognée.

J'ai avancé pieds nus dans les graviers, la mer était onctueuse et accueillante. Sans mal, je suis entré dans l'eau et j'ai marché droit dans le sol qui s'enfonçait goulûment. Lorsque dans mes oreilles commença à s'infiltrer de l'eau, je décidai que j'avais accompli suffisamment de pas. Il s'agissait maintenant de me lancer dans ma grande tâche : reprendre là où elle avait été interrompue ma nage, jusqu'à perdre le sentiment d'avoir un corps. Vivement, en plongeant, je ressentis la brûlure du froid qui s'empara de moi. La chair de poule et les frissons qui me recouvrirent appuyèrent encore ce soudain plaisir d'habiter mon corps et rien n'aurait pu entamer ma détermination à atteindre la division tant retardée. J'avançai par larges brassées dans la crique et bientôt je dépassai les dents qui arrachaient à la mer son cycle de remous. Alors, je tutoyai le large. Dès lors, les vagues se firent plus amples, plus hautes, moins nombreuses. J'eus à nager avec plus de vigueur. Dans le même temps, je savourais, pareil à un plan fixe, le salut assoupi de la rive offert à ceux qui la quittent. Mon regard s'accrochait de plus en plus difficilement au rivage mais je m'efforçais d'y retenir la guirlande lumineuse et bariolée d'une fête foraine, ou d'un night club, ou peut-être d'un supermarché qu'on devinerait au loin. Regrettant soudain que ma dernière vision du monde ne soit pas éblouie par le rayon vert, j'ai plongé. L'eau était désormais bien trop épaissie pour retenir ne serait-ce qu'un faisceau du crépuscule. À présent, mon poids m'entraînait vers le large sans que j'aie à m'épuiser. Commença alors à se profiler le sentiment que j'avais tant convoité : un relâchement progressif de la pensée et du langage au profit d'une continue réceptivité du corps. À peine dus-je battre des pieds et des bras pour tenir dans un équilibre précaire qui m'assura de faire durer cet état de transe où, pour la première fois depuis longtemps, je me sentais plein d'une joie inentamée par la pensée. Par quelques instants, je vacillai, mais toujours je me repris. Je n'écoutais plus l'instinct qui hurlait en moi de tout arrêter et de regagner la crique. Cette beauté soudaine, qui devait sa force à l'épaisseur des silences des pierres, du ciel et du corps, aurait soulagé de toute hésitation quiconque aurait, comme moi, tant lutté sans triompher jamais. Il me revenait, comme des susurrations, toutes ces conversations, toutes ces théories, tous ces mots, que j'avais tenté d'avoir sur le monde et sur ce drôle de sentiment que j'avais toujours eu en moi – la mort qui m'attendait –, et je leur reconnaissais désormais une vacuité adorable, une inutilité désespérée ainsi que l'avaient été en leur temps les théories de Montessimo, les livres de Costan et les récits de nos ancêtres. Tous avaient été pris par le démon du langage. Il n'y avait au fond que l'ombre du vase accidenté de Juan qui avait, dans son mystère et sa laideur, tenu la promesse du silence dans lequel se réfugie le sens.

Il me fallait continuer, avancer, nager, tenir le bon cap, ne plus jamais m'arrêter, pas maintenant, pas lorsque j'étais si bien, pas quand je savais que j'allais parvenir à l'éternité. Les gestes étaient les bons et c'étaient les mêmes depuis toujours : un bras, puis l'autre, battre des pieds, ne pas rire de mourir si jeune. Il y avait du chemin avant la fin. Sur mes lèvres coulait de la mer.

J'ai levé les yeux vers le ciel qui s'était changé en une surface informe et lointaine, à peine plus claire que l'obscurité. Et soudain je l'ai entendu. C'était loin et sourd, mais c'était tout à fait certain, bourdonnait par-delà des murs d'eau et de sel le rythme exact du *Bizarre Love Triangle*. La mer avait un goût de cendres. J'y revenais et mes poumons se vidaient de leur air. La musique était de plus en plus nette : elle balayait le calme sinon total. J'avais toujours su qu'en descendant assez bas, assez loin dans la mer, on finirait par l'entendre. J'ai cru reconnaître le refrain : *I'm waiting for that final moment.*

Alors, dans mon crâne, je sentis s'effondrer le continent du langage qui, harassé par l'érosion, me libéra enfin de son emprise. Tout contre mon corps, une eau douce comme la mort. Du fond du temps sourdait le sang des hortensias. *Tu lui ressembles tellement.* N'entend-on jamais le sel qui ronge la pierre ? D'un rose lacté et d'un bleu de bruyère, la mer moussait. *I feel fine, I feel good, I feel like I never should.* Je reconnus les tremblements de ma chair. Alors, la vie fut belle, même sans espoirs. Je me répétai.

Tout contre mon corps,

une

eau

douce

comme

la

mort.

Et ce fut là le roman de mes vingt ans.

QUI S'ACCORDE À LEURS DÉSIRS

COMME DES SOUVENIRS D'ÉTÉ

Composition : Soft Office.
Achevé d'imprimer
sur Roto-Page
par l'Imprimerie Floch
à Mayenne, en août 2022.
Dépôt légal : août 2022.
Numéro d'imprimeur : 100614.

ISBN 978-2-07-294861-9 / Imprimé en France.

396044